अन्तराल

उपन्यास

मोहन राकेश

अन्तराल

राजकमल प्रकाशन

ISBN : 978-81-267-0077-6

मूल्य : ₹595

पहला संस्करण : 1972
नौवाँ संस्करण : 2020

प्रकाशक : राजकमल प्रकाशन प्रा. लि.
1-बी, नेताजी सुभाष मार्ग, दरियागंज
नई दिल्ली-110 002

शाखाएँ : अशोक राजपथ, साइंस कॉलेज के सामने, पटना-800 006
पहली मंजिल, दरबारी बिल्डिंग, महात्मा गांधी मार्ग, इलाहाबाद-211 001
36 ए, शेक्सपियर सरणी, कोलकाता-700 017

वेबसाइट : www.rajkamalprakashan.com
ई-मेल : info@rajkamalprakashan.com

मुद्रक : बी.के. ऑफसेट
नवीन शाहदरा, दिल्ली-110 032

ANTARAL
Novel by Mohan Rakesh

अन्तराल-१

एयर-कंडिशनिंग प्लांट के रुक जाने से सारी इमारत चलते-चलते ठहर गयी।

कुमार ने घड़ी में वक्त देखा और सामने के काग़ज़ों का पुलंदा उठाकर ट्रे में डाल दिया। शरीर और मन की थकन गवाह थी कि काम का दिन पूरा हो चुका था हालाँकि दिन का काम अभी बहुत बाकी था। कोई दिन ऐसा नहीं आता था जिस दिन दिन के सब काम पूरे हो जायें। हर आज आनेवाले कल के लिए काम की कुछ-न-कुछ विरासत छोड़ जाता था।

कुरसी से उठा, तो रीढ़ की हड्डी रोज़ की तरह अकड़ गयी थी। कनपटियाँ और पपोटे दर्द कर रहे थे। सिर पर जैसे मोटे काग़ज़ का खोल चढ़ा था। उसने कई बार पलकें झपकीं कि शायद इस कसरत से ही आँखों में कुछ ताज़गी लौट आये। फिर ज़ंग-खायी मशीन-सा केबिन से बाहर निकल आया।

बाहर आकर फिर एक बार उसने घड़ी में देख लिया। पाँच सतह। श्यामा से साढ़े पाँच बजे मिलने की बात थी। टी सेंटर में। वह जगह उसने जान-बूझकर चुनी थी। वहाँ ज़्यादा लोग नहीं आते थे। भरी शाम में भी कई बार एक पूरा कोना ख़ाली मिल जाता था। कितनी ही बार उस हॉल में उसने बिलकुल अकेले बैठकर चाय पी थी। जब भी इर्द-गिर्द से अपने को काट लेने का मन होता था, उस जगह चला जाता था। चाय पीकर फ़िल्म देखने के बहाने काफ़ी-काफ़ी देर वहाँ के ऑडिटोरियम में बैठा रहता था। जब किन्हीं लोगों से मिलना होता था, तो उन्हें वह दूसरी-दूसरी जगहों पर बुलाता था। आज पहली बार थी जब उसने किसी से टी सेंटर में मिलने की बात तय की थी, और पहली ही बार उसका मन उस जगह के साथ वक्त की पाबन्दी की बात जोड़ रहा था।

लिफ़्टमैन ने दूर से सलाम किया। पर वह बिना उसकी तरफ़ देखे ज़ीने के

रास्ते नीचे उतरने लगा। उसे लग रहा था जैसे वह कोई बोझ कंधों पर लेकर चल रहा हो। कंधों पर नहीं, सिर पर। वज़न सिर पर ही महसूस हो रहा था। पता नहीं क्यों यह वज़न हर वक्त बना रहता था। अपना-आप कभी पूरी तरह हल्का हो ही नहीं पाता था।

और भी लोग ज़ीने के रास्ते आ-जा रहे थे। उसे हैरानी हुई। वह तो खैर अपनी बदहवासी में लिफ़्ट से आगे बढ़ आया था, और एक बार बढ़ आने पर लौटकर लिफ़्टमैन की आईने-जैसी स्थिर आँखों का सामना नहीं करना चाहता था। पर और इतने लोगों को क्या हुआ था कि लिफ़्ट न लेकर ज़ीने पर अपने पाँव थका रहे थे?

चाबी से चलते खिलौने की तरह लगातार धीमी पड़ती चाल से वह चार मंज़िल उतर आया। पहली मंज़िल पर पहुँचकर सामने दो परिचित चेहरे दिखायी दे गये। उसकी स्टेनो रूबी और स्वतन्त्र पार्टी का नीलकान्त पटेल। अभी कुछ देर पहले नीलकान्त उसकी केबिन में था। हर दूसरे-चौथे दिन आकर वह घंटा-घंटा-भर वहाँ बैठा रहता था। बातें काफ़ी उल्टी-सीधी करता था, पर स्वर बहुत गम्भीर होता था। वह नीलकान्त की सूरत देखते ही अपने को उतनी देर की बोरियत के लिए तैयार कर लेता था। 'हूँ हूँ' का ताल देकर पेपरवेट घुमाता हुआ उसके हिलते होंठों का प्रदर्शन पूरा हो जाने देता था। पेपरवेट अगर हाथ में नहीं होता था, तो नीलकान्त के उठने तक रद्दी की टोकरी काग़ज़ की गेंदों से भर जाती थी। उसके अन्दर की लकीरें, दायरे और तिकोन उस कुढ़न के ग्राफ होते थे जिसे वह चेहरे की कोमलता से ढके रहता था।

रूबी ने उसे देखकर भी नहीं देखा। पर नीलकान्त मुसकराता हुआ उसकी तरफ़ बढ़ आया। कैंटीन में भीड़ होने से उन्हें बैठने की जगह नहीं मिली थी। कुमार के होंठों पर भी हल्की मुसकराहट आ गयी। तो उस आदमी के वहाँ आने की असल वजह यही होती थी कि पाँच बजने पर रूबी को कैंटीन में लाकर उसके साथ चाय पी सके? केबिन में चाय पीने से वह इसीलिए इन्कार कर देता था? पर एक लड़की के साथ चाय पीने के लिए नीलकान्त भाई ने जगह भी चुनी, तो कौन-सी! क्या रूबी उससे नहीं कह सकती थी कि साथ चाय पीने के लिए इससे ग़लत जगह और नहीं हो सकती? पर शायद वह सोचती हो कि विरोधी दल में होने से बेचारा इससे ज़्यादा एफ़ोर्ड नहीं कर सकेगा। फिर यह भी सम्भव

था कि मेज़बान रूबी हो और जगह उसी की चुनी हो। या मेज़बान नीलकान्त ही हो, पर बात चाय पिलाने की न होकर पार्टी का प्रोग्राम समझाने की हो।

'रात को ठीक से सोये नहीं क्या ?' नीलकान्त के होंठ उतना नहीं मुसकराते थे जितना उसकी आँखें। साथ वह रहस्यपूर्ण ढंग से होंठों पर ज़बान फेरता जाता था। 'आँखें काफ़ी सुर्ख़ लग रही हैं।'

'तब तो तुमने नहीं कहा जब मेरे पास केबिन में बैठे थे।'

'केबिन की रोशनी में आँखों के रंग का पता ही नहीं चलता। वहाँ तो सभी रंग एक-से नज़र आते हैं।'

नीलकान्त ने विदा लेने के लिए हाथ आगे बढ़ा दिया था। कुमार दो उँगलियाँ उसके हाथ से छुआकर आगे चल दिया। नीलकान्त से वह ठीक से हाथ कभी नहीं मिलाता था क्योंकि वह आदमी अपना हाथ मुरदा-सा दूसरे के हाथ में दे देता था जिसे पकड़ने से हिलाकर छोड़ने तक की पूरी कोशिश दूसरे को ही करनी होती थी और हाथ मिलाने के काफ़ी देर बाद तक एक छिपकली को छू लेने की-सी बेचैनी महसूस होती रहती थी।

नीचे पहुँचने तक पाँच बाईस हो गये थे। यह सोचकर कि इस वक़्त टैक्सी आसानी से नहीं मिलेगी, टी सेंटर तक पैदल जाना ही बेहतर होगा, वह जल्दी-जल्दी कॉरिडोर पार करने लगा।

बाहर फ़ुटपाथ पर आकर कुमार को लगा जैसे फ़्लोरा फ़ाउंटेन की जगह वह किसी और ही चौराहे पर निकल आया हो।

शाम शाम होती है और उसका अपना एक रंग, एक व्यक्तित्व होता है, यह बात इन कुछ सालों में भूलती-सी जा रही थी। अनुभव के सीमान्त पर समय के दो नाम रह गये थे—दिन और रात। और दो ही रूप—केबिन के ट्यूब की रोशनी और सड़क के हंडों की रोशनी। दोनों के बीच का अन्तराल एक ऐसा झुटपुटा था जो सिर्फ़ उन्हें आपस में जोड़ता था। घर

और दफ़्तर के बीच इलैक्ट्रिक ट्रेन के सफ़र की तरह। सामने सड़क पर फैली एक सुर्ख़ बादल की छाया, यह एक बेगाना-सा अनुभव था। उस रंगत में घिरे तेज़ ट्रैफ़िक के जोखिम में से होकर उसने फ़्लोरा की मूर्ति वाले घेरे को पार किया और फिर एक बार उसी जोखिम में से गुज़रकर तार-घर के फ़ुटपाथ पर आ गया। पर उतनी ही देर में आसपास का रंग पहले जैसा नहीं रहा। दायीं तरफ़ पुरानी किताबों के स्टाल पर एक किताब ने उसका ध्यान खींचा। पर बिना उसे देखने के लिए रुके, भीड़ के जिस बहाव के साथ सड़क पार की थी, उसी के साथ वह आगे बढ़ता गया।

पर मन उसका अपने पैरों के साथ नहीं था। उसके अंदर की ज़रूरत टी सेंटर पहुँचने से पहले कहीं अकेले बैठने की थी। क्या आज तीन साल बाद श्यामा से मिलने पर वह उससे उस व्यक्ति के रूप मे बात कर सकेगा जिसे वह उन दिनों जानती थी? या खुद भी उसके साथ परिचय की उन दिनों की कड़ियों में आज की मुलाकात को आगे की एक और स्वाभाविक कड़ी के रूप में जोड़ सकेगा? घंटाभर पहले फ़ोन पर तो वह उसकी आवाज़ ही नहीं पहचान पाया था। इसीलिए कुछ पूछ लिया था, 'कौन बोल रही हैं?' इस पर थोड़ी देर उधर ख़ामोशी रही, तो उसे लगा कि किसी का ग़लत नम्बर मिल गया है। वह रिसीवर रखने ही जा रहा था कि आवाज़ फिर सुनायी दे गयी। 'पहचाना नहीं? इस बीच मेरी आवाज़ इतनी बदल गयी है या तुम्हारे कानों को ही आदत नहीं रही?' इस बार भी वह आवाज़ नहीं, बोलने का लहज़ा ही पहचान सका था। 'तुम, यहाँ? बम्बई में?' वह हड़बड़ी में बोल गया था। 'मुझे तो यकीन ही नहीं आ रहा।' श्यामा उधर से हँस दी थी—वही उदास हँसी जो एक साथ उसे बेगाना और बहुत आत्मीय बना देती थी। 'सचमुच हैरानी हो रही है तुम्हें? पर तब तो कहा करते थे कि कभी किसी चीज़ से हैरानी होती ही नहीं तुम्हें।' तब···इस शब्द में अतीत की ऐसी गंध थी कि वह अन्दर से थोड़ा झुरझुरा गया था। उसे लगा था कि समय के किसी दूसरे बिन्दु पर खड़ा वह एक और व्यक्ति भी है जिसके विचारों, अनुभूतियों और शब्दों की पूरी ज़िम्मेदारी उस पर है। फ़ोन पर वह लम्बी बात नहीं करना चाहता था। रूबी और दो-एक और व्यक्ति सामने बैठे थे। शुक्र था कि नीलकान्त तब तक उठकर चला गया था, वरना सबसे पहले उसी की जिरह का सामना करना पड़ता। उस आदमी के लिए शब्द स्वतन्त्र का

अर्थ राजनीतिक दृष्टि से जितना सीमित था, दूसरे के व्यक्तिगत मामलों में दख़ल देने के लिहाज़ से वह उसके माने उतनी ही दूर तक ले जाता था। 'ये सब बातें मिलने पर होंगी', उसने जल्दी से समाप्त करने के लिए कहा था। 'यह बताओ कि साढ़े पाँच बजे तुम ख़ाली हो या नहीं ? अगर ख़ाली हो तो उस वक्त हम लोग···।' श्यामा उसके स्वर को भाँप गयी थी। मैं तो ख़ाली ही ख़ाली हूँ। किसी भी वक्त आ सकती हूँ। हाँ, तुम अपना देख लो। तुम्हारे लहजे से मुझे लग रहा है कि तुम्हें शायद फ़ुरसत नहीं है।' अपने स्वर की असावधानी के लिए उसे खेद हुआ था। किसी तरह बात को सँभालते हुए उसने कहा था, 'ऐसा क्यों कह रही हो ? पाँच बजे दफ़्तर से उठूँगा, इसलिए साढ़े पाँच कहा है। पाँच बजे तक यहाँ···।' 'बहुत काम है', श्यामा फिर उसी तरह हँस दी थी। 'इस शहर में जब से आई हूँ, ये शब्द बार-बार कानों से टकरा जाते हैं। यहाँ शायद ऐसा कोई आदमी नहीं है जिसे हर वक्त बहुत काम न हो। सिवाय मेरे। पर अब तो अपने को लेकर भी मुझे सन्देह होने लगा है।' इस पर वह भी हँस दिया था, एक बेमतलब हँसी, कि बात किसी तरह आगे निकल जाय। फिर जल्दी से उसने टी सेंटर में मिलने की बात तय कर ली थी। बात करके रिसीवर रखा, तो केबिन में पल-भर की ख़ामोशी भी उसे काफ़ी लम्बी लगी। उसे तुरन्त याद नहीं आया कि सामने बैठे लोगों से वह किस विषय में बात कर रहा था। फिर भी वह चेहरे पर सोचता-सा भाव ले आया जैसे कि बातचीत का सूत्र उससे छूटा न हो और टेलिफ़ोन की बातचीत उस महत्त्वपूर्ण प्रसंग में एक अनावश्यक बाधा रही हो···।

अचानक उसने पाया कि भीड़ उससे पीछे छूट गयी है। क्रॉसिंग पर बत्ती का लाल रंग देखे बग़ैर वह सड़क के बीचोंबीच आ पहुँचा था। उसने दौड़कर सड़क पार कर ली। अगर पाँच सैकेंड की भी देर हो जाती, तो वह तेज़ी से आती एक शिवरलेट के नीचे दब गया होता। उस गाड़ी का मॉडल इतना नया था कि उसे देखने और उसके ख़तरे को समझने के बीच समय का सन्तुलन वह बड़ी मुश्किल से रख पाया था। सड़क की एक-तिहाई और दो-तिहाई के बीच तेज़ ट्रैफ़िक में अपने को घिरे पाकर इस तरह दौड़ना, ऐसा कई बार उसके साथ हो जाता था। जैसे कि दुर्घटना की तरफ़ बढ़ना और उससे भागना, ये दोनों चीज़ें एक-साथ उसके अस्तित्व में शामिल थीं।

चर्चगेट के पास वह सुरंग में उतरा, तो उसकी टाँगें काँप रही थीं। सुरंग की तंग गोलाई और बदली आवाज़ों का दबाव महसूस करता वह बहुत आहिस्ता चलकर ऊपर आया। बाहर आते ही उसे एक ठंडी-सी सिहरन महसूस हुई। जैसे अभी-अभी वह अपने वर्तमान के सुरक्षित ग़ार में था और अब अचानक वहाँ से गुज़रे कल के चनौती-भरे मुहाने पर निकल आया था।

चर्चगेट स्टेशन से एक डबल-फ़ास्ट गाड़ी छूटनेवाली थी। भीड़ पहले से कहीं तेज़ चाल पकड़कर उस तरफ़ बढ़ रही थी। अपने मन के एक हिस्से से वह भी भीड़ के साथ था, पर दूसरा हिस्सा ज़बर्दस्ती उसे भीड़ से अलग करके सामने की तरफ़ ले जा रहा था। ह्विसल देकर गाड़ी प्लेटफ़ार्म से सरकने लगी, तो निराशा की एक हल्की लहर उसके शरीर में दौड़ गयी। गाड़ी के चलने के साथ ही जैसे एक विकल्प उसके हाथ से छूट गया था। मगर तभी दूसरी अनुभूति उसे सन्तोष की हुई, क्योंकि उस गाड़ी के चलते-न-चलते दूसरी डबल-फ़ास्ट गाड़ी के संकेत चमकने लगे।

सामने के फुटपाथ पर पहुँचते ही एक छोकरे ने वहाँ खड़ी टैक्सी का दरवाज़ा उसके लिए खोल दिया। 'टैक्सी साहब ?' उसने जवाब नहीं दिया, तो छोकरे ने मुँह बिचकाकर दरवाज़ा ज़ोर से बंद कर दिया। बस स्टाप पर लंबा क्यू था। एक ख़ाली बस तभी आकर रुकी थी। क्यू में खड़े सब लोग उसमें समा जाने की आशा लिये एक अधीर ठहराव के साथ धीरे-धीरे आगे को चल रहे थे। जो लड़की क्यू में सबसे पीछे थी, उसके शरीर की तराश इतनी आकर्षक थी कि उसकी तरफ़ आँखें मुड़ी रहने से वह सामने से आते उस व्यक्ति को नहीं देख पाया जिसने अचानक उसे दोनों बाँहों से दबोच लिया। 'देखकर चलो दोस्त, सामने से भी लोग आ रहे हैं।' पी० एन० पन्त, जो हर शाम चर्चगेट के फुटपाथों पर एक भूत की तरह मँडराता रहता था, हमेशा की तरह उस वक्त भी शायद वह किसी साथ बैठ सकनेवाले व्यक्ति की तलाश में था।

'कैसे हाल हैं ?' कुमार ने ज़बर्दस्ती की मुसकराहट के साथ कहा और आहिस्ता से अपनी बाँहें छुड़ा लीं।

'मेरे हाल ?' पन्त उसके ठंडे लहज़े से निरुत्साह हो गया। 'मेरे क्या हाल होंगे ? तुम अपने बताओ।'

'मेरे हाल ठीक हैं।'

'खुशकिस्मत आदमी हो,' कहता हुआ पन्त उसका कंधा दबाकर उसी आकस्मिकता से आगे बढ़ गया जिससे उसके पास रुका था। वह पन्त की आँखों की हताशा, वितृष्णा और शिकायत की छाप मन में लिये टी सेंटर के अहाते में दाखिल हो गया। आसपास बादल की छाया तब तक काफ़ी गहरी हो गयी थी और हल्की-हल्की ठंडक उँगलियों के पोरों पर सरसराने लगी थी।

टी सेंटर के अंदर खासी भीड़ थी जैसी कि अक्सर नहीं होती थी। दफ़्तरों से उठकर आए अकेले आदमी। अकेली औरतें। दो-एक बॉस-सेक्रेटरी-नुमा जोड़े। अपने काग़ज़ों में खोया एक लेखक-शक्ल विद्यार्थी। सफ़ेद कोट पहने तीन-चार दलाल-सूरत गुजराती। पर किसी कोने में ऐसी कोई लड़की नहीं थी जिसे देखकर श्यामा का भ्रम हो सकता।

लड़की! श्यामा उससे कुल तीन साल छोटी भी नहीं थी और वह अब चौंतीस का होने जा रहा था। फिर भी उसके बारे में वह सोच रहा था एक लड़की के रूप में। क्या अपने को यह विश्वास दिलाने के लिए कि वह भी अभी एक लड़का ही है—अपनी तनी नसों, थकी आँखों और दर्द करती रीढ़ के बावजूद? और उन दिनों भी और चाहे जो आकर्षण रहा हो श्यामा में, एक लड़की-सी तो वह तब भी नहीं लगती थी।

बैठते हुए उसने सामने दीवार-घड़ी पर नज़र डाल ली। पाँच पैंतीस। श्यामा ने जिस तरह फ़ोन पर बात की थी, उससे तो लगता था कि वह साढ़े पाँच से पहले ही पहुँच जायेगी। 'वक्त से पहुँच जाना,' उसने कहा था। 'यह न हो कि मुझे अजनबी लोगों के बीच बैठकर इंतज़ार करना पड़े।' तो क्या वह इंतज़ार से बचने के लिए जान-बूझकर देर कर रही थी, या देर से आकर देखना चाहती थी कि पहले से वहाँ आकर बैठे हुए उसे उसकी आँखों में कैसा भाव नज़र आता है? और जब वह अंदर दखिल होगी, तो उसे क्या एक बदले हुए चेहरे की तलाश होगी या तीन

साल पहले के उसी चेहरे की जिसे आखिरी बार उसने रेलवे प्लेटफ़ार्म पर अपनी ओर बढ़ने के साथ-साथ दूर हटते देखा था।

कुमार ने बैठने के लिए जो जगह चुनी थी, वह दरवाज़े के ठीक सामने थी। उसे अफ़सोस हुआ कि वह खंभे की ओट में कोने की ख़ाली टेबल की तरफ़ क्यों नहीं बढ़ गया। इस तरह तो लगता था कि वह बहुत उत्सुकता से इंतज़ार कर रहा है और नहीं चाहता कि अंदर आने के बाद श्यामा को उसे ढूँढ़ने में ज़रा भी कठिनाई हो। पर इससे पहले कि वह वहाँ से उठकर दूसरी सीट की तरफ़ जाता, वेटर आर्डर लेने के लिए चला आया। कुहनियाँ मेज़ पर टिकाए उसने अकेले आए व्यक्ति की तरह आर्डर दे दिया, 'नीलगिरि चाय। खूब गरम।'

नीलगिरि चाय उसे पसंद नहीं थी। फिर भी ज़ायका बदलने के लिए वह कभी-कभी मँगवा लिया करता था। वेटर चला गया, तो उसने जेब से एक पुरानी चिट्ठी निकाल ली। जाने कब से वह चिट्ठी ऐसे ही जेब में पड़ी थी। उसका जवाब देना ज़रूरी नहीं था, फिर भी फैसला न कर सकने के कारण वह हर बार देखने के बाद उसे फिर जेब में डाल लेता था। कपड़े बदलने पर जेब के बाकी सामान के साथ वह भी नयी जेब में पहुँच जाती थी। कई बार उसने चाहा था कि एक पंक्ति घसीटकर उसका निपटारा कर दे, या वैसे ही उसे फाड़कर फेंक दे। पर जो चीज़ एक बार सोचने की लंबी प्रक्रिया में चली जाती थी, उसका निर्णय कर लेना आसान नहीं रह जाता था। वह चिठ्ठी, एक साधारण इनलैंड, भी उसी प्रक्रिया से जुड़-कर ख़स्ता से और ख़स्ता होती जा रही थी और वह इतना तक नहीं कर पाता था कि उसे जेब से निकालकर डिक्टेशन की ट्रे में ही डाल दे।

चिट्ठी को उसने सामने मेज़ पर फैला लिया। एक अपरिचित व्यक्ति। पंचमढ़ी के अस्पताल में तपेदिक का मरीज़। वह अपने परिवार के लिए कुछ मासिक सहायता चाहता था। सहायता कर सकने की स्थिति में वह नहीं था, पर उत्तर न देने की बात से भी उसे मन में कुछ असुविधा महसूस होती थी। चिट्ठी के शब्दों को पढ़ते हुए उस व्यक्ति का कल्पित चेहरा उसके सामने आ जाता था और वह जैसे उसके सिरहाने बैठकर उसे अपनी सफाई देने लगता था।

इनलैंड के कई बार पढ़े हुए शब्दों को वह फिर एक बार पढ़ गया। एकाध मिनट पंचमढ़ी में उस व्यक्ति के साथ बिताकर उसने वह टूटता

काग़ज़ फिर पहले की तरह सँभालकर रख लिया। पाँच चालीस हो चुके थे। पाँच पैंतालीस तक तो श्यामा को आ ही जाना चाहिए था। अगर तब तक भी न आयी तो…।

हर बार दरवाज़ा खुलने पर कई नये लोग अंदर आ जाते थे। आसपास भीड़ बढ़ती जा रही थी। उसे आश्चर्य हो रहा था कि आज इतने ज़्यादा लोगों ने अपने लिए वह जगह क्यों चुनी है। जिस तरह से लोग बैठे थे, उससे यह भी नहीं लगता था कि वहाँ किसी पार्टी का आयोजन हो। पर अगले रेले में जो लोग आये, उनमें से दो आदमी बिना पूछे उसके सामने की कुर्सियों पर आ बैठे, तो उनके भीगे सिरों को देखकर उसे कारण का अनुमान हो गया।

वेटर उसके सामने ट्रे रख गया था। वह अपने लिए चाय बनाने लगा।

'यह मानसून से पहले की बारिश बहुत परेशान करती है,' सामने बैठे व्यक्तियों में से एक ने उसकी तरफ़ दोस्ती का हाथ बढ़ाने की चेष्टा की।

कुमार ने कुछ जवाब नहीं दिया। इस तरह अपनी आँखें दूसरी तरफ़ हटा लीं जैसे कि उस आदमी के वहाँ होने को अपनी स्वीकृति ही न देना चाहता हो। हॉल में इतने लोग भर गये थे कि उसे संदेह होने लगा कि कहीं ऐसा न हो श्यामा भीड़ के किसी रेले के साथ अंदर आ गयी हो और उसे न देख पाने के कारण किसी दूसरी जगह बैठ गयी हो। पर पूरे हॉल में नयी आयी स्त्रियाँ केवल दो ही थीं। दोनों पारसी। दोनों के चेहरे इस तरह मुरझाये हुए थे जैसे कि अभी-अभी उनकी जेबें काटी गयी हों। एक स्त्री और थी, दरवाज़े के पास। ढीले-ढाले फ्रॉक में झुकी-झुकी-सी एंग्लो-इंडियन बुढ़िया जिसकी आँखें उसके चेहरे से आगे आकर बैठने की जगह तलाश रही थीं।

छह बजने में पाँच मिनट…कम-से-कम आज के लिए वे सब सम्भावनाएँ समाप्त हो रही थीं जो श्यामा के आने पर पैदा हो सकती थीं। उसने चाय की दूसरी प्याली भी बना ली और छोटे घूँटों से बड़े घूँटों पर पहुँचकर उसे जल्दी से खाली कर दिया। पाँच सत्तावन। उसने सोचा वह पूरे छह बजे तक इंतज़ार करके उठ जायेगा। लेकिन तीन मिनट और रुके रहने की मजबूरी भी किसलिए थी? तीस मिनट का इंतज़ार सत्ताईस मिनट के इंतज़ार से ज़्यादा मुकम्मिल क्योंकर था?

उसने वेटर को बुलाकर बिल अदा कर दिया। फिर भी तब तक वहाँ से नहीं उठा जब तक सामने मिनट की सूई ठीक बारह पर नहीं पहुँच गयी। बाहर बारिश हो रही है और वह सीधा निकलकर सड़क पर नहीं जा सकता, इसका ध्यान उसे बरामदे में पहुँच जाने के बाद आया।

बारिश की वजह से बरामदे में बहुत-से लोग जमा थे। रोज़ बंबई की सड़कों पर नज़र आनेवाले वही ख़ास तरह के चेहरे। बाहर आने से पहले जो हल्की-सी आशा मन में थी, उन सबसे कुछ अधिक परिचित या अधिक अपरिचित एक चेहरे को वहाँ देखने की, वह दरवाज़ा लाँघने के साथ ही समाप्त हो गयी थी। हवा की नमी और भीड़ की गरमी एकसाथ महसूस करता वह बरामदे के सिरे पर आ गया। आसपास प्रायः सभी लोगों की नज़रें घड़ियों और बरसती बूंदों के बीच एक-एक मिनट का हिसाब कर रही थीं। उसने एक बार दोनों तरफ़ के फ़ुटपाथों पर दूर तक देख लिया। कितना अच्छा होता अगर पी० एन० पन्त उसे इस वक्त कहीं नज़र आ जाता! उस आदमी की एक विशेष उपयोगिता थी जिसका उसे स्वयं पता नहीं था। उसके चेहरे की मुरदनी, आँखों की कड़ुआहट और पूरे व्यक्तित्व की पस्ती के सामने दूसरा ख़ामख़ाह अपने को बेहतर महसूस करने लगता था। कुछ विशेष मनःस्थितियों में पी० एन० पन्त का साथ वह चाहकर ढूँढ़ता था। शहर की टंकी से फ्लश होकर वह आदमी नाली के रास्ते लगातार नीचे को बहा जा रहा था, लेकिन यह ज़िद उसमें ज्यों-की-त्यों थी कि कोई-न-कोई तरीका जरूर होना चाहिए जिससे फिर से उसी नाली के रास्ते ऊपर को जाया जा सके। उसकी यह ज़िद ही कभी-कभी उसमें एक आकर्षण भर देती थी—शायद उसके अपने से बहुत अलग होने के कारण, या बहुत अलग न होने के कारण।

फ़ुटपाथ लगभग ख़ाली थे, हालाँकि पानी से चमचमाती सड़क ट्रैफ़िक से बुरी तरह घिरी थी। कई-कई रंगों की गाड़ियाँ उसके अंदर और बाहर दोनों तरफ़ चलती नज़र आ रही थीं। सिंगल-डेकर डबल-डेकर लग रही थीं, डबल-डेकर दोहरी डबल-डेकर। चौराहे की बत्ती लाल रहने पर सड़क के अंदर रंगीन ढाँचों का कार्निवाल उमगने लगता जो बत्ती हरी होते ही एक झटके से छितरा जाता। बूंदों के फैलाव में वह सारा दृश्य जैसे एक पारदर्शक ढकने से ढका था—अपनी सारी हलचल के साथ उसमें क़ैद।

छह पाँच । छह दस । छह पंद्रह । आख़िर उसके लिए असम्भव हो गया । एक इंतज़ार से निकल आने के बाद अब अनगिनत मिनट वह इस दूसरे इंतज़ार में खड़ा नहीं रह सकता था । जैसे अब जितना भी समय बीत रहा था, वह श्यामा के न आने के सामने उत्तरोत्तर हीन हो रहा था । वह बरामदे से एक सीढ़ी नीचे उतर आया और कुछ देर वहाँ रुका रहा । ऊपर से टपकती और ज़मीन से टकराकर उड़ती बूंदें उसे भिगोती रहीं । फिर सहसा, जैसे अंदर से हरा सिग्नल मिल जाने से, वह अहाता पार करके फ़ुटपाथ पर पहुँच गया । पर उतना चलने में ही सिर इस तरह भीग गया कि सामने खड़ी एक टैक्सी का दरवाज़ा खोलकर वह सीधा उसमें दाख़िल हो गया ।

टी सेंटर से चर्चगेट, कुछ गिने हुए कदमों का रास्ता था जिसके लिए उसने टैक्सी ले ली थी । स्टेशन के बाहर उस आदमी को पैसे देते हुए उसने ग़ौर से उसके चेहरे को देख लिया । पर उस आदमी को ज़रा भी हैरानी नहीं हुई थी । पैसे जेब में डालकर उसने मीटर ऊपर उठाया और किसी और के इशारा करने पर फिर नीचे गिरा दिया । जैसेकि उसका दिमाग़ सिवाय टैक्सी-मीटर के कुछ हो ही नहीं । हिंदसों के हिसाब को छोड़कर और हर चीज़ से बेलाग ।

गीले फ़ुटपाथ पर जमा-जमाकर पाँव रखता कुमार स्टेशन के अहाते में आ गया । सामने फ़ास्ट गाड़ी के संकेत चमकते देखकर और सब विचार पीछे चले गये । जेब में पास को छूकर वह गाड़ी की तरफ़ दौड़ने लगा । उसे कहीं लग रहा था कि चाहे जितना तेज़ दौड़ ले, वह गाड़ी उसे नहीं मिलेगी । इसलिए उसे निराशा हुई जब उसके ठीक से बैठ जाने के बाद भी गाड़ी कुछ देर नहीं हिली ।

गाड़ी में ज़्यादा लोग नहीं थे । बारिश के बावजूद । या शायद बारिश की वजह से । उसे अच्छा लगता अगर ठसाठस भीड़ में खड़े होकर उस समय उसे सफ़र करना पड़ता । धक्के खाते खड़े रहने का संघर्ष ही उतनी देर के

लिए मन को उलझाए रखता। मगर अब आराम से खिड़की के पास बैठे हुए उसे अपना-आप भी गाड़ी की तरह ख़ाली लग रहा था। जैसे सिर्फ़ एक ही विचार था उसके अंदर जो उस ख़ालीपन में पसरकर उसके साथ सफ़र करने जा रहा था···आज श्यामा का फ़ोन आने के बाद उससे मिलने की बात को उसने इतना महत्त्व क्यों दिया ? और अब, पौन घंटा इंतज़ार करके चल देने के बाद भी, उसके न आने की बात को इतना महत्त्व क्यों दे रहा था ?

मैरीन लाइन्ज़ स्टेशन पर काफ़ी लोग डब्बे में आ गये जिससे आसपास की सभी सीटें रुक गयीं। भीगी बरसाती पहने एक लड़की उसके पास की दस इंच ख़ाली जगह में घुसड़ आयी। सारी भीड़ में वह अकेली ही थी जो घर से ख़राब मौसम के लिए तैयार होकर निकली थी। हरी बरसाती से फिसलती हुई पारे जैसी बूँदें धीरे-धीरे नीचे की तरफ़ रास्ता बना रही थीं। बीच में कोई बूँद समुद्र के पास पहुँची नदी की तरह रफ़्तार पकड़कर उसकी पतलून पर आ गिरती। लड़की उससे बहुत सटकर बैठी थी, फिर भी उसका स्पर्श उसे स्त्री-शरीर का स्पर्श न लगकर सिर्फ़ गीले रबड़ का स्पर्श लग रहा था। लड़की इस ओर से बिलकुल उदासीन थी कि उसके कारण साथ बैठे लोगों को क्या असुविधा हो रही है। उसने बरसाती के अंदर से एक किताब निकाल ली थी और उसे रबड़ के उभार का सहारा देकर पढ़ने में लीन हो गयी थी।

गाड़ी के फिर से रफ़्तार पकड़ने तक कुमार खिड़की से बाहर देखने लगा और कुछ ही क्षणों में रबड़ की बरसाती और उससे टपकती बूँदों की बात भूल गया। सामने आकाश में छितराये बादल थे जो धीरे-धीरे अपने ही अँधेरे में गुम होते जा रहे थे। बादलों को काटते बिजली के तार थे और उन्हें काटती खिड़की की सलाखें। समुद्र पीछे छूट गया। आसमान में उठे होर्डिंग्ज़ की लंबी क़तार भी पीछे रह गयी। बीच-बीच में यहाँ-वहाँ कुछ इमारतें उभर आतीं—पानी की मार से धुँधली पड़ी तसवीरों जैसी। किसी क्षण बिजली की चमक से आकाश में थोड़ी जान आती, फिर वातावरण उसी तरह निर्जीव हो रहता। बारिश अब भी रुकी नहीं थी। हल्की-हल्की बूँदें पड़ रही थीं। पर कुछ देर पहले जिस ज़ोम से पानी उतरा था, उसका उनसे आभास भी नहीं होता था।

एक सलाख़ पर कुहनी का वज़न दिये वह बाहर देखता रहा। जैसे कि

कुछ हो जिसे चमकती पटरियों और तेज़ गुज़रती गाड़ियों के बीच से उसे खोज लेना हो। ऐसा कुछ जिसे कई बार समझना चाहकर, समझने के नज़दीक पहुँचकर भी वह आज तक समझ नहीं पाया था और अब पटरियों, तारों और सलाखों की एक-दूसरी को काटती लकीरों के अंदर से फिर एक बार समझने की कोशिश कर लेना चाहता था। वह कुछ वहीं कहीं था। उदास शाम और झिलमिल बूँदों में घुला-मिला। लोहे की ठंडक और वातावरण की गन्ध में रचा-बसा। उसके अपने अंदर भी वह था और उस हवा में भी जो ठंडे फाहों से आँखों को छू रही थी। बिजली के तारों के उस तरफ़, बादलों की ओट में, न जाने कितना कुछ डूबा था—कितनी ऐसी शामें जिनमें उसने अपने को इसी तरह अस्थिर पाया था; हवा के अंदर से किसी चीज़ को पकड़ लेने, समझ लेने की कोशिश में बेचैन। पर वह कोशिश आख़िर सिर्फ़ कोशिश रह जाती थी; एक गहरी उदासी और थकन तक ले जानेवाली कोशिश।

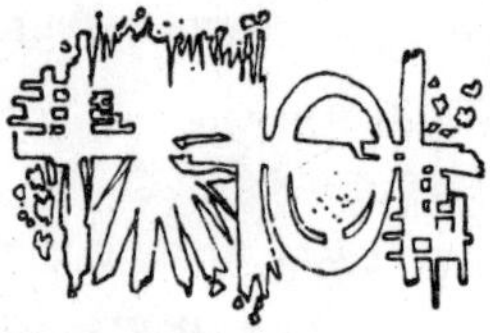

उस छोटे-से कस्बाती शहर में शामें बहुत लंबी होती थीं। शायद इसलिए भी कि कालेज में आखिरी पीरियड पढ़ा चुकने के बाद दोपहर से ही शाम शुरू हो जाती थी। ज़िंदगी इतनी एकतार थी कि किसी नये व्यक्ति से परिचय होना भी एक घटना की तरह लगता था।

उनके एक दोस्त के यहाँ पार्टी थी। अक्सर मिलनेवाले वही पंद्रह-बीस लोग थे जिन्हें उसने खाने पर बुला रखा था। एक और दोस्त सुभाष की नयी-नयी शादी हुई थी, उस खुशी में। यूँ बिना अवसर के भी वे लोग दो-तीन सप्ताह में एक बार किसी-न-किसी के यहाँ चाय या खाने पर मिल लिया करते थे। लम्बी शामों की ऊब से मन पर जो काई जम जाती थी, उसे छितराने में इससे थोड़ी सहायता मिलती थी। तीन-चार घंटे साथ रहकर वे लोग ताश खेलते। एक-दूसरे की पत्नी से कल्पित प्रेम-सम्बन्ध की घोषणा करके ठहाके लगाते। कभी दो-चार रुपये की हार-जीत पर आपस में झगड़ भी लेते। फिर खाना खाने और सुर-बेसुर में गाए ग़ज़लों-गीतों पर वाह-वाह करने के बाद अपने-अपने घर लौट जाते।

उस दिन की पार्टी में वह ज़रा देर से पहुँचा था। उसे देखते ही कई लोग एक-साथ उससे कुछ-न-कुछ कहने लगे थे। परिचित चेहरों के जमघट में दो चेहरे उसके लिए नये थे। सुभाष की पत्नी कमल और सत्ताईस-अट्ठाईस साल की एक युवती जो टमाटर-जूस का गिलास हाथ में लिये अजनबी-सी एक तरफ़ बैठी थी। एक साथ उठती बहुत-सी आवाज़ों के शोर में उस युवती ने हल्के-से आँखें उठाकर एक बार उसे देखा, फिर इस तरह गिलास को होंठों से छू लिया जैसे शोर के कारण उसे काफ़ी निराशा हुई हो। पर इससे पहले कि वह बैठ पाता, शिवालिक कालेज के प्रोफ़ेसर मलहोत्रा उसका हाथ पंजे में कसे उसे उस युवती के पास ले गए। 'लो मिल लो इससे। यही आदमी है जिससे तुम्हें मिलाने लाया हूँ। प्रोफ़ेसर कुमार,

अध्यक्ष दर्शन विभाग, नित्यानंद कालेज। सुनने में लगता है कोई अच्छा-खासा बुज़ुर्ग आदमी होगा। लेकिन सिफ़ारिश का ज़माना है, देख लो कैसे-कैसे लोग हेड ऑफ़ द डिपार्टमेंट लगा दिये जाते हैं। तुम्हारी बदकिस्मती है कि तुम्हें किसी तजुरबेकार आदमी से पढ़ने का मौका नहीं मिलेगा। इस देहाती विद्वान् से ही काम चलाना पड़ेगा।' और अपनी बलग़मी हँसी हँसते हुए उन्होंने दूसरी तरफ़ से परिचय दिया था, 'मेरी छोटी साली, श्यामा। मंडी के एक हाई स्कूल में हेड मिस्ट्रेस है। फ़िलासफ़ी में एम० ए० करना चाहती है मगर नौकरी छोड़ नहीं सकती, इसलिए कालेज में एडमिशन लेकर पढ़ना इसके लिए सम्भव नहीं है। मेरे कहने से कुछ दिनों की छुट्टी लेकर चली आई है। तुमसे अगर थोड़ी-बहुत गाइडेंस मिल जायेगी, तो इस साल फ़ार्म भर देगी। अपना नाम रखने के लिए जो थोड़ा-बहुत आता हो, इसे बता देना। जो न आता हो, गोल कर देना।' और अपनी तरफ़ से उस विषय में निश्चित होकर वे अपने कालेज की मिस रोहतगी के पास चले गये और आनेवाले सीनेट के इलेक्शन की बात करने लगे।

वही सब बातें हुई थीं जो हर बार इस तरह की पार्टियों में हुआ करती थीं। उसी तरह शब्दों पर शब्दों के पत्ते चलकर ठहाके लगाए जाते रहे थे। उनके बीच नयी होते हुए भी कमल नयों की तरह व्यवहार नहीं कर रही थी। पर श्यामा बीच-बीच में मुसकराने की चेष्टा करने पर भी पार्टी का हिस्सा नहीं बन पायी थी। उसे देखकर लगता था वह बड़ी मुश्किल से वहाँ समय बिता रही है। खाने के समय उसका सोच-सोचकर एक-एक कौर निगलना और इस तरह प्लेट को नीचे रखना —जैसेकि एक छोटे-से बच्चे को गोद से उतार रही हो—औरों को कैसा लग रहा था पता नहीं, पर उसे ज़रूर इससे चिढ़-सी हो रही थी। खाना हो चुकने पर गाने का दौर शुरू हुआ, तो कमल से एक बार से ज़्यादा कहने की ज़रूरत नहीं पड़ी। पर श्यामा का चेहरा, उसके नाम का प्रस्ताव होते ही, एकाएक सुर्ख़ हो उठा। 'जीजाजी जानते हैं मुझे गाना-वाना बिलकुल नहीं आता। आता, तो मैं ज़रूर सुना देती।' वह एक उमड़ता हुआ भाव था जिससे उसका चेहरा और और सुर्ख़ पड़ता गया। लेकिन इस बार उसे उससे चिढ़ नहीं हुई। मिस रोहतगी को तो उससे इतनी सहानुभूति हो आयी कि उसने झट से गाने के लिए स्वयं

अपने नाम का प्रस्ताव कर दिया और बिना किसी के समर्थन की प्रतीक्षा किए एक गीत गाने लगी।

पार्टी समाप्त होने तक हमेशा की तरह रात के बारह बज गये थे। उन कुछ घंटों में किसी से भी श्यामा ने अपनी तरफ़ से बात की हो, ऐसा उसे नहीं लगा। जिस किसी ने भी उससे कुछ पूछा, उसे उसने एक दूरी के साथ जवाब दे दिया। या उससे भी कम में, केवल मुसकराकर बात को निकल जाने दिया। उससे तो परिचय होने के बाद उसने आँख भी नहीं मिलायी। खाने की मेज़ के पास भीड़ में सामने पड़ जाने पर भी हल्के-से 'एक्स्क्यूज़ मी' ही कहा। जिस बेगानगी के साथ सारा समय अन्दर बैठी रही थी, उसी के साथ बाहर आने पर सबको हाथ जोड़कर अलग-थलग सड़क पर चलने लगी। अपनी पढ़ाई के बारे में न तो उसने ही फिर ज़िक्र उठाया, न प्रोफ़ेसर मलहोत्रा ने ही। प्रोफ़ेसर मलहोत्रा तो सड़क पर आकर भी यूनिवर्सिटी की राजनीति में ही उलझे थे। जहाँ से उन लोगों के रास्ते अलग होते थे, वहाँ आकर ज़रूर श्यामा ने हल्के-से उसकी तरफ़ सिर हिला दिया। मगर अकेले अपने घर की सड़क पर चलते हुए लगा उसे यही कि उस दिन की मुलाकात ही उन लोगों की पहली और आख़िरी मुलाकात थी।

लेकिन अगले दिन शाम को घर आने पर श्यामा वहाँ उसे पहले से बैठी मिली। पर उसकी उस समय की गम्भीरता पिछली रात की गम्भीरता की तरह नहीं थी। एक अपरिचित घर में होने पर भी वह कल की तरह संकुचित नहीं थी। उसे देखकर जिस मुसकराहट के साथ वह खड़ी हुई, उसमें भी कल की-सी उदासीनता और दूरी नहीं थी। 'देर हो गयी आपको आये?' इस सवाल का जवाब एक शब्द में न देकर कई वाक्यों में दिया उसने। बताया कि वह पंद्रह-बीस मिनट पहले आ गयी थी, तब उसका नौकर घर पर ही था, वह उससे बैठने को कहकर बाज़ार गया है और कि वह इस बीच घूमकर उसका पूरा घर देख चुकी है। 'देर तक एक जगह

बठे रहना मुश्किल हो जाता है मेरे लिए। यह किताब मैं आपके पढ़ने के कमरे से उठा लायी थी। सोच रही थी एकाध दिन के लिए आपसे माँगकर ले जाऊँगी। पर जिल्द के अन्दर नाम तो किसी और का ही लिखा है।'

'किताबें हम सब लोग उधार लेकर पढ़ते हैं,' वह बोला। 'मैं किसी से लेकर आया हूँ, आप मुझसे ले जाइये। पर देर तक एक जगह बैठना मुश्किल है आपके लिए, ऐसा कल मुझे नहीं लगा था।'

श्यामा का चेहरा फिर सुर्ख होने लगा। एक साँवले चेहरे को उस तरह सुर्ख होते उसने बहुत कम देखा था। 'कल की बात दूसरी थी,' वह अपने को स्वाभाविक रखने की चेष्टा करती बोली। 'मैं एक-एक अपरिचित व्यक्ति से तो ठीक से मिल लेती हूँ, लेकिन एक साथ इतने अपरिचित लोगों के बीच अपने को नहीं खपा पाती। आप इसे काम्प्लेक्स समझ लीजिये या जो कुछ भी। शुरू से ही मेरे साथ ऐसा है और अपने से बहुत लड़कर भी मैं अपने को बदल नहीं पायी। इसीलिए कल की पार्टी में मैं आना भी नहीं चाहती थी, पर जीजाजी को तो आप जानते ही हैं। वे यह मानकर चलते हैं कि जो बात उन्हें सही लगती है, वह दूसरे को भी सही लगनी चाहिए।'

इस तरह शायद श्यामा ने अपने को प्रोफ़ेसर मलहोत्रा से अलगा लेने की कोशिश की थी। प्रोफ़ेसर मलहोत्रा के सम्बन्ध में जो धारणा और सब लोगों की थी, वही शायद श्यामा की भी थी।

'आपके आने से पहले प्रोफ़ेसर मलहोत्रा ने आपका ज़िक्र नहीं किया,' वह बोला, 'यह हैरानी की बात लगती है क्योंकि जिस तरह बातें करने की उनकी आदत है…'

'मुझे यह हैरानी की बात नहीं लगती,' श्यामा के होंठों पर दबी-सी मुसकराहट उभर आयी। 'बात करने पर उन्हें सभी तरह की बात करनी पड़ती जोकि अब उन्होंने मेरे ऊपर छोड़ दी है। उन्हें लगता होगा कि मेरे सीधे बात करने से शायद…,' और वह बिना बात पूरी किये हँस दी। हँसते हुए उसकी लिपस्टिक का रंग उसके निचले दाँतों तक फैला नज़र आया। या तो उसे लिपस्टिक लगानी आती नहीं थी, या वह आते हुए बहुत जल्दी में लगाकर आयी थी। रंग भी उसने ऐसा

चुना था कि होंठों से बिलकुल अलग ही नजर आता था। हँस चुकने के बाद बोली, 'देखिए, मैं कल से रोज़ शाम को कुछ वक्त आपसे चाहती हूँ। छह सप्ताह की मेरी छुट्टी है। आप अपनी फीस बता दीजिये।'

'आप रोज़ शाम को पाँच बजे आ जाइये। फ़ीस की बात मैं प्रोफ़ेसर मलहोत्रा से ही तय करूँगा।'

'उनसे क्यों?'

'क्योंकि मैं नहीं चाहता कि सब चीज़ें उसी तरह हों जिस तरह उन्होंने सोच रखा है। पर आप इसका यह मतलब भी न लें कि आपके ऊपर कोई भारी बोझ पड़ जायेगा इस तरह। ट्यूशन के तौर पर ट्यूशन मैं करता भी नहीं। यह बात प्रोफ़ेसर मलहोत्रा अच्छी तरह जानते हैं।'

'तब तो···।'

'तब तो क्या?'

वह चुपचाप सीधी नज़र से उसे देखती रही।

'आप कुछ कह रही थीं।'

'मैं कह रही थी कि···शायद मैंने ग़लती की है इस तरह फ्रैंकली बात करके।'

'क्यों?'

'क्योंकि आप···कुछ दूसरी तरह से सीरियस हो गए हैं। मैं तो सोचती थी कि आप जीजाजी को मुझसे ज़्यादा जानते होंगे, इसलिए···।'

'मैं जानता हूँ उन्हें, इसीलिए कह रहा हूँ कि यह बात आप हम दोनों के बीच रहने दीजिये। फिर भी अगर जाते वक्त आपको लगे कि बात उस तरह से नहीं हुई जिस तरह कि होनी चाहिए थी, तो आप अपनी तरफ़ से जैसा चाहें कर लीजियेगा।'

वह फिर भी कुछ देर आँखों से उसे तौलती रही। 'आप काफ़ी ज़िद्दी आदमी हैं न?'

'पर ज़िद की कौन-सी बात की है मैंने?'

'यह ज़िद की बात नहीं है? कोई और आदमी होता, तो मैं समझती

कि यह सिर्फ़ इन्कार करने का एक ढंग है। पर जीजाजी से जितना कुछ सुन चुकी हूँ आपके बारे में···।'

'वह तो कोई प्रमाण नहीं है। वे अगर मुझसे प्रशंसा करते हैं किसी की, तो मुझ पर हमेशा उसका उलटा असर होता है।'

श्यामा ने हार मानने की उसाँस के साथ सिर हिला दिया। 'बातों से की जानेवाली उखाड़-पछाड़ को आप लोग कितना महत्त्व देते हैं, यह मैं कल की पार्टी में जान चुकी हूँ। मुझे इसमें आपकी बराबरी नहीं करनी है। पर मैं आपका पिंड छोड़ने की भी नहीं। कल से मैं ठीक पाँच बजे आ जाया करूँगी।'

शुरू के तीन-चार दिन वह आने की तरह आयी थी, ठीक से तैयार होकर। उसने पढ़ाने की तरह पढ़ाया था, नोट्स सामने रखकर। समय की बंदिश भी बनी रही थी, पाँच से छह। मगर चौथे-पाँचवें दिन से ही वह बंदिश ढीली पड़ने लगी थी। छह की जगह साढ़े छह और साढ़े छह की जगह सात। श्यामा बिना बाल बाँधे दिन की पहनी साड़ी में ही आ जाती थी। 'पता नहीं क्यों मुझे ग़लत लगता है हर वक्त नये सिरे से तैयार होना। शायद एक मास्टरनी की अकेली ज़िंदगी बिताने से ऐसी आदत हो गयी है। वहाँ स्कूल के अहाते में क्वार्टर है, इसलिए ज़रूरत ही नहीं पड़ती इस सबकी। सुबह एक बार जिस तरह निकले, रात तक उसी तरह बने रहे। यहाँ आकर कुछ दिन जीजाजी की बात मानकर चलती रही हूँ। उन्हें बहुत ध्यान रहता है इसका कि कहाँ किस तरह जाना चाहिए, किस पर किस तरह का प्रभाव डालना चाहिए। पर अब मैंने उनसे कह दिया है कि मुझसे यह सब नहीं चलेगा। मैं जो हूँ वह हूँ, उसके सिवा और कुछ कैसे हो सकती हूँ? उन्हें तो इस बात से भी एतराज़ है कि आपको मैंने अपने विधवा होने की बात क्यों बता दी—आप क्या सोचते होंगे कि यह विधवा होकर बिंदी-लिपस्टिक लगाती है?'

वह उसे बता चुकी थी कि शादी के दो साल बाद ही टाइफ़ाइड से उसके पति की मृत्यु हो गयी थी। एक बच्ची के अतिरिक्त अपनी सास और ननद की भी बहुत-कुछ ज़िम्मेदारी उसके सिर पर आ पड़ी थी। बी० ए० उसने ब्याह से पहले किया था, बी० टी० पति की मृत्यु के बाद। मंडी में हाई स्कूल की नौकरी करते उसे दो साल हो चुके थे। मगर वहाँ से उसका मन ऊब रहा था, इसलिए एम० ए० करके वह किसी कालेज में लेक्चररशिप के लिए कोशिश करना चाहती थी। 'लेकिन डर भी लगता है मुझे कि कालेज की नौकरी मैं अब कर भी पाऊँगी या नहीं। कितनी अजीब बात है कि जिन चीज़ों से आदमी का मन ऊबता है, उन्हीं की उसे इतनी आदत भी हो जाती है कि उनसे वह अपने को छुड़ा नहीं पाता। यहाँ आने के बाद से हर रोज़ मेरा मन अपने क्वार्टर में वापस जाने के लिए तड़पता है। अगर पढ़ाई की लगाम न होती, तो शायद अब तक चली भी जाती।'

कुछ भी बात करते हुए श्यामा बहुत ध्यान से उसके चेहरे की प्रतिक्रियाओं को देखती थी। आँखें उसकी जैसे होनेवाली प्रतिक्रिया के सम्बन्ध में पहले से ही आशंकित हो जाती थीं। उसके मन में उठता हर भाव उसकी आँखों में लहरा जाता था—आँखों के अतिरिक्त उसकी पतली नाक और दुबले चेहरे की अण्डाकार गोलाई पर भी। उसकी आँखों से जो आत्म-विश्वास की कमी झलकती थी, उसकी काफ़ी क्षति-पूर्ति उसके होंठों से हो जाती थी। होंठ चेहरे की तुलना में काफ़ी लाल और भरे हुए थे, और बिना लिपस्टिक के अधिक आकर्षक जान पड़ते थे।

शापेनहावर का मृत्युबोध या स्पेंसर की नैतिकता-सम्बन्धी धारणाएँ—श्यामा के लिए जैसे दुनियाभर के दार्शनिकों ने उसी की ज़िन्दगी को सामने रखकर अपने सारे निष्कर्ष निकाले और सिद्धान्त रचे थे। वह जो कुछ भी पढ़ती-सोचती थी, वह जैसे अपनी ही किसी समस्या को सुलझाने के लिए। उसके सामने किसी चीज़ की व्याख्या करते हुए कई बार अचानक वह बीच में रुक जाता था। श्यामा आँखें मूँदकर उसकी बात सुनती हुई उस बात से आगे कहीं और पहुँच चुकी होती थी। कुछ क्षण खामोशी में बीतने से जैसे उसके अन्दर की लय टूट जाती थी और वह आँखें झपकती हुई अपने को सचेत कर लेती थी। 'कुछ समझ में नहीं आता। और जो कुछ समझ में आता है, उससे दिमाग़ और गुंझल में फँस जाता है।'

श्यामा जब देर तक सीधे उसकी आँखों में देखती रहती थी, तो उसके अपने विचारों का तार भी टूटने लगता था। वह श्यामा की आँखों में उसकी उलझन के अतिरिक्त और भी कुछ ढूँढ़ने लगता था। उसे लगता था कि पढ़ना श्यामा के लिए केवल एक बहाना है, एक ओढ़ा हुआ लबादा जिसके अन्दर से उसका अपना-आप बाहर आने के लिए छटपटाता रहता है। कोई चीज़ है जिसे स्वीकार करने की सीमा पर पहुँचकर भी उसे वह बिन्दु नहीं मिल पाता जहाँ उसे स्वीकार किया जा सके। इसलिए वह जब भी देखती है, उसकी नज़र में एक तोलने-परखने का-सा भाव रहता है—यह जानने का कि सामने बैठा व्यक्ति कहाँ तक इस बात का अधिकारी है कि उसके सामने अपने-आपको खोलकर रखा जा सके; और इस सम्बन्ध में उसका निर्णय हर कुछ क्षणों में बदलता रहता है।

कभी श्यामा उसे केवल एक मानसिक इकाई की तरह लगती थी, एक स्त्रीत्वहीन स्त्री, जिसे अपने अन्दर के कुछ प्रश्नों का हल ढूँढ़ना था। बस इतना ही लगाव था उसे अपने से बाहर की किसी भी और इकाई से। उसकी आँखों की तटस्थता और चेहरे की उदासीनता उसे लकड़ी काटकर बनायी गयी आकृतियों का-सा रूप दिये रहती थीं। पर किन्हीं दूसरे क्षणों में अपने होंठों पर ज़बान फेरती हुई वह एकाएक एक युवा स्त्री के रूप में सजीव हो उठती थी। तब लगता था कि वह और कुछ न होकर केवल एक हिलता साँस लेता शरीर है, उससे तीन फुट के फ़ासले पर, जोकि अपनी हर चेष्टा से उसका ध्यान अपने अकेलेपन की तरफ़ खींचना चाहता है।

श्यामा हर चीज़ का सम्बन्ध किसी-न-किसी तरह अपने जीवन के किसी-न-किसी प्रसंग से जोड़ लेती थी जिससे उसके व्यक्तिगत जीवन के बारे में कुछ-न-कुछ जानकारी हर रोज़ हासिल होती रहती थी। उसका बचपन मध्य प्रदेश के जंगली इलाके में बीता था, लगभग आदिवासियों के बीच, क्योंकि उसके पिता वहाँ जंगल विभाग में कर्मचारी थे। नौ-दस साल की उम्र तक वह काफ़ी अकेली रहती थी। तीन साल की थी जब माँ गुज़र गयी थी, उसके बाद घर पर कोई देखभाल करनेवाला नहीं था। सगा बहन-भाई कोई नहीं था, प्रोफ़ेसर मलहोत्रा की पत्नी उसकी मौसेरी बहन थी। उन लोगों के यहाँ वह पहली बार रहने आयी

थी, पर कोई चीज़ थी जिसके कारण वह वहाँ रहकर खुश नहीं थी। 'पहले दो दिन तो दीदी बहुत बातें करती रही थीं मुझसे। पर अब तो सिवा खाने-पीने की बात के और कोई बात होती ही नहीं उनसे। उन दोनों का आपसी बरताव भी ऐसा है जैसे मिलकर अपने बच्चों के लिए एक होस्टल चला रहे हों वे। उस दिन पार्टी में साथ आने से दीदी ने यह कहकर मना कर दिया था कि उनकी तबीयत ठीक नहीं है, पर बाद में मुझे पता चला है कि वे कहीं भी उनके साथ नहीं जातीं। पता नहीं वे खुद नहीं जाना चाहतीं, या जीजाजी नहीं ले जाना चाहते। इस बारे में इतनी अंडरस्टैंडिंग है दोनों में कि कभी इस चीज़ को लेकर वे आपस में बात ही नहीं करते। जीजाजी को जब कहीं जाना होता है, तो वे उनके कपड़े निकाल देती हैं और अपने काम में लगी रहती हैं। कभी-कभी मुझे शक होता है कि कहीं मुझे लेकर तो कोई बात नहीं है। जीजाजी रोज़ रात को खाना खाने के बाद एक-डेढ़ घंटा मुझसे बात करते हैं। ज्यादातर यही पूछते हैं कि आज क्या-क्या पढ़ा है, लाइब्रेरी से कौन-सी किताबें निकलवायी हैं, कोई आर्टिकल लिखा है या नहीं। पर दीदी अगर उस वक्त पास बैठी हों, तो भी उठकर चली जाती हैं। मुझे लगता है कि कोई चीज़ है जो उन्हें पसन्द नहीं है, पर उसका ज़िक्र वे ज़बान पर नहीं लाना चाहतीं। वैसे जीजाजी के बात करने के ढंग में कुछ है जो मुझे भी कहीं अखरता है···खासतौर से जब वे कुरेद-कुरेदकर पूछने लगते हैं कि मंडी में मेरी जान-पहचान के दायरे में कौन-कौन लोग हैं; वहाँ मैं अपनी शामें किस तरह बिताती हूँ; मेरी छुट्टी का दिन किस तरह कटता है। या जब वे अपने बारे में बात करने लगते हैं कि यहाँ इतने परिचितों के होते हुए भी वे अपने को कितने अकेले महसूस करते हैं; जितने लोगों को वे जानते हैं, उनमें से हर एक की अन्दर की ज़िन्दगी कितनी खोखली है; वे अगर अपनी शामें घर पर ठीक से बिता सकें, तो कभी किसी के यहाँ जाना पसंद न करें। उनकी बातचीत में कहीं एक इशारा दीदी की तरफ़ होता है और दूसरा इस तरफ़ कि मैं आपसे पढ़ने आती हूँ, तो मुझे थोड़ा सावधान रहकर आना चाहिए क्योंकि पिछले दिनों आपको लेकर खासा स्कैंडल उठ खड़ा हुआ था एक। आप पढ़ाते अच्छा हैं, लेकिन···,' और वह हँस दी थी। 'उन्हें शायद आपसे ईर्ष्या है कि मैंने ऐसा विषय क्यों चुना है जो आप पढ़ा सकते हैं, वे नहीं पढ़ा सकते। वे आपके

बारे में पता नहीं कितनी बातें बता चुके हैं मुझे । कि आपके कालेज में थी कोई···लता नाम बताया था शायद···आप ही के विभाग में पढ़ाती थी। पहले आपसे पढ़ती थी, बाद में आपने उसे अपने विभाग में ले लिया था। अफ़वाह थी कि हर दोपहर को वह कालेज से आपके यहाँ आ जाती है और शाम होने पर घर जाती है। इससे उसके घर के लोगों ने उसकी नौकरी छुड़वा दी थी। बाद में सुना जाने लगा था कि आप भी नौकरी छोड़कर उसके साथ कहीं निकल जानेवाले हैं, पर फिर पता नहीं क्या हुआ कि बात जहाँ-की-तहाँ रह गयी और उसकी किसी दूसरी जगह शादी हो गयी। ठीक बात है यह ?'

'हाँ, ठीक ही है एक तरह से,' उसने जिस स्वर में कहा था उससे श्यामा पर स्पष्ट हो जाना चाहिए था कि वह उस विषय में और बात नहीं करना चाहता। लेकिन अपनी बात की धुन में श्यामा का इस तरफ़ ध्यान नहीं गया था; या शायद जान-बूझकर उसने ध्यान नहीं दिया था।

'एक तरह से मतलब ?'

'मतलब कोई भी बात उतनी सीधी-सपाट नहीं होती जितने सपाट ढंग से वह कह दी जाती है।'

'इसीलिए तो मैं आपसे जानना चाहती हूँ। आप सचमुच उसे बहुत चाहते थे ?'

उसे पहली बार श्यामा पर गुस्सा आया था। वह क्यों नहीं समझ पा रही थी कि कुछ बातें आदमी के लिए इतनी निजी होती हैं कि वह किसी दूसरे से उन्हें नहीं बाँट सकता, बल्कि अपने-आप के उस दुखते अंश को वह खोलकर अपने सामने भी नहीं ला सकता। दो साल पहले जो कुछ हुआ था, उसका बेहतर पक्ष इतना ही था कि वह अब बीत चुका था। वह क्यों मजबूर होकर उस बीते अक्स को आज के चौखटे में देखने की कोशिश करे ?

उसके खामोश रहने को श्यामा ने सोचने के अर्थ में लिया था। 'यह भी सोचकर बताने की बात है क्या ?'

'समय इतना बीत चुका है कि बिना सोचे हाँ या न कह देना भी आसान नहीं है,' वह अपनी खीझ पर किसी तरह काबू पाकर बोला था। 'आज इतना ही कह सकता हूँ कि हर आदमी की ज़िन्दगी में

एकाध अवसर ऐसा आता है जब वह किसी-न-किसी के प्रति विशेष आकर्षण अनुभव करने लगता है और अपने जाने उसे वह आकर्षण असाधारण भी लगता है। कुछ ऐसी ही बात थी उसे लेकर मेरे साथ भी।'

'कैसी थी वह देखने में ? बहुत सुन्दर थी ?'

अपनी खीझ में भी उसका मन हँसने को हुआ था। एक मुकाम पर सब स्त्रियाँ एक-सी हो जाती थीं।

'वैसी ही थी जैसी बाईस-तेईस की कोई भी लड़की होती है।'

'कोई भी दो लड़कियाँ एक-सी होती हैं क्या ?'

'एक जमाने में लगता है कि नहीं होतीं। पर धीरे-धीरे पता चल जाता है कि सभी नहीं तो कई-कई लड़कियाँ एक ही तरह की होती हैं। एक खास तरह की लड़कियों में से वह भी थी।'

'फिर भी···औरों से अलग भी तो होगी वह किसी रूप में।'

'हाँ···अलग इस रूप में कि उससे मेरा निकट का परिचय था जोकि औरों से नहीं था।'

इतनी देर के बाद श्यामा उसके भाव के प्रति सचेत हुई थी। 'अच्छा, अब इस बारे में और बात नहीं करेंगे,' उसने जैसे अपने को झिड़ककर कहा था। 'वह हमें अपने बारे में बात करते सुने, तो कैसा लगे उसे सुनकर—थी, थी, थी। कितनी अपशगुन की बात है!'

और थोड़ी देर में कांट के व्यावहारिक दर्शन की व्याख्या में वह बात बिलकुल खो गयी थी। लेकिन कुछ ही दिन बाद वह प्रसंग एक बार फिर उभर आया था···।

अकेले प्रोफ़ेसर मलहोत्रा की बात नहीं थी उस शहर के वातावरण में ही कुछ था जिससे चार साल वहाँ काट चुकने के बाद उसका मन

लगातार वहाँ से उचाट होता जा रहा था। अपने अन्दर से वह बहुत दिन पहले उस शहर को छोड़ चुका था, अगर कोई चीज़ उसे रोके हुए थी तो वह थी अपने इरादे को प्रयत्न में बदलने से पहले की असुविधापूर्ण मनःस्थिति जिसमें जैसे अपने अस्तित्व को ही उसने एक अनिश्चित काल के लिए स्थगित कर रखा था। उसका वहाँ रहना जैसे रहना न होकर कहीं और जाकर रहने से पहले का अन्तरालभर था, किसी दूसरी भूमिका में जीने से पहले का विराम। वह दूसरी भूमिका किसी बड़े शहर में जाकर शुरू होने को थी···कहाँ और किस तरह से, यह वह नहीं जानता था···क्योंकि कुछ दिन 'सिचुएशन्ज वेकेंट' का कॉलम पढ़ने के बाद उसने उतना-सा प्रयत्न करना भी छोड़ दिया था। एक और चीज़ भी थी जिसने पिछले दो साल वहाँ गुज़ारने में सहायता दी थी। लता वाला प्रकरण समाप्त हो जाने के बाद वह उसी तरह अपने आसपास की प्रतिक्रियाओं का साक्षी बना रहा था जैसे एक प्राणान्तक दुर्घटना में से गुज़रने के बाद कोई व्यक्ति स्वयं उसकी छानबीन में शामिल होने का अवसर पा जाए।

वह अपनी ज़िन्दगी में एक जगह आकर रुक गया था, तो सारा शहर ही उसे रुका हुआ लगता था। हर रोज़ साथ उठने-बैठनेवाले जितने लोग थे—बाली, जगधर, सुभाष, मिरज़ा, उमेश, हज़ारिया—वे सब उसे अपने आसपास के गतिरोध का हिस्सा, बल्कि उसका कारण जान पड़ते थे। बाली की हर एक से अतिरिक्त आत्मीयता अन्दर की उदासीनता का ही एक रूप थी···सामने रहने पर वह जितनी तत्परता से किसी की समस्याओं में दिलचस्पी लेता था, सामने से हट जाने पर उतनी ही आसानी से उसके विषय में भूल भी जाता था। सुभाष और हज़ारिया की एकमात्र आवश्यकता 'अच्छा समय' बिताने की थी···उनके लिए किसी की भी उपयोगिता इस बात में थी कि उससे उन्हें 'थोड़ी देर हँसने' में कितनी सहायता मिलती है। मिरज़ा की ज़िन्दगी से विरक्ति उस सीमा तक पहुँच चुकी थी कि किसी तरह एक शाम और काट लेना ही उसके लिए अपने में एक उद्देश्य होता था, जब और कोई चारा नज़र नहीं आता था, तो वह सारी शाम क्लब में जाकर रमी खेलता, हारता और कुढ़ता रहता था। जगधर और उमेश बियर पीने के साथी थे—साथी इस अर्थ में कि उमेश को सामने बैठकर गाली सुन सकनेवाले

एक व्यक्ति की आवश्यकता रहती थी जिसे जगधर अच्छी तरह पूरी कर देता था। जब दोनों में झगड़ा हो जाता था तो मध्यस्थता के लिए वे उसे बीच में ले आते थे। प्रोफ़ेसर मलहोत्रा और मिस रोहतगी उसके हाल के परिचितों में से थे···परिचय की भूमिका इतनी ही थी कि यूनिवर्सिटी से सम्बन्धित सब मामलों में वे उसकी गिनती एक वोट के रूप में करते थे। वे दोनों साथ होते थे, तो उनमें कोई मतभेद नहीं होता था, लेकिन अलग-अलग से मिलने पर उनके कुछ आधारभूत विरोध सामने आने लगते थे। मिस रोहतगी को प्रोफ़ेसर मलहोत्रा के चौकन्नेपन से शिकायत थी, तो प्रोफ़ेसर मलहोत्रा को मिस रोहतगी की बुज़दिली से ··इसके अतिरिक्त छोटेपन की शिकायत दोनों को एक-दूसरे से थी।

थोड़े दिनों में वहाँ से छोड़कर चले जाने की बात पहले वह बहुत कहा करता था। पर धीरे-धीरे बात मज़ाक का विषय बन गयी थी, इसलिए उसने उसकी चर्चा करना छोड़ दिया था। सोचता था कि जाने से पहले वह अब अचानक ही सब लोगों के बीच इसकी घोषणा करेगा। पर वह दिन कब आयेगा, और आयेगा भी या नहीं, यह सोचकर उसे अपने से कुढ़न होती थी। श्यामा के आने के बाद से इतना अन्तर पड़ा था कि हर रोज़ उन्हीं लोगों के बीच शाम बिताने की पहले की-सी मजबूरी नहीं रही थी। श्यामा कई बार दो-दो, ढाई-ढाई घण्टे उसके यहाँ रुकी रहती थी। इससे शाम और रात के बीच का वह नाज़ुक वक्त, जो किसी भी तरह अकेले नहीं काटा जा सकता था, अपने-आप कट जाता था। वह जानता था कि श्यामा को लेकर भी उन लोगों के बीच चेहमेगोइयाँ होने लगी हैं। उसके दायरे के प्रायः सभी लोग एक-एक करके किसी-न-किसी दिन उस वक्त उसके यहाँ दस्तक दे चुके थे जब श्यामा उसके पास आयी होती थी। यह जैसे उन लोगों की आपसी साज़िश थी कि आज फ़लाँ व्यक्ति उसके यहाँ जायेगा और आज फ़लाँ। यहाँ तक कि मिस रोहतगी भी, जो कि कभी उसके यहाँ अकेली नहीं आयी थी, एक बार चक्कर लगा चुकी थी। उन सबके आने, अन्दर झाँकने और मुसकराने की तरह मुँह से कहने का वाक्य भी निश्चित होता था : 'काम हो रहा है ? सॉरी। डोंट बी डिस्टर्ब्ड।' श्यामा भी जानती थी कि वे लोग जान-बूझकर ऐसा करते हैं, पर उसे यह एक खेल की तरह लगता था जिसका वह

बुरा नहीं मानती थी। अगर कोई ऐसा व्यक्ति था जो उस बीच नहीं आया था, तो वे थे प्रोफ़ेसर मलहोत्रा। वे तो उस दिन की पार्टी के बाद से वैसे भी उसके सामने पड़ने से कतराते थे···पता नहीं यह फ़ीस के प्रकरण से बचने के लिए था या किसी और कारण से। श्यामा एक बार इस तरफ़ इशारा कर चुकी थी। 'मुझे लगता है जीजाजी अब मेरे यहाँ से जाने के बाद ही आपसे मिलेंगे। इसलिए आप न चाहते हों, तो भी फ़ीस-वीस की बात आपको आख़िर मुझी से तय करनी पड़ेगी।'

उस दिन कालेज से उसे छुट्टी थी, पर दिन-भर वह घर से बाहर नहीं निकला था। कुछ देर पुराने काग़ज़ छाँटता रहा था, फिर किसी से प्रेज़ेंट में मिला सिगार सुलगाकर छाँटे हुए काग़ज़ों को फ़ाइलों में लगाता रहा था। कभी साल-छह महीने में एक बार वह यह काम कर लिया करता था जिससे अपने आसपास का बासीपन कुछ हद तक दूर हो जाता था और कम-से-कम एक शाम नयी शुरुआत की ताज़गी में बीत जाती थी। काग़ज़ों के साथ उसी रौ में कमरों की भी सफ़ाई हो जाती थी, कुर्सियों-मेज़ों को थोड़ा इधर से उधर सरकाकर एक नयी सेटिंग का आभास पा लिया जाता था। इसी प्रक्रिया में एक बार अपने अन्दर की यात्रा भी हो जाती थी, मुद्दत से टाले हुए संदेहों और संशयों से सामना कर लिया जाता था।

खाना खाने के बाद पूरी दोपहर उसकी क्लब-चेयर में लेटकर श्यामा के बारे में सोचते हुए बीती थी। श्यामा जब से आने लगी थी, एक दिन की भी छुट्टी या नागा उसने नहीं किया था। जैसे कोई बंदिश थी जिसके अन्तर्गत श्यामा को हर रोज़ शाम को आना ही होता था और उसे घर पर रहकर उसके आने की प्रतीक्षा करनी ही होती थी। अगर श्यामा के आने के समय वह दूसरे कमरे में कुछ काम कर रहा होता तो वह चुपचाप आकर बाहर के कमरे में बैठ जाती थी, नौकर के हाथ भी अपने आने की सूचना उसे नहीं भेजती थी। लेकिन ऐसा बहुत कम होता था

कि श्यामा के चुपचाप हल्के पैरों उधर आ बैठने पर उसे उसके आने का पता न चले। उस कमरे की हवा में ही कुछ ऐसा परिवर्तन आ जाता था कि वह हाथ का काम छोड़कर उस तरफ़ जा पहुँचता था। 'आ गयीं आप ? ज्यादा देर तो नहीं हुई आये ?' पर वह भी जानता था और श्यामा भी कि उसका यह सवाल झूठमूठ का होता है।

श्यामा हर रोज़ आती थी, हर रोज़ बात उसकी पढ़ाई के किसी पक्ष को लेकर ही शुरू होती थी, लेकिन कई दिन हो गये थे जब से पहले दस-बीस मिनट के बाद, जैसे एक आपसी समझौते से, वे लोग उस विषय को छोड़कर किन्हीं और ही विषयों पर बात करने लगते थे। श्यामा अधिकतर प्रोफ़ेसर मलहोत्रा के घरेलू जीवन की चर्चा करती थी, या अपनी चार साल की बिटिया की जिसे छोड़कर आने के लिए रोज़ उसे नये-नये बहाने सोचने पड़ते थे, या मंडी के अपने घर की जहाँ चार कमरों में वह अकेली रहती थी। वह अपने आसपास के परिचितों के बारे में बात करता था, उस शहर में रहने की ऊब के बारे में, या अपने कालेज के प्रिंसिपल, वाइस प्रिंसिपल और स्टाफ़ के बारे में जो सब-के-सब अध्यापन को एक दोमंज़िला मकान बनाने का साधन मानते थे। जो दो घण्टे वे आमने-सामने बैठे रहते थे, वह जैसे उन दोनों के लिए अपने-आपका लेखा-जोखा करने का समय होता था। जैसे दोनों के पास कहने की जितनी भी निरर्थक बातें थीं, उन्हें कह सकने का यह अवसर वे खोना नहीं चाहते थे। दो अलग-अलग शहरों में रहने के कारण सामान्य सूत्र कोई न होने से वे लोग जितना खुलकर हर विषय और व्यक्ति के बारे में अपने अन्दर की भड़ास एक-दूसरे के सामने निकाल सकते थे, उस तरह हर रोज़ की सामाजिक जिन्दगी में अपने से जुड़े हुए किसी व्यक्ति के सामने निकाल सकना सम्भव नहीं था, इसलिए जैसे वे इस स्थिति का पूरा लाभ उठा लेना चाहते थे।

फिर भी किसी-किसी समय उसे लगता था कि बात इतने तक ही सीमित नहीं है, अपने अन्दरूनी कसाव को ढीला करके एक-दूसरे के सामने इतनी तरह की बातें करने का कुछ और उद्देश्य भी है। श्यामा जिस कुर्सी पर बैठती थी, वह खिड़की के बहुत पास थी और आने के काफ़ी बाद तक परदे से छनकर आती धूप उसके चेहरे पर पड़ती रहती थी जिससे उसके एक गाल के रोएँ सुनहले हो उठते थे। धूप-छाँह की झिलमिल में

उसका चेहरा चमड़े के एक मुखौटे की तरह दो हिस्सों में बँटा लगता था। दोनों हिस्सों के भाव भी तब अलग-अलग तरह के नज़र आते थे। एक हिस्सा काफ़ी दूर और तटस्थ जान पड़ता था जबकि दूसरा बहुत पास और आतुर। श्यामा के मुँह से निकलते शब्दों में भी उसे दोनों तरह की ध्वनियाँ सुनायी देती थीं। क्या सचमुच श्यामा के उसके पास आने और इस तरह समय बिताने के पीछे वैसी ही कोई चाहना थी जैसी कितनी ही बार उससे बात करते हुए उसे अपने अन्दर महसूस होने लगती थी ? और श्यामा, उसके इतना पास बैठी हुई, क्या उसकी आँखों में वे डोरे देखती नहीं थी ? जिस तरह कभी-कभी वह अपनी आँखों में बिना कारण एक शिकायत का भाव ले आती थी, उससे यह लगता भी था कि वह इस सम्बन्ध में बिलकुल अनबूझ नहीं है। लेकिन वह शिकायत सचमुच की शिकायत होती थी, या उसकी आँखों में दिखायी देते निमन्त्रण की परोक्ष स्वीकृति ?

श्यामा उस दिन साढ़े पाँच के करीब आई थी। और किसी दिन इतनी देर उसने नहीं की थी। दिनभर धूप रहने के बाद घंटा भर पहले से हल्के-हल्के बादल घिरने लगे थे। वह कमरे से बाहर आकर लॉन में टहल रहा था। श्यामा गेट से दाखिल होते ही उसे सामने देखकर मुसकरा दी थी। उसे शायद लगा था कि उसके देर कर देने से वह उसी की प्रतीक्षा में बाहर निकल आया है। पास आकर वह बोली थी, 'आप आज नाराज़ तो नहीं हैं ?'

'क्यों ?'

'कहते होंगे कि रोज़ आकर तो वक्त बर्बाद करती ही है, आज न आकर कर रही है।'

'मैं सोच रहा था आज शायद छुट्टी की है तुमने।'

'दिन तो सचमुच ऐसा है कि छुट्टी करनी ही चाहिए। मेरा मतलब है कमरे में बैठकर मग़ज़पच्ची करने से छुट्टी। मैं आ रही थी, तो बहुत अच्छा लग रहा था मुझे सड़क पर चलते हुए। कैसा रहे अगर एक दिन की क्लास सड़क पर रखी जाए ?'

श्यामा के स्वर में एक तरह की चुनौती थी। जानते हुए भी कि उस बस्ती में उन दोनों के साथ-साथ घूमने निकलने पर किस तरह की टिप्पणियाँ

की जा सकती हैं, क्या वह जान-बूझकर उस चीज़ का खतरा उठाना चाहती थी? उसके मन में क्या सचमुच कहीं कोई डर नहीं था, या वह सिर्फ़ उसे आज़माने के लिए एक दिखावा कर रही थी?

'मुझे कोई एतराज़ नहीं है,' वह उसके साहस की सीमा आँकता बोला था। 'लेकिन इतना सोच लो कि रास्ते में अगर पानी पड़ने लगा, तो...।'

'ज़्यादा-से-ज़्यादा भीग जायेंगे, इतना ही तो!'

श्यामा की आँखों में एक उपहास-सा था कि बताओ इसके बाद और किस चीज़ का डर दिखा सकते हो मुझे?'

'चाहो, तो एक छाता साथ में ले सकते हैं।'

आँखों का भाव श्यामा के होंठों पर फैल आया। 'कितना अजीब लगेगा कि बारिश में भीग रहे हैं, मगर छाता हाथ में लिये हुए। छाते से बचाव कितना होता है?'

वह जिस तर्क से चल रही थी, उसे उसकी सीमा तक निभाना चाहती थी। वह उसे और अवसर न देकर गेट की तरफ़ बढ़ गया था। 'मैं यह मानकर चल रहा हूँ कि कम-से-कम इस वजह से अब लौटने की बात नहीं करोगी।'

उसका घर बस्ती के एक सिरे पर था। एक तरफ़ एक ही तरह के बने पीले मकानों की कतारें थीं, दूसरी तरफ़ ऊँची-नीची ज़मीन जहाँ नये घर बन रहे थे। गेट से कुछ ही कदम आगे जाकर वह दोराहा था जहाँ से एक रास्ता वाटर-वर्क्स की तरफ़ जाता था, दूसरा खेतों की तरफ़। वाटर-वर्क्स उस बस्ती की सबसे बड़ी सैरगाह थी जहाँ बैठने के लिए एक बडा-सा शेड और कई-एक-बेंचें भी थीं। बस्ती के सब अधेड़ सुबह-सुबह वहाँ का चक्कर लगाने जाते थे, शाम को कालेज के लड़कों और लड़कियों के अलग-अलग गिरोह वहाँ सामूहिक चुहलबाज़ी करते

नज़र आते थे। क्योंकि उनमें से आधे से ज़्यादा उसे जाननेवाले थे, इसलिए काफ़ी हद तक सम्भावना थी, वह उन लोगों की उस शाम की तफ़रीह का साधन बन जाए।

मगर श्यामा दोराहे से वाटर-वर्क्स की तरफ़ नहीं मुड़ी, खेतों की तरफ़ चल दी। नयी मकानियत की बिखरी हुई ईंटों और गारे-मिट्टी से किसी तरह बचते हुए वे कच्ची सड़क पर आ गये। खुदी नींवों में काम करते मज़दूरों को छोड़कर दूर तक कोई भी व्यक्ति नज़र नहीं आ रहा था। दोनों चुपचाप चल रहे थे। ज्यों-ज्यों मकानियत पीछे छूट रही थी, श्यामा की चाल में अधिक निश्चिन्तता आती जा रही थी। पहले वह उससे तीन-चार फुट आगे चल रही थी। अब उसके बराबर आती बोली, 'दो-चार बूँदें पड़ते ही मिट्टी से कितनी प्यारी बास उठने लगती है!'

मिट्टी की बास तो थी ही, उसके अलावा एक और भी बास थी वहाँ, उतनी ही मद्धिम। फुहार-मिली हवा के झोंके में उसने बस बास को पहचाना। बास श्यामा के रूखे बालों की थी। वे लोग अब उन कँटीले तारों के साथ-साथ चल रहे थे जिनके उस तरफ़ खेत थे।

'मगर ज़्यादा बरस जाए, तो बास-वास कुछ नहीं रहती। कीचड़-ही-कीचड़ हो जाती है।' उसकी इस बात से श्यामा को झटका-सा लगा, लेकिन वह बिना कुछ कहे खेतों की तरफ़ देखती उसके साथ-साथ चलती रही। कुछ दूर आगे जाकर कच्ची सड़क भी समाप्त हो गयी। अब सामने भी खेत थे और उन्हें सड़क से अलग करते वैसे ही कँटीले तार।

'अब?' उसने श्यामा की तरफ़ देखा। 'यहाँ से आगे कैसे जायेंगे?'

'क्यों?' श्यामा अपना हठ बनाये रखती बोली। 'तारों को लाँघ नहीं सकते क्या?' सड़क पर आने के बाद से ही वह काफ़ी बड़ी बन गयी थी और जैसे उसके साथ नहीं, उसे साथ लेकर चल रही थी।

'मुझे अपने लिए डर नहीं है,' उसने उसके बड़प्पन को अपने बड़प्पन से ढकते हुए कहा।

'मेरे लिए मत डरिये। वहाँ तार थोड़े नीचे हैं। मैं वहाँ से पार कर सकती हूँ।'

वह बिना और कुछ कहे कूदकर तारों को पार कर गया। उधर से हाथ बढ़ाकर बोला, 'मैं मदद करूँ ?'

'नहीं, मैं पार कर लूंगी।' श्यामा ने एक बार कोशिश की कि साड़ी को किसी तरह सँभालकर तारों के ऊपर से लाँघ आये। पर तार इतने नीचे नहीं थे। दूसरी बार की कोशिश में वह साड़ी को छोड़ती हुई संकोच के साथ पीछे हट गई। उछलना चाहते ही उसकी टाँगें जाँघों के ऊपरी हिस्से तक पेटीकोट से बाहर उघड़ आयी थीं।

वह उसकी कोशिश पर हँसने जा रहा था जब यह वाक्य सुनकर उसकी हँसी गले में रह गयी, 'तुम चलो न आगे, खड़े क्यों हो वहाँ ?' इसमें जहाँ एक झिड़की थी, वहाँ एक निकटता का दावा भी था। तो क्या श्यामा को लगा था कि वह उसे उस उपहासास्पद स्थिति में देखने के लिए जान-बूझकर वहाँ खड़ा रहा था ? अगर ऐसा था, तो उसने पहले ही क्यों नहीं उससे आगे चलने को कह दिया था ? और असावधानी के उस एक क्षण में उसने श्यामा को जितना देखा था, क्या वह उसी के कारण था कि उसके कान गरम हो उठे थे और कनपटियाँ अन्दर से आवाज़ करने लगी थीं ? श्यामा की आँखों में कुछ ऐसा था, शिकायत से बढ़कर, कि वह चुपचाप मुँह मोड़कर खेतों की पगडंडी पर आगे चलने लगा। मगर चलते हुए भी वह जैसे पीठ से सब-कुछ देख रहा था—कि फिर उसी तरह श्यामा ने तारों पर से उछलने की एक और कोशिश की है, कि इस बार भी अपनी कोशिश में वह सफल नहीं हो सकी, कि तारों के उस तरफ़ अब वह असहाय भाव से खड़ी उसे देख रही है, सोच रही है कि उसे आवाज़ देकर रोक ले या नहीं। कुछ देर उसी तरह चलते रहने के बाद उसे लगने लगा कि श्यामा अब तक उस तरफ़ खड़ी नहीं रही, पार करने की कोशिश में उसकी साड़ी तारों में उलझ गयी है, वरना वह जितना आहिस्ता चल रहा था, उसे देखते हुए कोई कारण नहीं था कि वह अब तक उसके बराबर न पहुँच जाती। मगर रुका वह फिर भी नहीं, न ही उसने पीछे मुड़कर देखा ही। देखा जब पीछे से श्यामा की आवाज़ सुनायी दी, 'सुनो।'

वह आवाज़ श्यामा की परिचित आवाज़ से काफ़ी अलग और बारीक थी। उसने देखा कि श्यामा तारों को पार तो कर आयी है, पर इस तरफ़

आकर ज़मीन पर बैठी न जाने क्या ढूंढ़ने या ठीक करने की कोशिश कर रही है।

'क्या हुआ ?' वह उसकी तरफ़ लौट पड़ा।

'मैं समझती हूँ अब हमें लौट चलना चाहिए।'

'क्यों, पैर में मोच-ओच आ गयी क्या ?'

'नहीं, ऐसा कुछ नहीं हुआ।'

'तो ?'

'साड़ी तार से उलझकर फट गयी है।'

वह उठ खड़ी हुई। साड़ी बार्डर के पास से फटी थी। फटे हिस्से में उसने गाँठ दे ली थी।

'मैंने कहा था तुमसे।'

वह मुसकरा दी। 'बड़ों की बात न मानने का यही नतीजा होता है।' और लौटने की बजाय वह पगडंडी पर आगे चलने लगी। 'तुम मुझसे बड़े हो न ?'

'अभी तुम लौटने को कह रही थीं,' वह बोला।

'हाँ, लेकिन लौटने के लिए फिर से तार पार करने पड़ेंगे, उस मुसीबत का सामना अभी इतनी जल्दी नहीं। तुमने बताया नहीं। मुझसे कितने बड़े हो तुम ?'

'कितना बड़ा हूँ, यह कैसे बता सकता हूँ ? इस नवंबर में मैं तीस का हो जाऊँगा।'

'तब तो तुम मुझसे ज़रा भी बड़े नहीं हो।'

'नहीं हूँ ?'

'बल्कि एक तरह से मैं ही तुमसे बड़ी हूँ।'

'यह रोज़ उसके पास पढ़ने आने वाली श्यामा नहीं थी, उसके सामने की कुर्सी पर बैठकर उसे एक ऊँचाई पर देखनेवाली। वहाँ खुले में उसके साथ चलती हुई वह कोई और ही स्त्री थी जो बिलकुल दूसरे धरातल पर आकर उससे बात कर रही थी।

'कितनी बड़ी ?' वह फिर भी अपनी ऊँचाई क़ायम रखता बोला।

'कई साल,' श्यामा हल्के से हँस दी। 'मैं पिछले महीने सत्ताईस की हो चुकी हूँ। लेकिन चौदह-पंद्रह साल की उम्र से लड़कियाँ लड़कों से कहीं तेज़ी से बड़ी होने लगती हैं और फिर उम्रभर उन्हें अपने बराबर नहीं आने देतीं।'

फुहार की जगह अब हल्की-हल्की बूँदें पड़ने लगी थीं। वे लोग पगडंडी के उस हिस्से पर आ गये थे जहाँ दोनों तरफ़ दूर तक सरकंडे उगे थे। श्यामा फिर उससे आगे-आगे चल रही थी। बीच-बीच में जैसे उसे प्रोत्साहित करने के लिए मुड़कर पीछे देख लेती थी।

'आज सचमुच लग रहा है कि तुम आदिवासियों के बीच पलकर बड़ी हुई हो,' उससे आँख मिलने पर वह बोला। 'लेकिन यह आदिम पगडंडी जाती कहाँ है, इसका भी कुछ पता है ?'

'सरकंडों के उस तरफ़ आगे एक रहँट है। मैं एक बार पहले भी दिन में वहाँ तक जा चुकी हूँ। जीजाजी के घर की तरफ़ से आयें, तो रास्ते में तार नहीं पड़ते। उस दिन वहाँ मुझे भुनी हुई मक्की खाने को मिल गयी थी।'

'उस बार अकेली आयी थीं या···?'

श्यामा का सिर तेज़ी से उसकी तरफ़ मुड़ गया। 'और किसके साथ आती? जीजाजी तो दिनभर घर पर रहते नहीं और दीदी को घूमने का शौक ही नहीं है। इस लिहाज़ से सिर-फिरी अकेली मैं ही हूँ। आज भी अगर मैं ही खींचकर न लाती, तो क्या तुम भी निकलते इस वक्त बाहर ?'

पगडंडी काफ़ी सँकरी हो गयी थी जिससे वे लोग आगे-पीछे ही चल सकते थे। श्यामा के ब्लाउज़ की पीठ पर बूँदों की एक जाली-सी बन गयी थी जिससे ब्रेसियर की पट्टी के ऊपर-नीचे का हिस्सा पहले से ज़्यादा पारदर्शक हो गया था। अन्दर से झलकती खाल जैसे बूँदों को अपने में पी रही थी, सूखी मिट्टी-जैसा ही कुछ था उसके रूखेपन में। श्यामा को बिना पीछे देखे भी इस बात का अभ्यास हो रहा था शायद कि उसकी आँखें उसकी पीठ पर अटकी हैं. क्योंकि पगडंडी जरा खुली होते ही वह उसके बराबर आकर चलने लगी। अपने पल्लू को भी, जो बार-बार उसके शरीर से छू जाता था, उसने थोड़ा समेट लिया। लेकिन उस तरह

चलने से उसकी अधनंगी बाँहों के रोएँ उसके रोओं से टकराने लगे। कुछ ही कदम उस तरह चलने के बाद श्यामा ने उसे अपने से आगे निकल जाने दिया।

'क्या सोच रहे हो ?' कुछ देर में श्यामा ने ही फिर से बात शुरू की।

'पता नहीं क्या। शायद कुछ भी नहीं।'

'कुछ न सोचना तो सम्भव ही नहीं है। मेरा ख़याल है मेरे बारे में कुछ सोच रहे हो।'

'तुम्हारे बारे में क्या ?'

'पता नहीं क्या। पर जिस तरह अचानक तुम चुप हो गये···।'

वह रुक गया। श्यामा भी उसके बराबर आकर खड़ी हो गयी।

'उस दिन प्रोफ़ेसर मलहोत्रा के बारे में जो बात बता रही थीं तुम···,' वह कहने लगा।

'मैं जानती थी तुम यही बात सोच रहे हो। अगर थोड़े में उत्तर दूँ, तो कह सकती हूँ कि उनके जो रंग-ढंग हैं इन दिनों, उनसे मुझे लगता है मुझे वक्त से पहले लौट जाना होगा यहाँ से। अच्छा किया तुमने पूछ लिया, नहीं तो अपनी तरफ़ से बताने में मुझे संकोच होता। कई दिन से सोच रही थी कि यह बात कैसे तुम्हारे सामने रखूँगी कि मैं अपनी आखिरी पंद्रह दिन की छुट्टी कैंसिल कर रही हूँ।' श्यामा का चेहरा अपने अन्दर के भाव से इस तरह तमतमा आया था कि पल-भर के लिए उसे लगा जैसे उसकी छुट्टी कैंसिल करने में प्रोफ़ेसर मलहोत्रा के अतिरिक्त वह भी एक कारण हो।

श्यामा आगे चलना चाहती थी, पर वह थोड़ी देर और उसी तरह रुका रहा। 'मैं इतनी बात और तुमसे जानना चाहता हूँ कि ··।'

अचानक मोटी-मोटी बूँदें गिरने लगीं। श्यामा बिना उसका वाक्य पूरा होने की प्रतीक्षा किये आगे चलने लगी। 'पहले रहँट तक पहुँच जायें, फिर जो बात जाननी हो, जान लेना।'.

मगर वे लोग दस-बीस कदम भी नहीं बढ़े थे कि ज़ोर की बारिश होने लगी। वह श्यामा को बाँह से पकड़कर दौड़ने लगा। सरकंडे वाला

रास्ता समाप्त हो चुका था और रहँट अब कुछ ही दूर सामने नज़र आ रहा था। श्यामा उसके साथ पैर मिलाने की चेष्टा करती हुई भी नीचे की चिकनी मिट्टी पर अपना संतुलन नहीं रख पा रही थी। उसकी बाँह के खिंचाव से बार-बार एक झटका-सा लगता था और आशंका होती थी कि दोनों ही एक-साथ फिसलकर मिट्टी में लथपथ न हो जाएँ। एक बार के झटके में श्यामा की बाँह उसके हाथ से छूट गयी। साथ ही उसके शब्द सुनाई दिए, 'तुम निकल जाओ आगे। मुझसे इस तरह नहीं चला जाएगा।'

उसने रुककर पीछे देखा। उसे पहली बार अहसास हुआ कि साड़ी में गाँठ देने के बाद श्यामा को एक-एक कदम आगे रखने में कितना एहतियात बरतना पड़ रहा है। उसके रुकने के साथ ही वह रुक गई, पर शायद किसी और कारण से। कपड़े खाल से चिपक जाने से उसके शरीर की रेखाएँ बाहर उघड़ आयी थीं, खाल का साँवलापन साड़ी के धानी रंग में घुल-मिल गया था। इससे उसकी आकृति इतनी बदल गई थी कि वह रोज़ उसके यहाँ आनेवाली श्यामा से ही नहीं, थोड़ी देर पहले पगडंडी पर साथ चलती श्यामा से भी बहुत भिन्न लग रही थी। वह एक शरीर मात्र था, भीगे कपड़ों में लिपटा स्त्री का शरीर, जो जैसे मिट्टी के अन्दर से ही सरकंडों और घास की तिगलियों की तरह बाहर उग आया था…।

बांद्रा। ब्रेक लगने से चीखते गाड़ी के पहिये।

अभी-अभी कुछ रिसती हुई झोंपड़ियाँ सामने थीं, भिड़ों के एक बड़े-से छत्ते-जैसी···एक इमारत थी जिसमें रस्सी पर कपड़े सूख रहे थे···एक पुल था ऊपर की तरफ़ जहाँ से मोटरें और बसें गुज़र रही थीं···एक न्योन लाइट्स की कतार थी लम्बी-सी···कई-एक प्लेटफ़ार्म थे खचाखच भीड़ से भरे···और अब वैसा ही एक और प्लेटफ़ार्म सामने था जहाँ उसे उतरना था।

गाड़ी के रुकने से पहले ही कुमार अपनी सीट से उठ गया। खिड़की की ठण्डी सलाख़ उसकी कुहनी में उभर आई थी। दरवाज़े के पास काफ़ी भीड़ थी। अपने लिए रास्ता बनाने में उसे काफ़ी संघर्ष करना पड़ा। उसने प्लेटफ़ार्म पर पाँव रखा ही था कि गाड़ी ह्विसल देकर आगे चल दी। कुछ ही क्षणों में आसपास की भीड़ के साथ वह बाहर स्टेशन के अहाते में पहुँच गया। विज़िट खजुराहो। शालीमार पेंट्स। दो या तीन बच्चे···बस।

वह भीड़ से निकल आया था, फिर भी जैसे कोई चीज़ पीछे से लगातार उसे धकेल रही थी। जिस प्लेटफ़ार्म पर वह उतरा था, उससे पीछे के दो प्लेटफ़ार्मों पर एक-साथ दो तरफ़ से दो गाड़ियाँ आ गई थीं। आसपास से गुज़रती आकृतियों में छातों और रेनकोटों की संख्या अब काफ़ी नज़र आ रही थी। जैसे इतनी ही देर में पूरे शहर ने अपने को मानसून से लड़ने के लिए लैस कर लिया था। वह अहाते से सड़क पर आया, तो चारों तरफ़ उसे एक उदास भीगापन महसूस हुआ। शायद सड़क का मैल धुल जाने की वजह से। पर इससे सड़क पहले से और बदरंग निकल आई थी। यहाँ-वहाँ मुट्ठी-मुट्ठी-भर गड्ढों में जमा पानी···जगह-जगह कोलतार की बिगड़ी हुई रंगत···एक आदमी का चेहरा

वैसा होता, तो उसके लिए किसी सैनेटोरियम में जगह ढूंढ़ी जाती। सामने एक गीली बस चलने के लिए तैयार खड़ी थी। बहुत-से लोग उस तरफ़ बढ़ रहे थे। हरे रेनकोट वाली वह लड़की भी जो अभी-अभी गाड़ी में उसके साथ बैठी थी।

बारिश रुकी होने से लड़की ने रेनकोट उतार लिया था और बहुत नाप-नापकर कदम रखती चल रही थी। ऊँचा कद, दमठोंक गोलाइयाँ, सीधी सधी हुई चाल। मेक-अप से कमीज़ चूड़ीदार तक हर चीज़ में एक भड़कीलापन। बस के दरवाज़े के पास वे लोग साथ-साथ पहुँचे। साथ-साथ अन्दर दाखिल हुए। सीटें तब तक सब रुक चुकी थीं। और भी कुछ लोग चमड़-दस्तों को थामे खड़े थे। वे दोनों भी उनमें शामिल हो गये।

बस के स्टार्ट होने के साथ ही कुमार ने मन में स्टाप गिनना शुरू कर दिया। वहाँ से आठवें स्टाप पर उसे उतरना था। उसके बाद भी अपने कमरे में पहुँचने तक आधा किलोमीटर चढ़ाई का रास्ता पैदल तय करना था।

सड़क, रोशनियाँ, दुकानें, होर्डिंग। बैटर बाई कैप्स्टन। ड्रीम गर्ल हेमा मालिनी। डाक्टर पंडारकर्ज़ मैटर्निटी होम। बस का इंजन काफ़ी आवाज़ कर रहा था। लग रहा था कि बस पीछे से धुआँ भी छोड़ रही होगी। भीड़ का दबाव इतना था कि गरदन इधर से उधर करना मुश्किल था। लड़की का शरीर बुरी तरह उसके साथ सट गया था। उसके शरीर पर कसे हुए रेशम की वजह से उसके साथ सटकर खड़े होना लगातार रंगीन गुब्बारों से सहलाए जाने की तरह था। एक बाँह उठी रहने से लड़की की बग़ल का भीगा हिस्सा नज़र आ रहा था जहाँ कपड़ा खस्ता होकर बदरंग हो गया था। दोपट्टे से उस हिस्से को ढँके रहने की उसकी कोशिश बस की लगातार बदलती रफ़्तार के कारण सफल नहीं हो पा रही थी। कोई हल्का-सा सेंट भी था उसके कपड़ों में। पर पसीने की कड़वी गंध उस गंध पर हावी थी।

एक जगह तेज़ ब्रेक लगने से लड़की लगभग उसके ऊपर गिर आई। दोनों के मुँह से एक साथ निकला, 'सॉरी।' लेकिन दोनों में से किसी ने दूसरे की तरफ़ नहीं देखा।

एक-एक स्टाप का अपना एक-एक निशान था। पहला पुर्णे अल्पाहार।

दूसरा शिवाजी बीड़ी। तीसरा विश्वास केश-कर्तनालय···।

हर स्टाप पर दो-तीन शरीर पीठ या बाँहों को रगड़ जाते थे। बार कई शरीरों का एक-साथ दबाव आ पड़ने से लड़की की भौंहें तन गयीं। 'उफ्!'

'आबादी बहुत बढ़ गई है,' पास खड़े एक व्यक्ति ने सहानुभूति प्रकट की। लड़की पहले से थोड़ा सिमटकर खड़ी हो गयी।

'मानसून बहुत खराब मौसम है,' किसी दूसरे ने कहा।

'आदत होने की बात है।'

'अभी परसों एक लड़का ऐसी ही भीड़ में बस से गिर गया था। महालक्ष्मी के पास।'

'उधर गुंडागर्दी भी बहुत होती है।'

लड़की ने दोपट्टा ठीक से बग़ल में लपेट लिया। एक पास से गुज़रती बस ने अन्दर को छींटे उड़ा दिये। 'आउच्।' लड़की पल-भर आँखें मूँदे रही। फिर उसने नीचे से ऊपर तक अपने को देख लिया। उसे तसल्ली हुई कि कोई छींटा उस पर नहीं गिरा था। उसने रेनकोटवाली बाँह ऊपर उठा ली जिससे उसका हैंड-बैग झूले की तरह हिलने लगा।

'इट्स हॉरीबल।' आँख मिलने पर लड़की ने उससे पहली बात की।

'क्या चीज़···बारिश?'

'नहीं, यह बस का सफ़र।'

और दो स्टाप। कैडबरीज़ मिल्क। एम् एम् फ़ोम। इस बीच वह सिर्फ़ एक बार उसकी तरफ़ देखकर मुसकराई। क्योंकि कोई कह रहा था, 'आबादी कम करने के दो ही तरीके हैं। या तो शहर पर बम गिराये जायँ। या यहाँ के लोगों को बरफ़ के घरों में रखा जाय।'

अगला स्टाप आने से पहले वह 'प्लीज़' कहकर दरवाज़े की तरफ़ बढ़ने लगी। कुमार ने जगह देने की काफ़ी कोशिश की, फिर भी पीछे का दबाव इतना था कि जाते-जाते लड़की की छातियाँ उसकी बाँह से रगड़ गयीं। फिर एक बार दोनों ने एक साथ कह दिया 'सॉरी।' स्टाप आ गया था। ग्लुकोज़ ग्लैक्सो।

लड़की जब तक दरवाज़े के पास पहुँची, तब तक बाहर के लोग अन्दर

आने लगे थे। उनसे जूझते हुए उतरने की कोशिश में उसकी जो आवाज़ सुनाई दी, वह काफ़ी सख्त और तीखी थी। 'फर्स्ट लेट मी गेट डाउन प्लीज़। आई से, यू वेट देयर। डोंट यू सी ए लेडी इज़ गेटिंग डाउन ?' बस के चलने से पहले एक बार उसकी झलक और दिखाई दे गई,··· कैप्स्टन नेवीकट के सामने से गुज़रते हुए। वही नाप-नापकर रखे गये कदम। मिनट-भर पहले का सफ़र वह अब पीछे छोड़ चुकी थी।

कुमार अपने स्टाप पर उतरा, तो बूँदाबाँदी फिर शुरू हो गयी थी। एक तरफ़ समुद्र था, दूसरी तरफ़ माऊंट मेरी हिल। उसी पहाड़ी के एक पुराने खस्ताहाल बँगले में उसे जाना था। लेकिन बारिश के कारण, या समुद्र-तट के खिचाव की वजह से या शायद सिर्फ़ चाय की ज़रूरत से, वह पहाड़ी की तरफ़ न जाकर समुद्र के किनारे बने उस ईरानी ढाबे में चला गया जहाँ कई बार सुबह नाश्ते के लिए जाया करता था। वहाँ की खिड़कियों से चट्टानों से ढका तट दूर तक देखा जा सकता था। समुद्र ज्वार पर होता था, तो वहाँ बैठकर चाय पीते हुए लगता था किसी जहाज़ की केबिन में सफ़र करते हुए नीचे उमड़ती लहरों को ताक रहे हैं।

ढाबे के बेसमेंट में, जहाँ वह बैठा करता था, उस वक्त कोई भी नहीं था। समुद्र उतार पर था, इसलिए उस झुटपुटे में भीगी रेत और काली चट्टानों का फैला सिलसिला खाली और भावहीन लग रहा था। अकेली चट्टानें, एक-दूसरी के ऊपर लदी हुई चट्टानें, सब-की-सब उस खामोश विस्तार में खोयी हुई, निरर्थक। पास की एक चट्टान पर तीन-चार मुर्ग़ाबियाँ, शायद पानी के किनारे की तरफ़ लौटने की प्रतीक्षा में, उतनी ही निरर्थक। वह सोचने लगा कि पास जाकर वह उन्हें उड़ाने की कोशिश करे, तो वे किस तरफ़ को उड़ेंगी···समुद्र की तरफ़ या उस स्याह पड़ती चिमनी की तरफ़ जो किनारे से थोड़ा इधर धुआँ छोड़ती नज़र आ रही थी ?

उसकी चाय आ गयी थी। उसने जल्दी से एक जलता घूँट भर लिया। ऊपर टीन की छत पर बूँदें ज़ोर की आवाज़ करने लगीं।

बरसते पानी में जैसे तैरकर आती ब्रांच लाइन की छोटी-सी गाड़ी। पहले इंजन एक धब्बे की तरह उनकी तरफ़ बढ़ रहा था, फिर उसके पहिये और गरारियाँ नज़र आने लगी थीं। छोटे-छोटे लाल डब्बों की कतार को खींचते हुए आगे बढ़ने में उसे काफ़ी संघर्ष करना पड़ रहा था। उसकी आवाज़ एक हाँफते हुए बुड्ढे मज़दूर की-सी थी जो मजबूरी का ब्रोझ ढोने के कारण मुँह में जाने क्या बड़बड़ा रहा था।

थोड़ी दूर, रेल की पटरी के उस तरफ़, ईंटों के भट्ठे थे। दो भैंसे, जिनकी चमकती स्याह खालें और काँपती मांसपेशियाँ नसों में हल्की-हल्की उकसाहट भर देती थीं, बारिश में भीगती हुई बिलकुल पथरायी-सी खड़ी थीं। श्यामा पहले उन्हें देख रही थी, फिर आँखों में बच्चों का-सा उत्साह लिये सामने से पटरी पर आती गाड़ी को देखने लगी थी। गाड़ी उनके पास से निकलकर कोठरियों के पीछे ओझल हो गयी, तो उसकी आँखें दूसरी तरफ़ मुड़ गईं। जैसे कि दूर तक के बरसते विस्तार में वे कुछ ढूँढ़ रही थीं,···पानी के झिलमिल परदे के एक-एक तार में, उन तारों की पूरी बुनावट में और उससे भी परे आकाश के उस हिस्से में जहाँ इक्का-दुक्का पेड़ों की धुंधली रेखाएँ नज़र आ रही थीं, और उनकी पृष्ठभूमि में कुछ और धुंधली रेखाएँ···तार के खम्भों और पक्के एक-मंज़िला मकानों की।

रहँट पर उन दोनों के सिवा कोई नहीं था। कच्ची क्यारियों को रौंदते हुए जब वे वहाँ पहुँचे थे, तो खपरैल के नीचे रखी एक चारपाई को छोड़कर और कोई आसरा भी उन्हें नहीं मिला था। कोठरियों के दरवाज़े बाहर से बंद थे। जो कोई भी वहाँ रहता था, वह शायद उन्हीं की तरह कहीं और बारिश में घिर गया था।

उस अकेली जगह पर, एक अकेली चारपाई के दो सिरों पर पास-पास

बैठकर शुरू से ही लग रहा था जैसे समय के किसी और सन्दर्भ में वह घर-ज़मीन सब-कुछ उनका अपना हो जहाँ से अपने घंटा-भर पहले तक के जीवन को भी दूर अतीत की तरह देखा जा सकता हो। श्यामा अन्तर्मुख आँखों से रहँट के डोलचों को ताकती हुई उसे प्रोफ़ेसर मलहोत्रा के बारे में बता रही थी। 'पता नहीं मेरे साथ ही ऐसा व्यवहार करते रहे हैं या इनका स्वभाव ही ऐसा है। शादी के बाद जब पहली बार हमारे यहाँ आये थे···तब मैं बारह-तेरह साल की थी···तब भी जिस तरह मुझे अपने साथ सटाकर बात किया करते थे, उससे मुझे अच्छा नहीं लगता था। बाद में जब मैं पन्द्रह-सोलह साल की थी, तब एक बार इन्होंने ऐसी कोशिश की थी कि मुझे इन्हें डाँट देना पड़ा था। उस वक्त इन्होंने बहुत मिन्नत की थी कि मैं किसी से कहूँ नहीं, ये आगे से कभी मुझे शिकायत का मौका नहीं देंगे। उसके बाद बहुत दिनों तक हम लोगों का इनसे पत्र-व्यवहार भी नहीं रहा···मेरे विवाह पर इन्होंने एक तार दिया था, फिर मुझे एक पत्र लिखा था देव के गुज़रने की ख़बर पाकर। लेकिन जब से मैंने मंडी में नौकरी की है, तब से दीदी के बहुत पत्र आने लगे थे। पता नहीं वे खुद चाहकर लिखती थीं या इनके कहने से लिखना शुरू किया था उन्होंने। मैं एम० ए० की तैयारी कर रही हूँ, यह जानकर दीदी ने ही यहाँ आने के लिए लिखा था मुझे। मैं भी यह सोचकर चली आई थी कि इतने साल बीत गये हैं, परिस्थितियाँ भी बहुत बदल गई हैं, अब कोई उस तरह की बात इनके मन में नहीं होगी। लेकिन यहाँ आकर लगा कि इनके लिए यही एक मौका है। जैसे रात को देर-देर तक बातें करना, मेरा हाथ हाथ में लेकर उसकी रेखाएँ पढ़ना। मेरा तुम्हारे यहाँ आना इन्हें बर्दाश्त करना पड़ता है। मगर लौटने में ज़रा भी देर हो जाए, तो ऐसी नज़र से देखते हैं जैसे मेरी साड़ी की एक-एक सलवट का लेखा-जोखा कर रहे हों मन में। कल शाम मैं तुम्हारे यहाँ से गयी, तो दीदी घर पर नहीं थीं। बच्चों को साथ लेकर किसी के जन्म-दिन की पार्टी में गई थीं। जाना इनको भी था, पर ये काम के बहाने घर पर रह गए थे। मेरी बिटिया भी दीदी के साथ गई थी। मुझे देखते ही इन्होंने डाँटना शुरू किया कि मैं इतनी-इतनी देर से तुम्हारे यहाँ से लौटती हूँ, पता है बस्ती में इसे लेकर क्या-क्या बातें हो रही हैं? कहा उन्होंने इस ढंग से कि मेरा रोना छूट गया। इस पर वे पास आकर मुझे चुप कराने के बहाने पहले सिर पर, फिर कन्धों पर हाथ फेरने लगे और धीरे-धीरे···मेरे परे धकेलने से लड़खड़ाकर गिर गए

होते, पर सँभल गए किसी तरह । मैं अपने बकसे उसी वक्त पैक करने जा रही थी, पर एक तो दीदी के खयाल से रुक गई, दूसरे···सोचा साधारण ढंग से जाना ही ठीक होगा, दो-एक दिन और रुककर ।'

एक कनखजूरा चारपाई के पास सरसरा रहा था । उसे उसने जूते की नोक से परे उछाल दिया । सिगरेट की ज़रूरत महसूस होने से जेब से डब्बी निकाली, लेकिन सब सिगरेट भीगकर बेकार हो गये थे । डब्बी को भी उसने कनखजूरे के पास उछाल दिया । श्यामा कुछ देर रुककर उसकी तरफ़ देखती रही । फिर बोली, 'पता नहीं तुम्हें लेकर क्यों उनके मन में इतना मैल है । जिस तरह इस खपरैल से मिट्टी और गोबर नीचे चू पड़ता है, उसी तरह उनके अन्दर का मैल बाहर फूटता रहता है । तुमने फीस की बात टाल दी थी, उसका भी उनके मन में कुछ दूसरा ही अर्थ है । दो दिन पहले फिर एक बार वे लता की बात ले बैठे थे । कह रहे थे कि उसकी शादी इसलिए जल्दी कर दी गई कि तुमसे उसके··· तुम्हें बुरा तो नहीं लग रहा क्यों, मैंने फिर से लता की बात छेड़ दी है ?'

श्यामा की आँखों में कुछ था···एक तरह का अपनापा और उसमें मिली हुई उदास-सी उत्सुकता । इसके अतिरिक्त उस वातावरण में कुछ था···चारों ओर का खुलापन, भीगापन और शाम का गहराता रंग । वह बाँहें पीछे रखे लता के बारे में सभी कुछ श्यामा को बतलाने लगा था···कि उस दुबली-सी लड़की को केन्द्र में रखकर कैसे उसने आगे के जीवन की कल्पना का ताना-बाना बुना था । 'शारीरिक आकर्षण से हटकर एक और आकर्षण होता है, व्यक्तित्व का चुंबक-आकर्षण, जो शारीरिक आकर्षण से कहीं अधिक मन को खींचता है । उस आकर्षण का अनुभव मुझे पहली बार उसी को लेकर हुआ था ।'

बस्ती वही थी, लेकिन घर दूसरा था । बाहर सेहन में किसी की भी साइकिल आकर रुकती थी, तो दिल की धड़कन बढ़ जाती थी । वह काँपते हाथों से दरवाज़ा खोलता । लता मुसकराती हुई अन्दर आती

और दरवाज़ा बंद होते ही आँखें मूँदकर बाँहें उसके कंधों पर रख देती। बाँहों में कस लेने पर लता का दुबला शरीर और भी दुबला प्रतीत होता था। जैसे कि उतने दबाव से ही वह पहले से आधा रह जाता था। ऐसे कुछ क्षणों में उसे अपने पर आश्चर्य भी होता था। क्या चीज़ थी उन मुट्ठी-भर हड्डियों में जो उसे इस तरह अपनी ओर खींचती थी ? लता कई बार पूरी-पूरी दोपहर उसके साथ गुज़ारती थी। उससे बात करती हुई, या बात न करके उसके माथे, होंठों, गालों को हाथों और होंठों से सहलाती हुई। अपने-आपको भी वह पूरी तरह उसके हवाले छोड़ देती थी। केवल एक सीमा थी जहाँ आकर वह पीछे हट जाती थी, 'अभी नहीं।' लता का यह हठ उसे अच्छा भी लगता था, उस पर उसका विश्वास इससे और गहरा होता था। वह ब्याह की बात करता, तो लता गहरी नज़र से उसे देखकर मुसकरा देती और कभी 'हाँ' और कभी 'न' के रूप में सिर हिला देती। असल में वह क्या सोचती-चाहती थी, इसका वह अनुमान नहीं लगा पाता था। एकाध बार उसने नाराज़ होकर बात की, तो लता का चेहरा जिस तरह का हो आया, उसके होंठ जिस तरह फीके पड़ गये, माथे की नसें जिस तरह काँपने लगीं और आँखें भीड़ में खो गए बच्चे जैसी हो रहीं, उससे उसे डर-सा लगा कि कहीं उसे हिस्टीरिया का दौरा न पड़ जाय। वह जानता था लता अन्दर-ही-अन्दर एक दुविधा में है। घर में शासन करनेवाली उसकी माँ थी, वह माँ से डरती थी, और माँ के कहने से एक सिविल इंजीनियर से उसकी शादी करने की बात तय हो चुकी थी। लता उस शादी से इन्कार करना चाहते हुए भी यह बात ज़बान पर नहीं ला पाती थी। एक बार जब वह चाय पर उनके यहाँ गया, तो माँ ने लता के सामने ही उससे कहा था, 'यह शादी के लिए टालमटोल करती रहती है, आप भी इसे समझाइये। आपसे पढ़ती रही है, उम्र का चाहे उतना फ़र्क नहीं है, फिर भी उस रिश्ते से आपकी बेटी की तरह है। आपकी इज़्ज़त भी बहुत करती है। आप समझायेंगे तो समझ जायेगी। उन लोगों ने इतने दिन मेरे कहने से इन्तज़ार किया है, पर सालहा-साल तो वे इन्तज़ार में नहीं बैठे रहेंगे।' उस शाम उनके घर से आकर वह चौरस्ते पर इस तरह खड़ा रहा था जैसे कि दिमाग़ में सड़कों का हिसाब ही न बन रहा हो। जब चाय पर बुलाया गया था, तो उसने मन में कुछ और ही सोचा था, लेकिन···। अपने घर में लता का रूप भी उसे बिलकुल और-सा लगा था। वहाँ उसने उससे

काफ़ी दूरी बनाए रखी थी···व्यवहार में भी, बातचीत में भी । उसकी बड़ी बहन तो बार-बार कमरे में आकर इस तरह संदेह-भरी दृष्टि से उसे देखती थी जैसे कि उसके वहाँ रहते कमरे की कोई भी चीज़ उसे सुरक्षित न लग रही हो। जब माँ ने वह बात कही थी, तो लता गुम-सुम होकर एक तरफ़ देखती रही थी। कुछ क्षणों के लिए उसके साथ कमरे में अकेली होते ही वह कुछ कहने को हुई थी, लेकिन तभी माँ के लौटकर आ जाने से उसके शब्द गले में ही अटके रह गये थे। उसके बाद वह एक ही बार और उनके यहाँ गया था···तब जब लता कुछ दिन बुख़ार में पड़ी रही थी। उस बार किसी ने उसका आना पसन्द नहीं किया था, लता की माँ ने तो उससे बात तक नहीं की थी। वह कुछ ही देर बैठकर वहाँ से लौट आया था। लता से वह अकेले में इतनी ही बात कह पाया था, 'देखो, अब जल्दी से ठीक हो जाओ ईश्वर के लिए···।' लता ने बुख़ार में भी मुसकराने की कोशिश की थी। 'ईश्वर के लिए ? तुम्हारे लिए नहीं ?'

उस दिन घर लौटकर उन शब्दों को मन में दोहराते हुए उसे लगता रहा जैसे उसे भी हल्का बुख़ार हो आया हो।

उस दिन लता बहुत दिन के बाद उसके यहाँ आई थी, बुख़ार से उठने के बाद पहली बार। जुलाई की उमस में उनींदी रात काटकर वह दिन में सोने की कोशिश कर रहा था। बाहर साइकिल की आवाज़ उसे इस तरह लगी जैसे नींद में ही सुनी हो। दरवाज़े पर दस्तक होने से वह चौंककर उठा। दरवाज़ा खोलने से पहले ही उसका मन एक आशंका से भर गया था। दरवाज़ा खोलते ही लता को देखा, तो उसका चेहरा उसे काफ़ी ज़र्द लगा जो शायद बुख़ार की कमज़ोरी के कारण ही था। अन्दर आकर लता ने उसके कंधे पर बाँहें नहीं रखीं। अपने को उससे दूर रखते हुए कहा, 'मैं तनख़ाह लेने कालेज जा रही हूँ, बैठूंगी नहीं।'

'ऐसी जल्दी में क्यों हो ?' वह बोला। 'तबीयत कैसी है ?'

'तबीयत ठीक है।'

'ऐसी परेशान क्यों लग रही हो ? घर पर कुछ और बात हुई है क्या ?'

'नहीं, बात कुछ नहीं हुई। मैं अब जाऊँगी।'

'लेकिन आई हो, तो क्या सिर्फ़ इतना कहने कि तुम अब जाओगी ?'

वह जड़ आँखों से उसे देखती रही। उसका चेहरा और-और ज़र्द होता लग रहा था।

'एक मिनट के लिए बैठ जाओ। बैठकर बताओ कि···।'

'नहीं, बैठूंगी नहीं। मैं सिर्फ़ एक बात कहने आई थी।'

'बताओ।'

'कुछ बताने नहीं आयी थी, सिर्फ़ माफ़ी माँगने आयी थी।'

'माफ़ी किस चीज़ की?'

'बीजी परसों ठाका दे रही हैं। अक्तूबर में शादी कर देंगी।'

उसे अपनी साँस उखड़ती महसूस हुई। 'और तुमने मान लिया है?'

'मैं मना नहीं कर सकती।'

'क्यों?'

'क्योंकि बीजी से कुछ भी कहने की मेरी हिम्मत नहीं है। वे अन्दर से सब-कुछ जानती हैं। फिर भी उन्हें यही ठीक लग रहा है। घर में कोई उनके ख़िलाफ़ नहीं जा सकता। बाबूजी भी नहीं। जो फैसला वे करती हैं, वही होता है।' उसकी आँखों में जाने याचना थी, या अनुनय या शिकायत, या दुख, या इन सबका केवल अभिनय।

'लेकिन मैं तो सोच रहा था कि···।'

'मैं जानती हूँ। इसीलिए माफ़ी माँगने आई हूँ।'

'तुम समझती हो बस ये चार लफ़्ज़ कह देना ही काफ़ी है?'

वह चुप रही।

'तो मुझे मानना चाहिए कि तुम आज आखिरी बार आई हो?'

'यह तो मैंने नहीं कहा।'

'लेकिन मतलब तो यही निकलता है।'

लता ने दरवाज़े के दस्ते पर हाथ रख लिया। 'मैं अब जाऊँगी। कालेज से चेक लेकर दो बजे से पहले कैश कराना है।'

वह सिर में एक तपिश-सी महसूस कर रहा था, जैसे वहाँ गैस भर रही हो। वह गुस्सा था, वितृष्णा थी या बेबसी थी? जो भी था, उससे

उसका चेहरा काफ़ी विकृत हो गया था। 'तुमने नहीं कहा, तो मैं अपनी तरफ़ से कह रहा हूँ। आज के बाद तुम कभी मत आना।'

वह दस्ते पर रखे अपने हाथ को देखती रही। नीली नसें ज़र्द हाथ पर लकीरों-सी दिख रही थीं। चमड़ी से अलग ऊपर को उभरी हुईं। हाथ हिला और दरवाज़ा थोड़ा खुल गया। उसने लता का हाथ पकड़कर नीचे को झटक दिया। 'मैं यह मानकर चलूँगा कि जो भी कुछ तय हुआ है, तुम्हारी मर्ज़ी से हुआ है। आज आकर भी माँ-बाप के सामने अपनी मजबूरी की बात करना सिर्फ़ बहाना है। तुमने शुरू से ही मेरे साथ अपने सम्बन्ध को एक बहलावे की तरह समझा है। इससे कुछ दिन ठीक निकल गए, इतना ही काफ़ी नहीं है?'

लता की आँखें फिर उसी तरह भीड़ में खोई-सी हो गईं। उसने जैसे कोशिश से अपनी बाँहें उठाईं और उसके कंधों पर रख दीं। 'मुझे माफ़ कर दो।'

वह उसकी बाँहें भी झटके से हटाना चाहता था, पर बहुत आहिस्ता से हटा पाया। 'वैसे भी मेरे यहाँ आने का मौका नहीं रहेगा अब। तुम्हें तो जाना ही है यहाँ से। मैं भी कोई दूसरी नौकरी ढूँढ़कर जल्दी ही इस शहर से चला जाऊँगा।'

लता ने धीरे-धीरे दरवाज़ा खोला। एक-एक इंच करके। पर बाहर नहीं निकली। कुछ पल उसे देखती रहकर बोली, 'एक बात कहूँ?' और वह फिर एक बार उसके बहुत पास आ गई। 'यह भी तो हो सकता है कि बिना ब्याह के तुम मुझे···।'

बहुत पास आया हुआ वह चेहरा था···डरा हुआ और असहाय। नाक, ठोड़ी, होंठ, आँखें सब परिचित, फिर भी उसे लग रहा था जैसे उन सबको पहली बार देख रहा हो। बहुत अचानक वह चेहरा जो अपनी एक अलग सत्ता रखता था उसके लिए···एकदम अचानक···उन सब चेहरों जैसा हो गया था जिन्हें, उसी के कारण, वह अपने लिए अजनबी मानता आया था। कितनी ही बातें एक साथ उसके मन में आईं···कि उसे साथ सटाकर बेतहासा चूमने लगे···कि उसे बुरी तरह झकझोरकर परे धकेल दे···कि उसे उसी समय ज़बर्दस्ती अपने साथ कहीं ले जाय··· कि कुछ न कहकर चुपचाप उसकी आँखों में अटके आँसुओं को देखता

रहे। पर वह सिर्फ़ इतना कहकर बरामदे में निकल आया, 'देखो, मैंने तुमसे सिर्फ़ इतना नहीं चाहा था।' लता दरवाज़ा पार करके भी कुछ देर किवाड़ के साथ सटकर खड़ी रही। फिर बरामदे में आकर सेहन में उतरने की सीढ़ी के पास रुकी रही। सेहन मे जाकर साइकिल के हैंडल पर हाथ रखे हुए उसने आख़िरी बार उसकी तरफ़ देखा और थके ढंग से साइकिल पर सवार होकर गेट से निकल गई।

श्यामा अपने में सिमटकर बैठी उसकी बात सुन रही थी। बीच में एकाध बार वह सिहर गई थी, शायद अपने ही भीगेपन की ठंडक से। पर वैसे उस भीगी स्थिति को वह लगभग भूली हुई थी। उस एकान्त में, लगभग पारदर्शक कपड़ों में, किसी के सामने बैठे होने का ज़रा भी संकोच उसके हाव-भाव में नहीं था। समय और परिवेश की चेतना के अतिरिक्त अपने होने का आभास भी कुछ देर के लिए उसके मन से निकल-सा गया था।

स्थिर आँखों से वह कुछ पल सामने देखती रही। फिर उसकी तरफ़ मुड़कर हल्की उसाँस के साथ बोली, 'होती है ऐसी बुज़दिली लड़कियों में। मैं भी तो ऐसी ही बुज़दिल रही हूँ···।'

उसे लगा था इस बात के आगे और भी कुछ होगा, लेकिन श्यामा पलकें झपकाकर चुप रह गई। उसने कुरेदकर पूछने की कोशिश नहीं की। वातावरण में वर्षा का एकतार स्वर, वह अपने में ही जैसे एक सीधा-सा उत्तर था। हवा, फुहार और नमी के स्पर्श में जो आभास था, उसे अनुभव करते हुए शब्दों में कुछ कहने-पूछने की अपेक्षा ही निरर्थक जान पड़ रही थी।

श्यामा सीधी बैठी थी। दोनों के हाथ चारपाई के बाँस पर अब बहुत पास-पास रखे थे। एक हाथ, श्यामा का, ज़्यादा साँवला था··· ज़्यादा लम्बा और ज़्यादा दुबला। उँगलियों के नीचे चार छोटे-छोटे गड्ढे। उनके आसपास से ऊपर को जाती पतली नसें। खाल पर एक-

दूसरी को काटती असंख्य लकीरें। बहुत महीन रोएँ। उस हाथ के पास रखा अपना हाथ उसे इतना चिकना, भद्दा और भारी लगा कि उसने उसे वहाँ से हटा लिया।

'क्या देख रहे थे ?' श्यामा ने पूछ लिया। अपने हाथ से ही उसे आभास हो गया था कि उसे कई क्षण लगातार देखा गया है।

'पता नहीं क्या।'

'उलटी तरफ़ से भी हाथ देखा जाता है क्या ?'

'मैं हाथ नहीं देख रहा था।'

'तो ?'

'अपने हाथ से तुम्हारे हाथ की बनावट को मिला रहा था।'

'मेरे हाथ की बनावट को ?' श्यामा हँस दी और अपने हाथ को उलट-पलटकर देखने लगी। 'ऐसा बेडौल हाथ किसी का क्या होगा ? तुमने अच्छा किया जो अपना हाथ हटा लिया। मुझे शरम आ रही थी कि तुम्हारे हाथ के सामने मेरा हाथ कैसा मरा-मरा-सा लग रहा है और···।'

'ऐसा नहीं है,' वह श्यामा का हाथ अपने हाथ में लेकर बुदबुदाया। पर अपने हाथ में वह हाथ उसे सचमुच बिलकुल बेजान-सा लगा, प्लास्टर ऑफ़ पेरिस के लोंदे जैसा, जिसे चाहे जिस तरफ़ को मोड़ा जा सकता हो।

'नहीं है ऐसा ?'

'नहीं।'

श्यामा ने हल्की कोशिश से अपना हाथ छुड़ा लिया। 'तब तो···।'

'तब तो क्या ?'

'तब तो तुम भी···।'

'मैं भी···?'

श्यामा की आँखों में हल्की-सी चमक आकर बुझ गई। वह भट्ठों के उस तरफ़ देखने लगी जहाँ आकाश का रंग इधर से कहीं गहरा था।

'मैं भी···?' इस बार उसने हाथ से श्यामा का मुँह अपनी तरफ़ कर लिया। श्यामा ने विरोध नहीं किया, इससे उसे अपने शरीर में भूचाल-सा उठता महसूस हुआ। लेकिन श्यामा की आँखों में कुछ न था, आश्चर्य जैसा, जिससे पहले झटके के साथ ही भूचाल हौला पड़ने लगा। श्यामा ऐसी सीधी नज़र से उसे देखती रही जैसे उसे समझ न आ रहा हो कि वह कौन है, कहाँ है, और जो व्यक्ति उसका चेहरा अपने चेहरे के पास लाकर बात कर रहा है, वह क्या चाहता है, क्या कर रहा है। हाथ में लेने पर जैसा बेजान उसका हाथ लगा था, कुछ वैसा ही बेजान उसका चेहरा भी लग रहा था। कुछ क्षण उसी तरह रुके रहने के बाद उसने अपना हाथ हटा लिया। श्यामा फिर भी उसी तरह अपने अचम्भे में रुकी-सी उसे देखती रही।

'तुम्हारा हाथ और चेहरा दोनों एक-जैसे हैं,' उसने हँसकर बात को उड़ा देने की कोशिश की। लेकिन श्यामा के भाव में परिवर्तन नहीं आया। सिर्फ़ उसकी आँखें दूसरी तरफ़ हट गईं।

एक कुत्ता दौड़ता हुआ बाईं तरफ़ से आया और ठीक चारपाई के सामने रुककर ज़ोर-ज़ोर से भौंकने लगा। उसका अन्दाज़ ऐसा था जैसे कह रहा हो, 'तुम लोग यहाँ क्यों हो ? क्यों हो ? क्यों हो ? जाओ। जाओ। जाओ।'

श्यामा की बाँहें एकाएक सिमट गईं। उस नये प्राणी के आने के साथ ही उसे अपने उघड़ेपन का ध्यान हो आया था। कुत्ते के पीछे-पीछे एक और व्यक्ति भी चला आया, बाईस-चौबीस साल का सरदार जाट, जिसने आते ही कुत्ते के मालिकाना अहं को लताड़ दिया। 'हट पाजी, चल अन्दर।' फिर उन दोनों की तरफ़ देखकर बोला, 'बहुत बारिश आई है जी आज तो। तौबा बुलवा दी इसने। आप लोगों का तो बुरा हाल है भीगकर···।'

'आप लोगों' से उसका अभिप्राय श्यामा से ही था क्योंकि आँखें उसकी श्यामा के शरीर पर ही अटकी थीं। श्यामा की आपस में कसी बाँहें इससे और कस गईं, गीले कपड़ों से बाहर झलकते अपने शरीर को किसी तरह ढक लेने की आवश्यकता ने वहाँ और बैठना उसके लिए असम्भव कर दिया। वह तीखी नज़र से जाट युवक की बेबाक आँखों का सामना करती उठ खड़ी हुई। 'मेरा ख़याल है अब हमें चलना चाहिए।'

बारिश पहले से कम हो गई थी, पर इतनी नहीं कि उसमें निकलकर

वापस जाया जा सके। फिर भी, श्यामा के भाव को देखते हुए, उसे उठकर चल देना ही ठीक लगा। श्यामा ने जान-बूझकर अपना हाथ उसकी तरफ़ बढ़ा दिया जिससे सूखे कपड़ों की कमी उसके पुरुषत्व की आड़ से पूरी की जा सके।

उन लोगों को एकाएक चलने को तैयार देखकर जाट युवक उनके सामने आ गया। 'अभी इंतज़ार कर लो जी दस मिनट,' वह बोला। 'पहले ही इतना भीगे हो, ऐसा न हो कि और भीगकर जाते ही बीमार पड़ जाओ। मैं अपने डंगर ले आऊँ, फिर आपको चाय बना देता हूँ। चाय पीकर ठंड मर जायेगी अन्दर की। पानी भी शायद रुक जाये तब तक।' और कुत्ते को कान से पकड़कर घसीटता वह एक कोठरी की तरफ़ ले चला। कुत्ता पूरा रास्ता विरोध में चिचियाता रहा···कि कम-से-कम बाहर के लोगों के सामने तो उसे इस तरह अपमानित नहीं किया जाना चाहिए। पर कोठरी खोलकर जाट युवक ने कुत्ते को अन्दर धकेलने के लिए एक लात और लगा दी। कुत्ते का विरोध फिर भी शान्त नहीं हुआ।

गाय और भैंसें शायद मालिक के लौटने की गन्ध पाकर ही उस तरफ़ बढ़ आयी थीं। उन्होंने बहुत सधे ढंग से चलते हुए नाली के उस तख्ते को पार कर लिया जिसे खपरैल तक आने से पहले उन दोनों ने बहुत डरते-डरते और मुश्किल से अपना संतुलन बनाए रखकर पार किया था। अब फिर से जाट युवक के सामने उस तख्ते से गुज़रकर जाने का संकोच ही शायद श्यामा को खपरैल से आगे बढ़ने से रोक रहा था। एक कदम आगे जाने के बाद श्यामा के हाथ के दबाव से उसे भी रुक जाना पड़ा।

'क्या बात है?' उसने आहिस्ता से पूछ लिया। 'अभी कुछ देर रुककर चलने का मन है क्या?'

श्यामा कोठरी की तरफ़ देख रही थी जहाँ एक चारपाई पर फटा सालू बिछा था। उसकी आँखों में फिर वही भाव नज़र आ रहा था जैसे कि उसे अपने वहाँ होने का होश ही न हो। इसके अलावा अन्दर के किसी दर्द की हल्की-सी छाया भी थी उनमें। वह कुछ क्षणों के लिए कहीं और, किसी और परिस्थिति में, पहुँच गई लगती थी। उसकी बात से चौंककर उसने आँखें कोठरी की तरफ़ से हटा लीं और अपने को समेटती हुई बोली, 'नहीं, चल रहे हैं।'

'चाहो तो चाय की एक-एक प्याली पीकर भी चल सकते हैं।'

'नहीं। मुझे बिटिया की चिंता है। ज़्यादा देर हो जाने से वह रोने लगती है और…।'

वह जानता था बिटिया का ज़िक्र वह ऐसे ही बीच में ले आई है। यह भी उसके सुरक्षा के उपायों में से एक था। पहले भी दो-एक बार, ऐसे ही आकस्मिक ढंग से उस प्रकरण को उठाकर उसने उसे अपनी तात्कालिक मन:स्थिति को छिपाने का प्रयत्न करते देखा था।

जाट युवक ने दूसरी कोठरी भी खोल दी थी। उधर से आकर वह अब अपने पशुओं को उसके अन्दर को हाँक रहा था। उन दोनों को असमंजस में खड़े देखकर वह दूर से बोला, 'बैठना हो तो चलकर कोठरी में बैठ जाइये। मैं अभी अँगीठी सुलगाता हूँ। आग के पास बैठने से कपड़े भी कुछ तो सूख ही जाएँगे।'

उसने श्यामा की तरफ़ देख लिया। श्यामा की आँखें एक भैंस के मुँह से गिरते जुगाली के झाग पर रुकी थीं। सोच उनमें फिर घिरी आ रही थी। उस सोच की काई को तोड़ती वह आगे बढ़ गई। 'आओ, चलें।'

पर पशुओं को रास्ता देने के लिए उन्हें फिर भी रुके रहना पड़ा। एक-एक करके गाय और भैंसें उनके सामने से निकल गईं। उनके शरीरों की हल्की तुर्श गंध गोबर और मिट्टी की गंध में गडमडा गई।

नाली के तख़्ते को श्यामा बिना रुके, जैसे आँखें मूँदकर, पार कर गयी। वह भी इस बार काफ़ी आसानी से उस तरफ़ पहुँच गया। पीछे से जाट ने आवाज़ दी, 'बाबूजी, अँधेरा हो रहा है, लालटेन तो नहीं चाहिए ?'

उन दोनों ने एक बार पीछे देख लिया। जाट युवक कमीज़ उतारकर सिर्फ़ कच्छे में खड़ा अपनी कमीज़ को निचोड़ रहा था। श्यामा ने उस पर नज़र पड़ते ही आँखें हटा लीं। उसने जवाब दे दिया, 'नहीं, अभी उजाला है थोड़ा। रास्ता ज़्यादा नहीं है। हम लोग पहुँच जाएँगे।'

'किसी और चीज़ की ज़रूरत हो ?'

'नहीं। शुक्रिया।'

'आजकल कोई सब्ज़ी भी नहीं है जो दे देता आपको। कल थोड़ी मिर्चें उतारी थीं। ले जानी हों, ले जाइए।'

'इस बारिश में अपने को ही सँभालकर ले जायें, बहुत है। शुक्रिया।'

और उनके पगडंडी पर पहुंचने तक पीछे से जाट युवक के गाने की आवाज सुनाई देने लगी :

'मीं पैंदा गन्निआँ ते
ओए
मीं पैंदा गन्निआँ ते
कि निक्की निक्की
निक्की निक्की बूंद वे पैंदी
वालो दिआँ मम्मिआँ ते···।'

सरकंडों के साथ-साथ जाती वही पगडंडी। यहाँ-वहाँ जमा पानी, फिसलन। सामने आकाश में थोड़ा उजाला, पैरों के आसपास अँधेरा। दूर तक सरकंडों की ऊपरी लकीर, आकाश पर लिखे गए एक टेढ़े-मेढ़े अक्षर की तरह। रुकती बारिश की लगातार कम होती बौछार। हवा से अक्षर का काँपना और एक ध्वनि में बदल जाना। सर्र् सर्र् सर्र्···।'

वह श्यामा का हाथ अपने हाथ में लेकर चल रहा था। वह हाथ अब भी एक चिकने लोंदे की तरह था। अपने हाथ के साँचे में वह जिस तरह उसे ढालता था, उसी तरह वह ढल जाता था। फिर भी कोई चीज़ उसके अन्दर काँपती महसूस होती थी। एक धड़कन-सी भी थी कहीं। शायद उँगलियों के पोरों तक आती नसों में। लेकिन श्यामा उसकी तरफ़ देख नहीं रही थी। वह अपने हाथ से अलग होकर किसी और ही ज़मीन पर चल रही थी।

'इस तरह ख़ामोश क्यों हो ?' उसने पूछ लिया।

'तुम्हीं कहाँ बात कर रहे हो ?' वह बोली।

'बारिश से रास्ता बहुत ख़राब हो गया है ?'

'हाँ।'

'तुम्हें अफ़सोस तो नहीं हो रहा ?'

'किस चीज के लिए ?'

'इस तरह बाहर आने के लिए ?'

'नहीं।'

'पर तुम्हारी आवाज़ कुछ अजीब लग रही है।'

श्यामा के गले से हल्का-सा स्वर सुनाई दिया। कहा उसने कुछ नहीं। वे उसी तरह चलते रहे। श्यामा का भीगा शरीर फिसलने से बचते हुए उससे टकरा भी गया, तो जैसे वह नहीं जान पाई।

'तुम कुछ सोच रही हो। नहीं?' वह फिर बोला।

'नहीं तो,' श्यामा ने खोएपन से निकलने की कोशिश की।

'लग रहा है।'

'शायद सोच रही थी। पर पता नहीं क्या।'

'यह बात बिलकुल तय है?'

'कौन-सी?'

'वापस जाने की।'

श्यामा का स्वर लटक गया। 'हाँ, तय ही है।'

'मतलब कल-परसों ही चली जाओगी?'

'हाँ। इसी के आसपास।'

'मैं अगर कहूँ कि उतना तूल मत दो उस बात को?'

श्यामा चुप रही। कोई भाव था जो उसकी आँखों से उसकी नाक की नोक पर आकर अटक गया था।

'जवाब नहीं दिया तुमने?' वह उसकी तरफ़ देखता रहा।

'उस घर में मैं अब और नहीं रह सकती।'

भीगी ज़मीन पर रास्ता टटोलकर चलते पैरों की हल्की आवाज़। हवा से सरकंडों में उठती लहर। कहीं, पता नहीं किस चीज़ की डुबकी··· गुडुप गुप् गुप्···।

'तब तो तुमसे दो-एक बार ही मुलाकात होगी अब।' वह श्यामा की तरफ़ नहीं देख रहा था।

'जिस दिन तक हूँ यहाँ, पढ़ने आती रहूँगी।'

'पढ़ने की बात तो ग़लत है ख़ैर···।'

'क्यों ?'

'वह तुम भी जानती हो।'

'यह तो नहीं कि इस बीच कुछ सीखा ही नहीं मैंने। सारी पढ़ाई किताबों तक नहीं होती।'

वह मोड़ आ रहा था जहाँ से आगे पगडंडी सरकंडों से नंगी हो जाती थी। खेतों को सड़क से अलग करते कँटीले तार भी ज़्यादा दूर नहीं थे। सड़क की बत्तियाँ जल जाने से इर्द-गिर्द का अँधेरा अचानक गहरा हो गया। सड़क इस तरह चमक उठी जैसे ज़मीन पर ज़िंदा खाल की एक परत हो।

उसके पैर रुक गये। श्यामा को भी साथ रुक जाना पड़ा। बिजली की चमक में उसने श्यामा की झुकी हुई आँखों को देखा। बादल गरजा, तो उसे अपने पैरों के नीचे ज़मीन थरथराती महसूस हुई। वह कुछ क्षण उसी तरह रुका रहा। 'क्या सीखा है तुमने ?' उसे अपनी आवाज़ काँपती-सी सुनाई दी।

श्यामा की झुकी हुई आँखें और झुक गईं। 'चलते चलें।' वह अपना हाथ छुड़ाने की असफल चेष्टा करती बोली।

उसने न तो श्यामा का हाथ छोड़ा और न वहाँ से चला ही। इस बार बिजली की चमक में उसने केवल श्यामा के भीगे शरीर को देखा जिससे उसके अन्दर भी कोई चीज़ एकाएक सुलग गई। 'क्या सीखा है तुमने ?' फिर से कहते हुए उसने श्यामा को अपनी बाँहों में कस लिया और उसके होंठ श्यामा की गरदन से जा सटे। होंठों के नीचे गरदन की एक नस भी उसी तरह धड़क रही थी। 'ओह, तुम भी···' कहते हुए श्यामा ने अपने को अलगाने की चेष्टा की। पर और कुछ भी कह पाती, इससे पहले ही उसके होंठों ने श्यामा के होंठों को ढक दिया।

एक गंध थी जो उसके पूरे शरीर में उतर गई थी। वह गंध श्यामा की साँसों की थी, या खाल की, या होंठों के बीच आ गए उसके बालों की ? वह गंध एकदम अजनबी नहीं थी। वही—आसपास की मिट्टी से उठती गंध की तरह आदिम। कुछ-कुछ घिनौनी। फिर भी अपने को और-और पा लेने के लिए बाध्य करती। और एक आवाज़ थी, जो पहले उसे अपनी कनपटियों के अंदर से आती महसूस हुई थी। फिर लगा था कि

वह अपने से बाहर कहीं है। और फिर कि वह अंदर और बाहर दोनों जगह है। कुछ क्षण वह आवाज़ हल्की और असाधारण लगी थी। फिर वह ऊँची और साधारण लगने लगी थी।

आवाज़ पानी में टर्राते मेंढकों की थी।

अगले रोज़, और उससे अगले रोज़, श्यामा नहीं आई।

उसे आशंका थी कि वह नहीं आएगी। फिर भी दोनों शाम वह घर पर ही रहा। कई बार मन में आया कि एक बार प्रोफ़ेसर मलहोत्रा के यहाँ जाकर देख ले कि वह अभी वहीं है, या वापस चली गई है। लेकिन बात अपने को तैयार करने तक ही रही, निश्चय में नहीं बदल सकी।

वह पूरी-पूरी शाम घर पर रहा···पर ज़्यादातर कमरों में, या बाहर के पक्के दालान में टहलता रहा। खिड़की के काँच से छनकर आता धूप का टुकड़ा, या मेज़पोश के कोने में चाय की प्याली का दाग़, इन पर नज़र पड़ने से कुछ देर के लिए पाँव रुकते थे। फिर उसी तरह चलते जाने की मजबूरी महसूस होने लगती थी। कोई चीज़ थी जिससे दूर-दूर जाता हुआ भी वह उसी के दायरे में घूम रहा था।

दो दिन पहले के वे क्षण बाँहों में ताज़ा हो आते थे। सील-भरे झुटपुटे में ऊँची उठती वह आवाज़···टर्र् टुक् टर्र् टुक् टर्र् टुक्···बाँहों में कसे श्यामा के शरीर को लेकर एक-साथ विरोध और आत्म-समर्पण की अनुभूति, उसे परे हटाने के लिए उसके कंधों तक आए श्यामा के हाथ और होंठों के दबाव के नीचे श्यामा की लंबी खिंचती साँसें···वह सब-कुछ उसके साथ-साथ टहल रहा था। उँगली थामकर चलते बच्चों की तरह। उसकी बाँहों से अपने को छुड़ाकर श्यामा, डरकर चलने की तरह कँटीले तारों की तरफ़ बढ़ गई थी। इस बार तारों को पार करने में उसे कठिनाई नहीं हुई क्योंकि साड़ी जाँघों के किस हिस्से तक ऊँची उठ गई है, इसकी उसने चिन्ता नहीं की, बिजली का खंभा बहुत पास होने से उसकी रोशनी ने उन मांसल गोलाइयों में अपनी चमक भर दी थी। सड़क पर

आकर श्यामा उसके कहे शब्दों की उपेक्षा करती चुपचाप चलती रही जब तक कि वह दोराहा नहीं आ गया जहाँ से एक रास्ता कच्ची मकानियत की तरफ़ जाता था, दूसरा प्रोफ़ेसर मलहोत्रा के घर की तरफ़। वहाँ पहुँचकर दोनों के पैर अपने-आप रुक गए। वह जानता था श्यामा का रुकना दूसरे रास्ते से जाने के लिए है। फिर भी उसने कोशिश की कि वह पहले उसके यहाँ चली चले। कपड़े थोड़ा सूख जायें, तभी लौटकर जाए। पर श्यामा ने आँखें मूँदकर सिर हिला दिया, 'नहीं। पहले ही बहुत देर हो गई है।'

'प्रोफ़ेसर मलहोत्रा अगर पूछेंगे कि इतना भीग कैसे गईं ?'

'उनका मुँह है मुझसे कुछ भी पूछने का ?'

श्यामा से अलग होकर घर की तरफ़ आते हुए एक जगह वह मुश्किल से अपने को फिसलने से बचा पाया, नहीं तो एक खुदी हुई नींव में आठ फुट नीचे जा गिरा होता। इस पर उसने मुँह में एक बड़ी-सी गाली दे ली—जाने अपने को, श्यामा को या खुदी हुई नींव को। घर पहुँचने पर पता चला कि पीछे से प्रोफ़ेसर मलहोत्रा आये थे और श्यामा के लिए छाता छोड़कर चले गए हैं।

दोनों दिन बीच-बीच में पानी बरसता रहा जिससे गीले दालान में अपने पैरों की आवाज़ से ही किसी और के आने का शुबहा हो जाता था। गेट के बाहर सड़क के पेड़ इस तरह धुल गए थे, गेट भी इतना नया-सा निकल आया था कि किसी-किसी क्षण धोखा होता था कि वह कोई और ही घर, कोई और ही सड़क है। वह दो-एक बार टहलता हुआ सड़क पर निकल गया। वहाँ से अपना घर उसे एक कोने में सिमटा हुआ, बहुत अकेला-सा लगा। सड़क भी इस तरह खाली थी जैसे लोगों ने उस रास्ते से निकलना ही छोड़ दिया हो। गीला कोलतार, पेड़, बिजली के खम्भे···इनसे हटकर पीले-पीले मकान···किसी मकान के अन्दर से सुनाई देती रेडियो-ट्रांजिस्टर या हँसने-बात करने की आवाज़ें···सब-कुछ उस खालीपन में डूबा, उसे और गहरा बनाता। एकाध बार मन हुआ कि टहलता हुआ दूर आगे तक निकल जाए, मार्केट में चाय की दुकान पर जाकर चाय की एक प्याली पी ले, या वहाँ से साइकिल-रिक्शा पकड़कर शहर का एक चक्कर लगा आए। लेकिन उस हद से आगे वह नहीं जा सका जहाँ से अपना गेट दिखाई नहीं देता था।

खुद प्रोफ़ेसर मलहोत्रा के यहाँ जाकर देख लेने की बात उसने दोनों दिन

मन में नहीं आने दी। उस तरह वह अपने को श्यामा के सामने और हीन नहीं करना चाहता था। पर तीसरे दिन सुबह से ही उसके मन ने इस बारे में उसका साथ देना छोड़ दिया। वह रात उसकी काफ़ी बेचैनी में बीती थी। उसे लग रहा था कि श्यामा के वापस जाने से पहले वह एक बार भी उससे बात न कर पाया, तो वह बेचैनी बाद में भी बहुत दिन बनी रहेगी। कुछ था जो उस दिन की घटना से पहले या बाद कहा जाने को था और नहीं कहा जा सका था। जो हुआ था, वह अपने में इतना अधूरा था कि उसके आगे किसी भी तरह की ग़लतफ़हमी जोड़ ली जा सकती थी। दो दिन तक श्यामा का न आना ही इस बात का सबूत था कि उसने उस घटना से आगे का खाली स्थान किसी भी तरह की कल्पना से भर लिया है।

उसने सोच लिया कि शाम को वह ज़रूर प्रोफ़ेसर मलहोत्रा के यहाँ जाएगा। श्यामा से बात करने के लिए नहीं, यह देखने के लिए कि उस घर के वातावरण से उसे किस तरह का आभास होता है। श्यामा जा चुकी होगी, तो स्थिति स्पष्ट हो ही जाएगी और वह वहीं होगी, तो··· जिस तरह से वह उसका सामना करेगी, उसी से सब-कुछ जाना जा सकेगा। देखने से ही पता चल जाएगा कि उस दिन की घटना की कितनी ज़िम्मेदारी वह अपने ऊपर ले रही है, या कि अपने को ज़िम्मेदारी से बिलकुल बरी समझती है। इसके अलावा उस घर में श्यामा के प्रति प्रोफ़ेसर मलहोत्रा के व्यवहार से वह यह भी अंदाज़ा लगा सकेगा कि उन्हें लेकर श्यामा ने जो बात कही थी, वह क्या उसी तरह, उसी रूप में, उतनी ही सच थी? ऐसा तो नहीं था कि दूसरे को दहलीज़ तक लाकर, अपने को दहलीज़ से बाहर खींचने के लिए उकसाकर, फिर उसे दोषी ठहराने लगना उसका स्वभाव ही हो? उस एक ही शाम में कितनी तरह के उतार-चढाव श्यामा के व्यवहार में नज़र आए थे। फिर भी कैसे उसने उस सबको अपनी एक तरफ़ा परिस्थिति बनाए रखना चाहा था। वह एकतरफ़ापन वास्तविकता ही थी उसकी, या ज़िम्मेदारी से बचने के लिए ओढ़ा गया लबादा?

दो बजे के बाद कोई क्लास नहीं थी, फिर भी चार बजे तक वह कालेज में रुका रहा। नए टाइम-टेबल से लेकर फ़ुटवाल के मैच तक ऐसी-ऐसी चीज़ों में दिलचस्पी लेता रहा जिनमें कभी दिलचस्पी नहीं लेता था। दिनों के बाद कालेज की कैंटीन में अकेले चाय पीते हुए अपना अकेलापन

उसे अकेलेपन की तरह महसूस हुआ। उन दिनों की याद आई जब एक ही ख़ाली पीरियड में लता और वह दोनों वहाँ आते थे और अलग-अलग मेज़ों पर बैठकर चाय पिया करते थे। उस तरह अजनबी बनकर बैठने की आत्मीयता मन को गुदगुदाती रहती थी। बीच में लता कभी आँखों से मुसकरा भी देती थी, पर वह अपने को बिलकुल गम्भीर बनाए रखता था, कैंटीन से बाहर भी उस दिन कई बार, कई जगह, उसे लता की याद आई। ख़ास तौर से कालेज छोड़ने से पहले आख़िरी दिनों के उसके बीमार चेहरे की। उसी चेहरे के साथ वह एक नये घर में नई ज़िन्दगी की शुरुआत करने चली गई थी···पता नहीं अब भी उसका चेहरा वैसा ही था, या बदलकर बिलकुल और तरह का हो गया था।

बहुत तरह से इधर-उधर वक्त काटने के बाद भी वह पाँच बजे से पहले घर पहुँच गया। अँधेरा होने से पहले वह प्रोफ़ेसर मलहोत्रा के यहाँ नहीं जाना चाहता था, इसलिए बीच का समय काटने के लिए पुरानी चिट्ठियों की फ़ाइलें लेकर बैठ गया। बीते हुए क्षण, बीते हुए लोग। बहुत पुरानी मोहरें। पहचाने हुए अक्षर जो अब पहचान से बाहर चले गए थे। कोनों से मैले काग़ज़। याददाश्त पर ज़ोर देने की कोशिश···यह हवाला किस चीज़ का है ?

काफ़ी चिट्ठियाँ सरसरी तौर से पलटकर वह उदास मन से एक के अतीत में से गुज़र रहा था जब बाहर आहट सुनाई दे गई। आहट परिचित थी। पैरों की आवाज़ के अलावा साड़ी की वह फड़फड़ाहट जो श्यामा के आने का पता दिया करती थी। उसने फ़ाइल बंद कर दी। लेकिन उठकर बाहर नहीं गया। हवा से हिलते खिड़की के परदे को देखता बैठा रहा जैसे बीते दिनों में से फिर एक बार गुज़रने का भारीपन ही उसे उठने न दे रहा हो।

थोड़ी देर में श्यामा चाय की ट्रे लिये सामने आ गई। वह चाय लेकर आ रही है, इसका पता बाहर सुनाई देती बातचीत से चल गया था। बनवारी ट्रे ला रहा था और वह श्यामा ने रास्ते में उससे ले ली थी। श्यामा के सामने आ जाने पर भी वह कुर्सी से नहीं उठा। 'आओ', कहकर पहले से थोड़ा सीधा होकर बैठ गया। श्यामा भी बिना कुछ कहे ट्रे तिपाई पर रखकर सामने की कुर्सी पर बैठ गई। जैसे कि असाधारण कुछ भी न हो। रोज़ वह उसी तरह चाय लेकर आती हो और

वे साथ बैठकर चाय पीते हों।

काफ़ी देर ख़ामोशी रही। वह हिलते परदे और श्यामा के ज़रा-ज़रा उड़ते बालों को देखता रहा। श्यामा केतली में चीनी डालकर चम्मच से हिलाती रही। फिर प्याली में चाय उँडेलते हुए श्यामा ने पूछ लिया, 'कुछ काम कर रहे थे?'

'नहीं, ऐसे ही बैठा था।'

'मुझे डर था कि कहीं घूमने न निकल गए हों।'

'और थोड़ी देर में निकल जाता शायद।'

'अब भी निकल जाना चाहे। मैं ज़्यादा देर नहीं रुकूँगी।' और प्याली उसके हाथ में देकर सीधे उसकी आँखों में देखती हुई वह बोली, 'मैं आज जा रही हूँ। रात की गाड़ी से।'

प्याली छलक गई जिससे कुछ बूँदें उसके कुरते पर आ गिरीं। वह बूँदों को कपड़े के ताने-बाने में फैलते देखता रहा।

'सोचा, जाने से पहले एक बार मिल ज़रूर लेना चाहिए।' श्यामा की आँखें अपनी प्याली पर केन्द्रित हो गई थीं···या शायद उसी कोण में उससे परे किसी और चीज़ पर। उसके चेहरे पर वितृष्णा का भाव था जो लगता था किसी और के लिए न होकर अपने लिए ही है।

'मैं भी यही चाह रहा था,' वह बोला। 'इसलिए अगर घर से निकलता, तो शायद तुम्हारी तरफ़ ही आता।'

श्यामा की आँखें नहीं उठीं। वह जैसे इस बात को जानती थी। प्याली उसके मुँह के इतनी नज़दीक थी कि उसकी साँस से धूएँ की आकृतियाँ टूट रही थीं।

वह अपने को बिलकुल ख़ाली महसूस कर रहा था। जैसे जो कुछ कहने को था, वह कहा जा चुका था। अब केवल प्रतीक्षा थी जिसके इस छोर पर चाय पी जा रही थी और उस छोर पर श्यामा को वहाँ से उठना और चल देना था।

'मैं उस दिन के बाद आ नहीं सकी क्योंकि···।' 'क्योंकि' पर थोड़ी देर रुकी रहने के बाद श्यामा ने हल्के-से घूँट से बात की पूर्ति कर ली।

'मुझे तभी लग गया था तुम नहीं आओगी।'

'दो दिन बहुत-कुछ सोचती रही हूँ।'

'क्यों?'

'अपनी ही वजह से। क्योंकि मेरे व्यवहार में ज़रूर कुछ ऐसा रहा होगा जिससे तुमने...।'

मैं उस बात के लिए शरमिंदा हूँ। उसी वक्त से।'

श्यामा की आँखों में कोई चीज़ चुभ-सी गई। 'मैं इसी चीज़ से डर रही थी।'

वह चुपचाप उसे देखता रहा। फिर अपने हाथ की आधी खाली प्याली को देखने लगा।

श्यामा जैसे बात पूरी कर चुकी थी। मगर उसकी ख़ामोशी देखकर उसे दोहराने के लिए मज़बूर होना पड़ा। 'तुम्हें लगा होगा कि मैंने जान-बूझकर...जान-बूझकर मैंने तुम्हें ओछा करने की कोशिश की है।'

'तुम्हारी तरफ़ से यह बात नहीं लगी थी मुझे। जो बात लगी थी, वह बिलकुल दूसरी थी।'

श्यामा की आँखें उसकी तरफ़ उठी रहीं।

'लगा था कि तुम एक साथ दो मनःस्थितियों में जीर ही हो। उनमें से एक तुम्हें दूसरी को स्वीकार नहीं करने देती। इसलिए तुम्हारी कोशिश अपनी उस दूसरी मनःस्थिति को ही ओछा करने की थी।'

श्यामा ने आहिस्ता से प्याली रख दी और छिले भाव से आँखें मूँद लीं। 'तुम जैसा चाहो सोच सकते हो, लेकिन...।'

'मैं जानता था तुम्हें यह बात सुनने में अच्छी नहीं लगेगी। अगर तुम यहाँ न आतीं, मैं तुमसे मिलने वहाँ आता, तो शायद यह कहने का मौका ही न आता। तब तुम अधिक मानसिक सुविधा के साथ यहाँ से जा सकतीं।'

श्यामा ने आँखें खोल लीं। 'तुम्हारा मतलब है कि मेरे उकसाने से ही तुमने...?' और उसका भाव छलछलाते आँसुओं को रोकने का हो गया।

उसे गुस्सा भी आया, सहानुभूति भी हुई। श्यामा का प्रयत्न उसे ठगने का था या अपने-आपको। वह आसानी से आगे कहने की बात नहीं

सोच पाया। घड़ी की टिक-टिक की तरह उसे अपनी एक-एक साँस समय का ताल देती लगी। 'मैं यह नहीं कहता कि जिम्मेदारी सिर्फ़ तुम्हारी थी,' पता नहीं कितने लंबे वकफ़े के बाद उसने कहा। 'जितनी ज़िम्मेदारी मेरे ऊपर है, उससे मैं इन्कार नहीं करता। लेकिन इतना फिर भी कह सकता हूँ कि दोहरी मनःस्थिति में तुम तब भी थीं और अब भी हो।'

श्यामा का चेहरा तमतमा गया था मगर जल्दी ही उसने अपने को सँभाल लिया। 'मैं नहीं जानती मुझे किस तरह से अपनी बात तुम्हारे सामने रखनी चाहिए। मैं तुमसे किसी तरह का ढोंग नहीं करना चाहती, क्योंकि उससे यहाँ से जाकर मैं अपने को ही तकलीफ़ दूँगी। भावना साथ दे तो मैं किसी भी तरह के आचरण को हीन नहीं समझती—उतने कट्टरपंथी संस्कार मेरे शुरू से ही नहीं रहे। आज देव को गुज़रे साढ़े तीन साल हो गए। अपनी ज़िन्दगी का कुल डेढ़ साल मैंने उस आदमी के साथ बिताया था। लेकिन आज भी मैं उसके साथ अपने सम्बन्ध को ठीक-ठीक नहीं समझ पाती। वह मेरे लिए बहुत अजनबी है या बहुत अपना, इस विषय में मुझे अपने अन्दर अलग-अलग प्रतिक्रियाएँ मिलती हैं। वह जीवित था, तो कितना कुछ था जो मैं उससे चाहती थी और मुझे नहीं मिलता था। वह कभी मुझे अपने इतने पास नहीं लगा कि मैं अपने को उसमें खो सकूँ। शायद इसीलिए उसे अपने बहुत पास ला सकने की लालसा मेरे अन्दर थी। उसकी मृत्यु से मुझे लगा था जैसे आख़िरी बार फिर उसने सफलतापूर्वक मुझे झुठला दिया हो। उसके शरीर के न रहने का मुझे बहुत कष्ट है, मगर अपना रात-दिन का अभाव भी मुझे उसी का एक चेहरा जान पड़ता है। पुरुष का जो भी रूप मेरे मन में था, उसे मैंने उस एक आकार में ढाल लिया था। आज भी मेरी कोई वास्तविक अपेक्षा है, तो उसी के साथ बैठकर अपनी ज़िन्दगी की ज़रूरतों का निपटारा करने की। मुझे लगता है कहीं उसने मुझे धोखा दिया है···अपने-आपका एक बहुत बड़ा अंश बिना मेरे सामने खोले वह अपने साथ ले गया है। बदले में अपनी कुछ ज़िम्मेदारियाँ मेरे ऊपर छोड़ गया है जिन्हें मैं ज़बर्दस्ती, जैसे उससे बदला लेने के लिए, अपने ऊपर ओढ़कर चल रही हूँ, क्योंकि उससे आमने-सामने हो सकने का और कोई रास्ता मेरे पास नहीं है। मैं जिस क्षण चाहूँ, अपने को उन ज़िम्मेदारियों से मुक्त कर सकती हूँ। उन्हें निभाने की कोई नैतिक मजबूरी मैं अपनी नहीं

मानती। फिर उस आदमी का एक लम्बी खामोशी में मेरे साथ डेढ़ साल काटकर चले जाना···वही अपने में इतना अनैतिक लगता है कि उसके बदले में अपनी किसी भी स्वच्छंदता के लिए मैं अपने को क्षमा कर सकती हूँ। लेकिन इसका अर्थ होगा उसके साथ अपनी ज़िन्दगी का खाता हमेशा के लिए बंद कर देना, उससे मुक्त होकर उसे अपने से मुक्त कर देना। और यही मैं नहीं कर पाती, या नहीं करना चाहती। मैं अब भी उसे बीच में रखकर, अपनी सारी शिकायतें उस पर लादकर ही जीना चाहती हूँ। या शायद यह मेरे चाहने पर निर्भर नहीं करता। मेरे लिए और किसी तरह से जीना अब सम्भव ही नहीं रहा। मैं आज भी उसे अपने सामने जीवित देखना चाहती हूँ। उसकी मृत्यु सचमुच मुझसे स्वीकार नहीं होती।'

अब वह अपनी छलछलाई आँखों को रोक नहीं सकी। आँसू उसके ग़ालों पर बह आए। रूमाल से मुँह साफ़ करके वह आँखें झपकती कुछ देर चुप रही। फिर बोली, 'हो सकता है किसी दिन मैं उबर जाऊँ इस सबसे। मगर साढ़े तीन साल से जिस तरह मेरे अन्दर यह चीज़ और-और गहरी जड़ पकड़ती गई है, उससे विश्वास नहीं होता। मैं लोगों के बीच उठती-बैठती हूँ, हँसती-बात करती हूँ, तो भी उस आदमी की खामोश नज़र से अपने को देखती रहती हूँ। आगे पढ़ने की मेरी ज़िद का कारण भी शायद यही है कि उसे मेरी शिक्षा से सन्तोष नहीं था। वह डेढ़ साल भी मेरे साथ जिया नहीं था, सिर्फ़ मुझे झेलता रहा था। तुम ऐसे आदमी के लिए क्या कहोगे जो कभी खुश दिखाई न दे, फिर भी कभी डाँटे नहीं, कभी शिकायत मुँह पर न लाए? वह इतना चुप रहता था कि कभी मुझे किसी के साथ देख भी लेता कुछ करते, तो शायद दूसरी तरफ़ मुँह कर लेता·· और मैं इस उदासीनता के लिए उसे न तब क्षमा कर सकती थी, न आज कर सकती हूँ। उस दिन रहँट से चलते हुए तुमने पूछा था मैं उतनी खामोश क्यों हूँ। मैं उस वक्त भी देव को अपने साथ लेकर चल रही थी। इसके अलावा एक और बात भी थी। मुझे वहाँ उन कोठरियों के पास से निकलते हुए, अन्दर बिछी चारपाई को देखते हुए, एक बहुत पहले की पढ़ी कहानी याद आ रही थी। प्रीतो! तुमने पढ़ी है?'

उसने सिर हिला दिया। कृशनचन्दर की काफ़ी रूमानी कहानी थी वह।

पूरे चाँद की रात और गाड़ी का सफ़र। एक बूढ़ा जाट जिसके चेहरे पर गहरे घावों के निशान हैं। एक गाल के घाव अंग्रेजी के अक्षर 'वी' की तरह और दूसरे के एक क्रॉस की तरह। प्रीतो उस जाट की पत्नी थी—एक-मात्र स्त्री जिससे उसने जीवन में प्रेम किया था। ब्याह के बाद प्रीतो चार दिन के लिए अपने मायके गई, तो वह भी उसके पीछे वहाँ जा पहुँचा। रात को उसने देखा कि प्रीतो उसके पास से उठकर कहीं बाहर जा रही है। वह भी चुपचाप उसके पीछे-पीछे चल दिया। कितने ही खेत लाँधकर एक पहाड़ी की ओट में प्रीतो जहाँ पहुँची, वह एक कुआँ था। कुएँ के पास बेरी का एक झाड़ था। पीछे एक कच्चा घर था जिसका दरवाज़ा आधा खुला था। जाट ने देखा प्रीतो अन्दर एक आदमी से प्रेम कर रही है। उस आदमी के कहने से वह अँधेरी कोठरी से पानी लाने अन्दर गई, तो जाट ने कृपाण निकालकर उस आदमी का सिर काट दिया और चुपचाप वापस चला आया। रास्ते में उसने कृपाण से लहू पोंछ दिया। प्रीतो कुछ देर बाद घर पहुँची। उसे सोया जानकर प्रीतो ने उसकी कृपाण निकाली और तसल्ली करके कि उसके प्रेमी का हत्यारा उसका पति नहीं है, चुपचाप सो गई। जिन्दगी चलती रही। उनके कई बच्चे-अच्चे हो गए। बरसों बाद एक दिन खाना खाते हुए जाट ने प्रीतो से अन्दर अँधेरी कोठरी से अचार ला देने को कहा। प्रीतो यह कहकर बैठी रही कि उसे अँधेरे में अन्दर जाने से डर लगता है। तब जाट से नहीं रहा गया। उसने कह दिया कि अपने यार के कहने से वह अँधेरी कोठरी से पानी लाने गई थी, तब क्या उसे डर नहीं लगा था? यह जानते ही कि उसके प्रेमी की हत्या उसके पति के हाथों हुई है, प्रीतो ने तुरन्त जाकर कृपाण निकाल ली और उसके शरीर को चलनी करने लगी। जाट ने किसी तरह अपने को बचाया और वही कृपाण प्रीतो के हाथ से छीनकर उसका सिर काट दिया।···अब गाड़ी की खिड़की है और बाहर पूनम की चाँदनी। वैसी ही चाँदनी में प्रीतो अपने प्रेमी के पास जाने के लिए घर से निकली थी। गाड़ी में जाट के साथ सफर करता एक और जोड़ा है। पति थोड़ी देर पहले अपनी पत्नी को दुलार-पुचकारकर सोया है। अब पत्नी अकेली जाग रही है और खिड़की की ओट में मुँह किए रो रही है।

श्यामा कह रही थी, 'सोचती हूँ जब प्रीतो ने अपने पति पर कृपाण उठाई

होगी, तब उसे अपने मन में कैसा लग रहा होगा और जब उसके अपने सिर पर वार हुआ होगा, तब एक क्षण के लिए···उस एक क्षण के लिए उसे यह नहीं लगा होगा कि उसका पति सचमुच···सचमुच एक ऐसा आदमी है जिसके होने से···।' और वह चुप होकर बाहर दालान की तरफ़ देखने लगी जहाँ ईंटें फिर हल्की बौछार से भीगने लगी थीं।

वह श्यामा के चेहरे के उतार-चढ़ाव को देख रहा था। खामोश हो जाने के बाद उसका चेहरा पहले से ज़्यादा बात करता लग रहा था। भाव ऐसे जल्दी-जल्दी बदल रहा था जैसे वह खुला समुद्र हो जहाँ कई-कई लहरें उठकर अपने में डूब जाती हों। सतह पर कभी घटा घिर आती हो, कभी धूप फैल जाती हो। कभी सैंकड़ों सी-गल तैरने लगते हों, कभी नितान्त सूनापन घिर आता हो। वह उसके सामने बैठी उससे बात करती हुई भी बिलकुल अकेली हो गई थी—सीधी नज़र से उसे ताकते हुए भी वैसे वह उसे नहीं, उसकी जगह अपने अकेलेपन को देख रही थी··· अपनी ज़िन्दगी में एक व्यक्ति के न होने को, और उस 'न होने' को लक्ष्य करके उमड़ते अपने अन्दर के दर्द को बाहर बिखर आने से बचाना चाह रही थी। कुछ देर चुप रहने के बाद वह फिर बोली, 'मैं जानती हूँ ऐसी बात करना सिर्फ़ अपने को ठगने का एक बहाना है। देव अब नहीं है, इसलिए उसे लेकर कुछ भी कहना-सोचना बेकार है। यह भी जानती हूँ कि उसके बाद, उसकी वजह से जिन लोगों की ज़िम्मेदारी मैं अपने ऊपर लिये हूँ, उन्हें मेरे सुख-दुख से कोई मतलब नहीं है। मतलब है तो सिर्फ़ उन पैसों से जो हर महीने मैं उन्हें भेजती हूँ। पैसे वक्त से पहुँच जायें, तो महीने के बाकी उनतीस दिन शायद उन्हें मेरी याद भी नहीं आती। कुछ महीने पहले मैंने बीजी को लिखा था कि मैं बहुत अकेली महसूस करती हूँ, इसलिए पूना का घर छोड़कर वे लोग यहीं मेरे पास आ रहें। पर उन्हें शायद लगा कि घर मेरे नाम होने से मैं उसे बेचने का बहाना ढूँढ़ रही हूँ। बहुत बार लिखने पर वे सिर्फ़ सीमा की एक महीने की छुट्टी काटने मेरे पास आईं, कि पहले देख लें, यहाँ रहकर उन्हें कैसा लगता है। वह एक महीना भी पता नहीं किस मुश्किल से उन्होंने मेरे पास बिताया। सीमा तो पहले दिन से ही कहने लगी थी कि ऐसी मनहूस जगह पर वह हरगिज़ नहीं रह सकती। मुझे

लगा कि वह घर से ही यह बात सोचकर चली थी। जिस दिन वे लोग चली गईं, मैं अकेले में खूब रोई। लगा जैसे उस दिन दूसरी बार देव की मृत्यु हुई हो। मन में विद्रोह भी उठा कि मैं क्यों उन लोगों के लिए यह सब कर रही हूँ, क्यों उन्हीं की तरह मैं भी सिर्फ़ अपने लिए नहीं जी सकती? फिर यह सोचकर अपने को समझा लिया कि मैं जो भी कर रही हूँ, उन लोगों के लिए नहीं, अपने लिए कर रही हूँ। देव ने डेढ़ साल में सिर्फ़ एक बार, एक ही चीज़ मुझसे चाही थी। वह भी मरते समय कि मैं उसके बाद इन दोनों का ध्यान रखूँ, ख़ास तौर से सीमा का जब तक कि उसकी शादी न हो जाए। अपनी छोटी बहन से उसे बहुत प्यार था। शायद मुझसे उसकी उदासीनता की एक वजह यह भी थी कि मैं उसकी छोटी बहन जैसी नहीं थी। एक बार उसने कहा भी था कि लड़कियों को सीमा की तरह जीती-जागती होना चाहिए, मेरी तरह बुझी-बुझी नहीं।'

हवा के झोंके से खिड़की का एक किवाड़ झटके से बन्द हुआ, फिर खुल गया। परदा किवाड़ और सलाखों के बीच उलझकर मुक्त हुआ, तो इस तरह ऊपर को तैर गया कि कमरा सहसा नंगा लगने लगा। सड़क, पेड़, साइकिल पर जाता एक लड़का, सब-कुछ कमरे का हिस्सा बन गया। मगर कुछ क्षण बाद ही परदे के सलाखों से चिपक जाने से कमरा फिर बाहर से अलग होकर अपने में ढक गया। पल्लू कंधे से नीचे सरक आने से श्यामा के सफ़ेद ब्लाउज़ में उठती साँसें गिनी जा सकती थीं। वह तीन दिन पहले की तरह उस समय भी अपने शरीर को भूल-सी गई थी। तिपाई पर रखी चाय की ख़ाली प्याली में आँखों से कुछ खोजती वह बात करती रही। 'देव ज़िन्दा होता, तो शायद एक दिन मैं उससे अच्छी तरह लड़ लेती। उसे झकझोरकर कहती कि मेरे साथ अगर तुम हमेशा इसी तरह चुप बने रहोगे, तो मैं ज़िंदगी-भर तुम्हारे साथ नहीं रह सकूँगी। फिर भी उसे न बदल पाती, तो शायद सचमुच उसे छोड़ भी देती। लेकिन अब उसके साथ मेरा सम्बन्ध जैसे उसी एक जगह रुका है जहाँ उसकी मौत के दिन था और उस स्थिति को बदलने का विकल्प मेरे पास नहीं रह गया। मुझे अपने से बहुत कुढ़न होती है कि जो डेढ़ साल हम लोग साथ थे, उस दौरान ही मैंने क्यों नहीं उससे खुलकर बात कर ली? क्यों मैं भी उसी की तरह चुप रहकर उसकी

चुप्पी को झेलती रही ? लेकिन उस बीते कल पर आज मेरा वश नहीं है। जब समय था, तब मैं सोच भी नहीं सकती थी कि एक-दूसरे के साथ हम इतने थोड़े दिनों के लिए हैं कि कहने-सुनने की जो भी बात हो, वह अभी कह-सुन लेनी चाहिए। तब आनेवाले दिनों का भरोसा था मन में। पर आज वही भरोसा एक ऐसी फाँस बन गया है कि मैं उसे निकाल ही नहीं पाती अपने अन्दर से।'

इस बार श्यामा ने उसकी तरफ़ देखा, तो उसे लगा कि इतनी देर में वह पहली बार सीधे उससे कुछ कहने जा रही है। अपनी आँखों से जैसे किसी चीज़ के लिए उसे आश्वासन देती वह बोली, 'तुम्हें मेरे उस दिन के व्यवहार से बहुत अजीब-सा लगा होगा। तुमने शायद इसीलिए कहा है कि मैं उस समय दोहरी मन:स्थिति में थी। दोहरी मन:स्थिति की बात सही हो सकती है, परन्तु उस अर्थ में नहीं जिस अर्थ में तुमने लिया है। मैं उस वक्त तुम्हारे साथ थी, और बहुत हद तक नहीं भी थी। जीजाजी के साथ जो घटना हुई थी, उसके बाद से ही मेरा मन देव के लिए छटपटा रहा था और एक तरह से अपनी छटपटाहट से बचने के लिए ही मैं उस दिन तुम्हें अपने साथ घसीट ले गई थी। तुमसे बात करके मुझे अच्छा लगता है। यह भी जानती हूँ कि इन दिनों मेरी पढ़ाई ख़ास कुछ नहीं हुई, ज्यादातर मैं तुमसे इधर-उधर की बातें ही करती रही हूँ। लेकिन इसका कारण भी मैं तुम्हें नहीं, अपने को ही मानती हूँ। तुमसे मिलने के बाद मुझे लगा था कि तुम एक ऐसे व्यक्ति हो जिससे मैं बात कर सकती हूँ। तुम्हें मेरी बात सुनकर चिढ़ नहीं होती और न ही तुम सिर्फ़ झेलने के लिए मेरी बात झेलते हो। इसीलिए आज भी तुमसे इतनी सब बात कह पा रही हूँ। किसी से बात कर सकना भी अपने में एक सम्बन्ध है, इसे नाम चाहे जो दिया जाए। और कई सम्बन्धों से यह कहीं गहरा सम्बन्ध है, कम-से-कम मेरे लिए। लेकिन यह सम्बन्ध स्त्री और पुरुष के निर्माण-भेद का सम्बन्ध नहीं है। इसलिए जिस समय मुझे लगा कि तुम्हारी ओर से इसे ऐसा अर्थ दिया जा रहा है, तो मैं पहले तो कुछ क्षण दुविधा में रही। फिर एकदम पथरा गई। दो दिन तक मेरे यहाँ न आने का कारण भी यही था। मैं नहीं समझ पा रही थी कि मैं किस तरह अपने को तुम्हारे सामने स्पष्ट कर सकूँगी। क्योंकि तुमने मेरे बारे में जो सोचा, वह मेरे उस व्यवहार के कारण ही सोचा होगा जो

देव को अपने साथ देखने की ज़रूरत ने मेरे अंदर ला दिया था। मैं उस समय बारिश में भीगती हुई बहुत-कुछ एक स्त्री, एक युवा स्त्री, की तरह चल रही थी, इस ओर से मैं अनजान नहीं हूँ। परन्तु जिसके लिए मैं स्त्री की तरह व्यवहार कर रही थी, वह मेरे साथ नहीं था और जो मेरे साथ था…उसके मन में पैदा हुई ग़लतफ़हमी के लिए मैं उसी को कैसे ज़िम्मेदार ठहरा सकती हूँ? तुमसे मैंने रूखे ढंग से बात की थी ज़रूर, लेकिन ग्लानि मुझे अपने-आपसे हुई थी। मैंने क्यों इस बात का ध्यान नहीं रखा कि तुम्हारे साथ मैंने अपना जो भी या जितना भी सम्बन्ध माना हो, तुमसे मैंने उसकी स्वीकृति नहीं ली और उस स्थिति में पुरुष होने के नाते तुम मुझे केवल एक स्त्री के रूप में भी देख सकते हो? इसलिए तुम्हारे साथ चलते हुए मुझे अपने को उतनी ढील देने का कोई अधिकार नहीं था। इसी ग्लानि के मारे मैं दो दिन तुम्हारे सामने नहीं आ सकी। लेकिन दूसरी ओर मेरे लिए यह भी सम्भव नहीं था कि बिना तुमसे मिले और यह सब कहे, यहाँ से चली जाऊँ।'

बोलना शुरू करके जिस तरह वह लगातार बोलती गई, उसी तरह चुप हो जाने के बाद काफ़ी देर तक चुप बनी रही, शायद अब वह उसके बोलने की आशा कर रही थी। लेकिन वह जो महसूस कर रहा था, उसे शब्दों के तो क्या, विचारों के घेरे में भी ठीक से नहीं बाँध पा रहा था। श्यामा ने जो कुछ कहा था, उसने उसके मन की उदासी को और गहरा दिया था। परन्तु वह उदासी ज़्यादा श्यामा को लेकर थी या अपने-आपको? श्यामा के लिए उसके मन में जो भाव था, वह सहानुभूति और दया से आगे एक आक्रोश का था। ऐसी क्या चीज़ थी जिसके कारण वह साढ़े तीन साल पहले के अपने जीवन से इस बुरी तरह चिपकी थी कि आज का जीवन उसके लिए कुछ अर्थ रखता था, तो केवल उसी सन्दर्भ में? और वह चिपकना उसके जीवन की सचाई थी या सचाई से बचने का एक हठ-भरा उपाय? वह नहीं सोच पा रहा था कि श्यामा के उस सारे संघर्ष में वह स्वयं कहाँ पर है। क्या वह सचमुच उससे अपना एक तरह का सम्बन्ध मानती थी…या वह भी एक उपाय ही था जो केवल एक अनुपस्थिति को अपनी उपस्थिति से भर सकता था?

बीच की चुप्पी काफ़ी अखरने लगी, तो उसने आहिस्ता से पूछ लिया,

'रात को तुम्हारी गाड़ी कितने बजे जाती है ?'

'साढ़े नौ पर छूटती है ।'

'तब तो तुम्हारे पास ज़्यादा वक्त नहीं है अब । सामान-आमान बाँधने के लिए भी तो वक्त चाहिए ।'

'सामान ज़्यादा नहीं है । जो है वह एक जगह इकट्ठा कर दिया है । बाँधने में वक्त नहीं लगेगा । लेकिन बिटिया को रोती छोड़ आई थी, इसलिए अब चलना होगा मुझे ।'

मगर कहकर भी वह उठी नहीं । जैसे अभी कुछ और कहा जाने को था, न जाने किसकी तरफ़ से, जिसके बाद ही वह वहाँ से चल सकती थी ।

'मैं कोशिश करूँगा रात को स्टेशन पर आ सकूँ,' वह बोला ।

'आओगे ?'

'कोशिश करूँगा ।'

श्यामा की आँखों में एक चमक आते-आते बुझ गई । वह कुछ पल सोचती नज़र से उसे देखती रही । फिर बोली, 'नहीं, वहाँ मत आना तुम ।'

'ठीक है । नहीं आऊँगा ।' वह उस प्रकरण पर रुकना नहीं चाहता था ।

'मुझे ग़लत मत समझना,' श्यामा ने अपना हाथ उसके हाथ पर रख दिया ।

'ग़लत समझने की क्या बात है इसमें ?' उसने अपना हाथ ज़रा-सा हिला लिया, पर हटाया नहीं ।

'मैं इसलिए कह रही थी कि स्टेशन पर वे भी चलेंगे शायद···जीजाजी··· और मैं नहीं चाहती कि उन्हें ऐसा कुछ लगे जिससे···।'

उसने अपना हाथ हटा लिया । श्यामा की उँगलियों का हल्का पसीना उसे अपनी हथेली की पीठ पर सूखता महसूस हुआ ।

'तुम्हारा सोचना ठीक है', वह बोला ।

श्यामा फिर भी उसी तरह बैठी रही । उसके होंठ हल्के-हल्के काँप रहे थे और उसकी आँखों में फिर आँसू भर आए थे ।

'क्या हुआ ?' उसने लगाव के साथ पूछ लिया ।

'कुछ नहीं,' इस बार श्यामा ने उसका हाथ अच्छी तरह अपने हाथ से ढक

दिया।

'अगर यह उस दिन की वजह से है, तो···।'

'नहीं, उस दिन की वजह से नहीं है।'

'तो?'

'मुझे लगता है मैं कहीं तुम्हें चोट पहुँचाकर जा रही हूँ।'

'यह कैसे?'

'पता नहीं। पर लगता है मुझे।'

उसके गले से एक रूखी-सी आवाज़ निकली, 'यह ग़लत है।'

श्यामा ने अविश्वास की नज़र से उसे देख लिया। 'एक काम कर सकते हो?'

'क्या?'

'तुम मुझे···मेरा मतलब है अगला स्टेशन यहाँ से कितनी दूर पड़ता है?'

'अगला स्टेशन?' श्यामा के हाथ से ढके अपने हाथ में उसे एक गरम लहर उतरती महसूस हुई। 'नौ-दस मील पर है शायद। क्यों?'

'गाड़ी वहाँ कितनी देर रुकती है?'

'मुश्किल से दो या तीन मिनट।'

'यह नहीं हो सकता कि···?'

वह हँस दिया। 'तुम चाहती हो मैं तुम्हें वहाँ मिलूँ?'

श्यामा की आँखों में शिकायत भर गई। 'हँसने की बात नहीं थी यह।'

'हँसने की न सही, पर बचपने की तो है ही।'

श्यामा ने हाथ हटा लिया और उठने की तैयारी में अपने को सहेजने लगी। 'मुझे पता है मैं कई बार बचपने की बातें सोचती हूँ।'

बौछार रुक गई थी, पर बाहर हवा में काफ़ी सीलन थी। श्यामा कुरसी से उठकर बिना उसकी तरफ़ देखे दरवाज़े तक गई, कुछ देर इस तरह बाँह बाहर को फैलाए रही जैसे कि बौछार की वजह से ही उसे इतनी देर वहाँ रुकना पड़ा हो और उसके पास लौट आई। 'अच्छा···।'

वह भी उठ खड़ा हुआ। 'जा रही हो ?'

'हाँ।'

वह उसके साथ बाहर निकल आया। गीला दालान और उसके बाद का कच्चा हिस्सा उन्होंने चुपचाप पार किया। श्यामा जिस तरह चल रही थी, उससे लगता था कि वह किसी तरह जल्दी से उस घर का गेट पार कर जाना चाहती है। मगर गेट से निकलकर सड़क पर आते ही उसके पाँव रुक गए। तो···?'

'अभी मुलाकात होगी तुमसे,' वह बोला।

'अब कहाँ होगी ?'

'मैं आऊँगा तुम्हें छोड़ने। अगले स्टेशन पर।'

श्यामा ने इस बार उसे दूसरी तरह की शिकायत के साथ देखा और हाथ हिलाकर सड़क पर बढ़ गई।

छोटा-सा कच्चा स्टेशन। लकड़ी के खम्भों पर कैरोसीन के दो-तीन चौकोर लैंप। थोड़े-थोड़े फासले पर तीन-चार बैंचें।

वह बिना शेड के अकेले प्लेटफ़ार्म पर अकेला टहल रहा था। जिस गाड़ी से आया था, उससे दो घंटे बाद श्यामा की गाड़ी आने तक और किसी गाड़ी को वहाँ से नहीं गुज़रना था। गाड़ी आने के वक्त एक टिकट-कलेक्टर और दो-चार कुली-ख़लासी वहाँ थे, एक मरियल-सा चायवाला भी था। लेकिन अब वे सब प्लेटफ़ार्म के पीछे के अँधेरे में न जाने कहाँ गुम हो गए थे। प्लेटफ़ार्म प्लेटफ़ार्म न लगकर ऐसे लग रहा था जैसे बियाबान में बना एक चबूतरा हो। एक साया था जो जैसे कहीं से भटककर उस चबूतरे

पर आ गया था और अब चबूतरे की हदों से बाहर नहीं निकल पा रहा था। एक चौकोर लैंप से दूसरे तक, फिर तीसरे तक, फिर वापस।

दो समान्तर पटरियाँ, अँधेरे को काटकर जाती बुझी-बुझी लकीरें। कोई आकर्षण था जिसके मारे कभी-कभी वह प्लेटफ़ार्म के बिलकुल सिरे पर चलने लगता था, पटरियों के बहुत पास। फिर उन पटरियों पर एक गाड़ी के आने की सम्भावना मन में डर भर देती थी जिससे कदम अपने-आप वहाँ से दूर हट आते थे। एक सुनसान प्लेटफ़ार्म पर दो घंटे टहलना, सिर्फ़ इसलिए कि एक गाड़ी के आने पर किसी से दो मिनट बात की जा सके—उसे अच्छा लग रहा था कि ऐसी बेवकूफ़ी की हरकत का कोई गवाह नहीं था।

वह वहाँ क्यों आया था ? इस सवाल पर उसके कदम रुक जाते थे। केवल शिष्टाचार निभाने ? या श्यामा को किसी ऐसी चीज़ का विश्वास दिलाने जिस पर कि वह समझता था उससे अलग होने तक उसे विश्वास नहीं था।

वहाँ आने के लिए गाड़ी पकड़ने से लेकर अब तक कितनी ही बार वह यह सवाल अपने से पूछ चुका था। टिकट-घर से टिकट खरीद चुकने के बाद भी उसे वापस कर देने की बात एक बार मन में आई थी। उसके इस तरह वहाँ आने से क्या कोई ग़लतफ़हमी दूर होने को थी ? और किसकी ग़लतफ़हमी ?

चलते-चलते वह चोर-नज़र से पीछे देख लेता था। अपने को अपने अकेले होने का विश्वास दिलाने के लिए। जैसे जिस अँधेरे में टिकट-कलेक्टर और कुली जाकर गुम हो गए थे, उसमें से अब उनकी जगह कोई भी निकलकर आ सकता था। उसे जाननेवाले सब चेहरे जैसे अँधेरे की उस दीवार के पीछे से उसे देख रहे थे। बड़ी-बड़ी आँखों वाला एक दुबला ज़र्द चेहरा अँधेरे से बाहर आने को सबसे ज़्यादा कसमसा रहा था। वह उस चेहरे से ध्यान हटाने के लिए बार-बार घड़ी में वक्त देख लेता था। गाड़ी के आने में अब भी एक घंटा बाकी था।

यह ख़याल आने से कि वह एक घंटे से लगातार टहल रहा है, उसे एका-एक थकान महसूस होने लगी। वह जाकर सबसे नज़दीक की बैंच पर पसर गया। बैंच के पास ही एक लैंप था जिसके शीशे पर धुएँ और मौसम

ने कई-एक आकृतियाँ बना दी थीं। वह बैंच की बाँह पर सिर रखकर लेट गया। मैले चौकोर शीशे पर उभरी आकृतियों में उसे कई-कई शक्लें नज़र आने लगीं। यह उसकी हमेशा की आदत थी। सड़क से गुज़रती गाड़ियों के नम्बर जोड़ना और कहीं कोई दाग़ नज़र आते ही उसके सिर-मुँह-पैर निकालने लगना। लैंप का चौकोर शीशा एक स्क्रीन था और उस पर दिखाई देती तीन आकृतियाँ ?···पहली दुबली-पतली आकृति लता की थी। दूसरी स्वस्थ आकृति श्यामा की। और तीसरी ?···वह एक बुड्ढा कमज़ोर आदमी था जो घुटनों के बल वहाँ गिरा हुआ था। वह आदमी वहाँ क्यों था ? शेष दोनों आकृतियों को अपनी बेबसी दिखाकर वह उनसे क्या पाना चाहता था ?

तीनों आकृतियाँ सपाट थीं। गोलाइयाँ उनमें नहीं थीं। आकाश एक काले पोस्टकार्ड की तरह था। पोस्टकार्ड पर लैंप की तसवीर थी। तसवीर में कुछ और तसवीरें। एक के अंदर दूसरी। बुड्ढा कमज़ोर आदमी एक लाज से दोहरी लड़की में बदल गया था। लड़की चेहरा हाथों में छिपाकर किसी तरह अपने को दूसरों की नज़रों से बचाए रखना चाहती थी। पास की दोनों आकृतियाँ उसे घूर रही थीं। इनमें एक वह खुद था। दूसरी आकृति एक लम्बे-ऊँचे आदमी की थी। उसे वह नहीं पहचानता था। पर वह आदमी काफ़ी नाराज़ नज़र आ रहा था। और लाज से झुकी लड़की···वह अब लड़की नहीं थी, एक टूटा पेड़ था। पास की दोनों आकृतियाँ एक खस्ता इमारत की टूटी दीवारें थीं जो पेड़ के ऊपर ढह आने को थीं···।

उसने आँखें हटा लीं। गाड़ियों के नम्बर गिनने से भी इसी तरह मन ऊब जाता था। अपने को झकझोरकर वह इकाई-दहाई-सैकड़े के चक्कर से बाहर निकलता था। मगर थोड़ी ही देर में संख्या और आगे बढ़ जाती थी। पी बी एल् तीन पाँच सात दो। पाँच तीन आठ, आठ सात पंद्रह, पंद्रह दो सत्रह। सात और एक आठ। नौ सौ इकानवे और आठ नौ सौ निनानवे। नाइन नाइन नाइन।

कमज़ोर टाँगों वाला बुड्ढा हँस रहा था। शेष दोनों आकृतियाँ शरम से आँखें चुरा रही थीं।

उसने आँखें मूँद लीं। इस तरह उन आकृतियों से तो छुटकारा मिल गया, लेकिन लकड़ी की चुभती बाँह पर सिर रखकर ज़्यादा देर लेटा नहीं

गया। वह एक झटके से उठकर फिर से पहले की तरह टहलने लगा। दूर, खाली पटरियों की लकीर पर, सिग्नल की लाल रोशनी से आगे एक सफ़ेद रोशनी नजर आ रही थी। पता नहीं किस चीज़ की रोशनी थी वह। पर जब से वह आया था, तभी से वह अकेली रोशनी वहाँ झिलमिला रही थी। बार-बार उसे देखकर भ्रम होता था गाड़ी आ रही है। पर रोशनी अपनी जगह से हिलती नहीं थी, तो लगने लगता था गाड़ी सिग्नल न मिलने से वहाँ आकर रुक गई है। वह हर बार उस गाड़ी को अपनी आँखों से धकेलकर प्लेटफ़ार्म पर ले आता था। एक-एक करके डब्बे सामने से निकल जाते थे। पर किसी भी डब्बे में उसे श्यामा नज़र नहीं आती थी। वह जब गाड़ी के साथ-साथ चलकर डब्बों में झाँककर देखने लगता था, तो गाड़ी ह्विसल देकर आगे चल देती थी। तीन या चार डब्बों के बाद शेष सब डब्बे अनदेखे छूट जाते थे। उसके बाद आँखें फिर उस रोशनी पर जा अटकती थीं और वह नये सिरे से गाड़ी को प्लेटफ़ार्म पर ले आने लगता था।

आख़िर जब सिग्नल की बत्ती हरी हो गई और अँधेरे में सुनाई देती घंटी की आवाज़ के साथ-साथ तेज़ रोशनी उस रोशनी से आगे निकल आई, तो उसके लिए यह तय करना मुश्किल हो गया कि उसे प्लेटफ़ार्म के किस हिस्से में खड़े होना चाहिए। टिकट-चेकर और कुलियों के अलावा और भी कुछ लोग तब तक प्लेटफ़ार्म पर आ गए थे। उसके और आनेवाली गाड़ी के बीच जो अकेलेपन का सम्बन्ध था तब तक, उसमें उन लोगों का आसपास होना एक ख़लल की तरह था। प्लेटफ़ार्म का अकेलापन चुक जाने से उसके श्यामा से मिलने आने का उद्देश्य ही समाप्त हो गया था जैसे।

गाड़ी आकर रुकी, श्यामा को ढूँढ़ने में उसे कठिनाई नहीं हुई। वह ज़नाना सैकेंड क्लास के दरवाज़े पर खड़ी थी, जैसेकि उसी स्टेशन पर उतरना हो। श्यामा का डब्बा जितना पास आकर रुका, वह भी उसे अस्वाभाविक-सा लगा। रुकने का झटका लगने तक वे दोनों बिलकुल आमने-सामने थे। श्यामा झट से प्लेटफ़ार्म पर उतर आई।

'उतर क्यों आईं ?' वह उसका बढ़ा हुआ हाथ अपने हाथ में लेकर बोला।

'गाड़ी अभी छूट जाएगी।'

'पहले ह्विसल तो देगी,' श्यामा ने उसके वहाँ होने की कृतज्ञता से उसका हाथ अपने हाथ में कस लिया। 'तुम्हें कितनी देर हो गई आए ?'

'दो घंटे।'

'दो घंटे ?'

वह मुसकरा दिया।

'इतना समय तुमने इस अकेली जगह पर कैसे बिताया ?'

उसकी आँखें लैप-पोस्ट से जा टकराईं। आकृतियों के कुहासे में लग रहा था जैसे कोई व्यक्ति आँखें मूँदकर सो रहा हो। उसने कहना चाहा कि कई बार तो आदमी अपनी पूरी ज़िंदगी एक अकेली जगह पर खड़ा रहकर काट देता है। पर कहा उसने इतना ही, 'मुझे बल्कि काफ़ी अच्छा लग रहा था यहाँ, क्योंकि जो लोग इस वक्त नज़र आ रहे हैं, उनमें से कोई भी नहीं था।'

श्यामा न जाने किस चीज़ से सिहर गई।

'क्यों ?' उसने श्यामा की डूबी आँखों में देखते हुए पूछ लिया।

श्यामा ने उत्तर नहीं दिया।

'कई बार यह चाह नहीं होती कि आदमी कई-कई घंटे बिलकुल अकेला रहे ?'

'इस समय भी ऐसा ही चाह रहे थे क्या ?' पर श्यामा यह सिर्फ़ कहने के लिए ही कह गई थी। सोच वह कुछ और ही रही थी।

'नहीं। इस समय गाड़ी का इन्तज़ार कर रहा था।'

'और अब भी शायद गाड़ी का इन्तज़ार ही कर रहे हो।'

दोनों हँस दिए। श्यामा उसकी एक-एक उँगली पर अँगूठा फिराती बोली, 'एक बात कहनी थी तुमसे…।'

वह रोओं पर उसका सहलाना महसूस करता उसे देखता रहा।

'अगर किसी दिन मैं उबर सकी अपने-आपसे, तो…।'

गार्ड की ह्विसल के साथ ही इंजन की लम्बी चीख़ ने उसकी बात को बीच में काट दिया।

श्यामा उसका हाथ छोड़कर जल्दी से पायदान की तरफ़ बढ़ गई।

'बेबी अन्दर सोई है।' हड़बड़ी में ऊपर चढ़ते हुए उसकी चप्पल साड़ी में उलझ गई। उसने सहारा देकर उसे ठीक से दरवाज़े तक पहुँचा दिया। दोनों तरफ़ के हत्थे पकड़कर श्यामा फिर उसी तरह खड़ी हो गई जैसे गाड़ी आने के समय खड़ी थी।

ब्रेक खुलने से पहले इंजन की लम्बी सूँ-ऊँ। किसी डब्बे की तरफ़ दौड़ते एक आदमी के पैरों की आवाज़। पीछे से गुज़रता मरियल चायवाला। 'चाय गरेम, चाय।'

श्यामा अपनी बात कहने के लिए थोड़ा नीचे को झुक गई। वह सुनने के लिए गाड़ी से बिलकुल सटकर खड़ा हो गया। 'मैं कह रही थी कि अगर सचमुच मैं कभी उबर सकी अपने-आपसे, जिसकी कि मुझे आशा नहीं है, तो सबसे पहले मैं तुम्हारे पास आऊँगी। तुम तब चाहे···।'

इंजन की हल्की चीख़ के साथ ब्रेक खुल गई। श्यामा का हाथ फिर उसकी तरफ़ बढ़ आया। पर उसके पकड़ने-पकड़ने तक गाड़ी के झटके ने उसे छुड़ा दिया। 'मैं अब ज़्यादा दिन यहाँ नहीं रहूँगा,' वह गाड़ी के साथ-साथ चलता बोला। 'ज्योंहि कहीं कोई दूसरी नौकरी मिलेगी, मैं यहाँ से चला जाऊँगा।'

'मैं जाकर तुम्हें पत्र लिखूंगी,' श्यामा का हाथ अब काफ़ी नीचे को झुक आया। गाड़ी की बढ़ती रफ़्तार के साथ कदम मिलाने की कोशिश में वह मुश्किल से उसकी उँगलियों से अपनी उँगलियाँ छुआ पाया। 'आशा है मेरा पत्र मिलने से पहले नहीं चले जाओगे।'

'मैंने एप्लाई कर रखा है एक जगह···।' पर अचानक उसके पैर रुक गए। प्लेटफ़ार्म का सिरा आ गया था और वह दो कदम उसकी ढलान पर नीचे उतर आया था।

श्यामा का डब्बा आगे निकल गया। उसके बाद और डब्बे एक-एक करके सामने से निकलते गए। श्यामा काफ़ी दूर तक उसकी तरफ़ हाथ हिलाती रही। डब्बों की कतार एक पूरी दुनिया थी जो दो-एक मिनट के लिए उस प्लेटफ़ार्म पर आकर रुकी थी और अब अँधेरे में ओझल हुई जा रही थी। एक हिलता हाथ उस ओझल होती दुनिया में उसके अस्तित्व की स्वीकृति था···पर यह स्वीकृति भी, लगातार धुँधली पड़कर, अब दूर से दूर होती जा रही थी···।

फिर वही अकेला प्लेटफ़ार्म और सिग्नल की लाल रोशनी से परे लाइनों की सीध में ठहरी हुई सफ़ेद रोशनी। उस समय अपना वहाँ होना उसे एकाएक इतना असंगत लगने लगा कि गेट पार करते आख़िरी कुली के पीछे-पीछे वह भी स्टेशन से बाहर निकल आया। कुली से पता चला कि उधर से लौटने की गाड़ी अब सुबह से पहले नहीं मिल सकती। उठाने को कोई सामान न मिलने से कुली इतना दुखी था कि न जाने किसे लक्ष्य करके वह मुँह में गाली बके जा रहा था। वह उससे ज़्यादा बात नहीं कर सका। पर बिना सोए सात घंटे और स्टेशन की हदों में गुज़ारना उसे इतना बेतुका लगा कि किसी तरह रास्ते का पता करके वह ग्रांड ट्रंक रोड पर पहुँच गया। आशा थी शायद कोई शहर की तरफ़ जानेवाली मोटरगाड़ी मिल जाए जो उसे लिफ़्ट दे दे। लेकिन सड़क इतनी ख़ाली थी और वातावरण इस तरह ख़ामोश कि एक टूटी साइकिल की आवाज़ भी दो सौ मीटर परे से सुनाई दे रही थी। सड़क के उस तरफ़ कुछ छोटे-छोटे घर थे और घरों से आगे जंगल। रात ज़्यादा नहीं हुई थी, फिर भी उस इलाके में दिन जाने कब का बीत चुका था। आदमी जैसे वहाँ कोई था ही नहीं। सड़क थी, पेड़ थे और कच्ची ईंटों के कुछ ढाँचे। आबादी के नाम पर जो कुछ था, वह सब जैसे आख़िरी गाड़ी के साथ वहाँ से चला गया था।

काफ़ी देर खड़े रहने के बाद दूर से आती एक आवाज़ सैलाब की तरह सड़क पर फैलती महसूस हुई। एक बोरों से लदा ट्रक था जो उसके ज़ोर-ज़ोर से बाँह हिलाने से उसके पास आकर रुक गया। ड्राइवर ने उसकी बात सुने बग़ैर उसके लिए दरवाज़ा खोल दिया। सीट के नीचे एक आदमी उकड़ूँ होकर सोया था। दरवाज़ा खुलते ही वह उठकर बैठ गया और अपनी खुली पगड़ी सिर पर लपेटने लगा। ट्रक में दाख़िल होते हुए उसे लगा जैसे वह एक ऐसे संदूक में बन्द होने जा रहा हो जिसमें केसों की कसैली गन्ध से बचकर साँस ली ही न जा सकती हो। लेकिन ट्रक स्टार्ट होने के बाद बाहर की हवा ने उस गंध को काफ़ी हल्की कर दिया।

नीचे लेटा सरदार अब उसके बराबर बैठ गया था। बिना पूछे कि उसे कहाँ तक जाना है, उसने हाथ उसकी तरफ़ बढ़ा दिया। 'एक रुपया।'

उसने भी बिना कुछ कहे एक रुपया निकालकर उस आदमी के हाथ पर

रख दिया। थोड़ी देर में ड्राइवर एक फ़िल्मी गीत गाने लगा और साथ बैठे सरदार का सिर उसके कंधे पर झूल आया।

शहर से दो किलोमीटर बाहर चुंगी के पास उसे ट्रक छोड़ देना पड़ा। ड्राइवर और उसका साथी रात के बाकी घंटे वहीं एक ढाबे के अहाते में सोकर बिताने जा रहे थे। वह अहाता था ही इस काम के लिए। तीस-चालीस चारपाइयाँ इधर-उधर पड़ी थीं। कुछ पर लोग सोये थे, पर ज़्यादातर ख़ाली थीं। ढाबे के बाहर और भी कुछ ट्रक रुके हुए थे। जिन ड्राइवरों को वहाँ सोना होता था, वे एक-एक चवन्नी देकर अपने लिए चारपाई ले लेते थे। जिन्हें सफ़र जारी रखना होता था, वे रुककर एक-एक प्याली चाय ले लेते थे और कुछ देर आपस में गाली-गलौज करके वहाँ से रवाना हो जाते थे।

'सो जाइए आप भी थोड़ी देर यहीं,' अपनेवाले ड्राइवर के इस सुझाव पर उसने अहाते को ग़ौर से देख लिया। पन्द्रह या पचीस वाट के बल्ब की मद्धिम रोशनी में बेडौल नज़र आते बाँस और मूँज के जालीदार चौखटे और उन पर लाशों की तरह बेबस पड़े शरीर। बिना पलस्तर की दीवारों पर बड़े-बड़े साए···एक विराट् जाल में फँसे अजदहों की तरह साँस लेते। सायों के आसपास परिंदों की तरह उड़ते पतिंगों के साए। पूरा वातावरण एक बुझी-बुझी-सी रात, एक मरी-मरी-सी गंध। माथा नींद से भारी हो रहा था, फिर भी वह अपने को वहाँ सो रहने के लिए तैयार नहीं कर सका। चाय की प्याली पीकर ढाबे से आगे वह चुंगी की तरफ़ बढ़ आया।

वह चाय पी रहा था, तो दो-एक ट्रक निकलकर आगे गये थे। पर अब कोई ट्रक शहर की तरफ़ जाने को तैयार नज़र नहीं आ रहा था। चुंगी से थोड़ा आगे एक साइकिल-रिक्शा खड़ा नज़र आ गया। रिक्शा-ड्राइवर भी ट्रक-ड्राइवर के साथी की तरह अपनी सीट के आगे गुच्छा होकर सोया था। बहुत जगाने पर किसी तरह मुश्किल से वह जागा, उठकर बैठा और फिर सो गया। फिर से जगाने पर मुँह में कुछ बड़-बड़ाता उठा। उससे पूछकर कि उसे कहाँ जाना है, उसने दो रुपया किराया बताया और फिर से सोने को हो गया। पर किराया मान लिए जाने से निराश होकर उसे सचमुच जाग जाना पड़ा।

जाग जाने के बाद जैसे उसे होश आया कि आधी रात के वक्त एक बिलकुल अनजान आदमी के साथ उसे सुनसान रास्ते से जाना है । वह यह कहकर चुंगी से पीछे चला गया कि कोई दूसरा आदमी साथ चलने को मिलेगा, तभी वह इस वक्त सवारी ढोने का ख़तरा उठा सकेगा। काफ़ी देर उसके लौटने का कोई आसार नज़र नहीं आया। आख़िर जब उसकी सूरत नज़र आई तो एक पहलवान-शक्ल आदमी उसके साथ था।

हालाँकि रिक्शा में काफ़ी सिकुड़कर बैठना पड़ा उसे···तीन-चौथाई सीट पहलवान ने घेर ली थी···फिर भी हवा लगने के साथ ही उसका सिर नींद से झुकने लगा। कोशिश से आँखें खोलने पर रिक्शा-ड्राइवर के हिलते पाँव नज़र आते, मशीन की चर्खियों की तरह घूमते। सड़क दो हिस्सों में कटती-सी जान पड़ती। पेड़ अनमने भाव से रास्ता छोड़ते लगते। एक बत्ती थी, न जाने कहाँ, जो बीच-बीच में सामने चमककर फिर अँधेरे में गुम हो जाती थी। रिक्शा चल रहा था जैसे रेल की पटरियों पर फिसल रहा हो। लगातार आगे को दौड़ता हुआ भी एक ही जगह रुका हुआ। पेड़ों की बहुत-सी टहनियाँ अब उस पर झुक आई थीं और उसे पूरी तरह अपने से ढके ले रही थीं। एक टहनी जैसे उसकी जाँघों के बीच अटक गई थी। वह रिक्शा-ड्राइवर को रोककर उस टहनी से अपने को छुड़ाना चाहता था, पर उसके और रिक्शा-ड्राइवर के बीच का फ़ासला जैसे लगातार बढ़ता जा रहा था। लगता था कि सीट पैंडलों से कई सौ गज़ पीछे चल रही है। जाँघों में अटकी टहनी में मोटी-मोटी उँगलियाँ निकल आई थीं जो हल्के-हल्के शरीर के उस हिस्से को टटोल रही थीं···आख़िर उँगलियों का दबाव इतना बढ़ गया कि वह अपने को झटककर जाग गया। शरीर में एक सिहरन दौड़ गई क्योंकि वह दबाव नींद के ख़ुमार का भुलावा नहीं था। साथ बैठे पहलवान का हाथ उसकी जाँघों के बीच आकर उसे मुट्ठी में कसे हुए था।

उसने रिक्शा-ड्राइवर से वहीं रिक्शा रोकने को कहा। रिक्शा-ड्राइवर गद्दी से उतरकर गुमसुम-सा खड़ा हो गया जैसेकि बिना बताए उसे वजह का पता चल गया हो। पहलवान इस तरह सिर झुकाए रहा जैसे कि गहरी नींद में हो।

बात दोनों तरफ़ से नहीं हुई। उसने चुपचाप रिक्शा-ड्राइवर को पैसे निकालकर दे दिए। रिक्शा-ड्राइवर ने मुंह में हल्के से कुछ बड़बड़ाकर

आधे पैसे उसे लौटा दिए और एक झटके से रिक्शा मोड़कर वापस चुंगी की तरफ़ चल दिया। वह कुछ देर अपनी ख़ामोशी के लिए अपने को कोसता खड़ा रहा। फिर पैदल आगे चलने लगा।

खाली सड़क। सपाट-सीधी। यहाँ-वहाँ शाम को बरसे पानी का गीला-पन। उस पर से गुज़रता अकेला अपना-आप। मन में कहीं एक डर। जैसे कि कोई होनेवाली दुर्घटना सौ कदम आगे-आगे चल रही हो।

वह जल्दी-जल्दी सड़क को नाप रहा था। पर साथ ही यह भी चाह रहा था कि सड़क जल्दी से समाप्त न हो। सड़क एकदम बेगानी थी, कुछ हद तक डरावनी भी। पर लौटकर जिस घर में जाना था, उसके साथ भी अपना कुछ सम्बन्ध उसे महसूस नहीं हो रहा था। घर में होने से सड़क पर होना ही बल्कि ज़्यादा अच्छा था...पर सड़क पर होने से आगे? उसे एक साथ लता और श्यामा दोनों का ध्यान आया। जिस-जिस घर में वे दोनों थीं, क्या उसके साथ इस तरह जुड़ी थीं कि वहाँ से सड़क पर निकल आने की ज़रूरत कभी उन्हें महसूस ही न होती हो? पर सड़क पर निकल आने के बाद की ज़रूरत?

दूर से अपनी बस्ती की बत्तियाँ नज़र आने लगीं, तो घर पहुँचने में थोड़ा और वक्त लेने के लिए वह सड़क के छोटे-से पुल पर रुक गया। वातावरण में दूर तक वही आवाज़ सुनाई दे रही थी...पुल के नीचे दूर तक फैले सैलाब में गूँजती मेंढकों की आवाज़। पर आवाज़ सिर्फ़ मेंढकों की नहीं थी...और भी न जाने किन-किन कीड़ों-पतिंगों की आवाज़ें उसमें मिली थीं। जैसे आकाश के नीचे बिखरी ज़मीन और ज़मीन पर झुके आकाश के बीच की कोई छटपटाहट थी जो उस आवाज़ में बाहर गूँज रही थी। उसे यह भी लग रहा था जैसे वह आवाज़ उसके अन्दर से भी सुनाई दे रही हो। सैलाब में चीख़ते सैकड़ों कीड़ों में से एक कीड़ा उसके अन्दर कहीं दुबक गया था। पता नहीं कहाँ।

दूर तक नज़र दौड़ाने पर सिर्फ़ यहाँ-वहाँ कुछ पानी चमकता नज़र आता था। पानी के उस तरफ़, रेल की अनदेखी पटरी पर से एक गाड़ी गुज़र कर जा रही थी। कुछ ही क्षणों में चमकते कनखजूरे-सी वह गाड़ी दाईं तरफ़ के अँधेरे में गुम हो गई। वह खड़ा सोचता रहा कि श्यामा की गाड़ी भी क्या उस वक्त वैसे ही किन्हीं सैलाबों के पास से गुज़र रही होगी...?

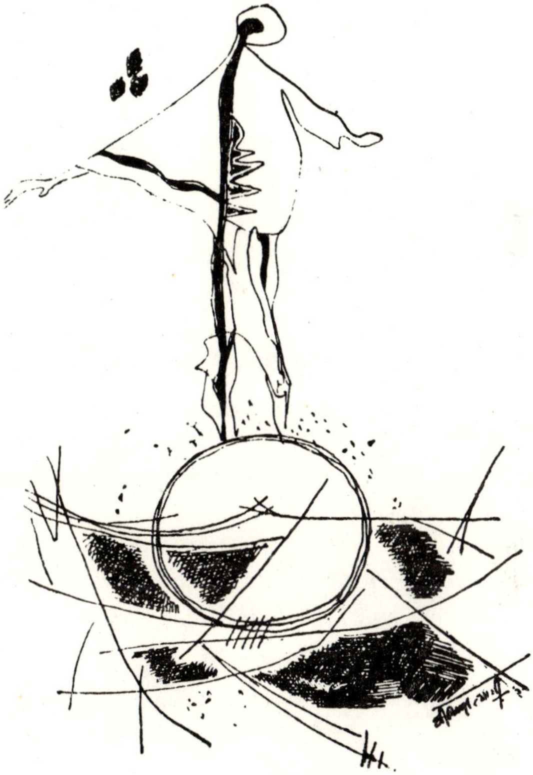

अन्तराल -२

समुद्र ज्वार पर था। ऊँची उठती लहरें थोड़ा और ऊँचे उठ पातीं, तो उस पतली-सी सड़क को अपने में लील सकती थीं। लेकिन कहीं एक सीमा थी···चट्टानों से एक-डेढ़ हाथ ऊपर हवा में खिंची एक अदृश्य लकीर जिस तक आकर वे लौट जाती थीं। टूटती लहरों का फेन चट्टानों पर बिखरकर सिकुड़ने लगता था। कभी हताश प्रयत्न में छींटों की जालियाँ लकीर पार करके सड़क को भिगो जाती थीं। हिश्छाप्···छप् छप्।

टी सेंटर से चलकर श्यामा बिना उस सड़क को जाने उस तरफ़ निकल आई थी। टी सेंटर पहुँची थी, तो पोर्च के नीचे खड़ी भीड़ धीरे-धीरे छँट रही थी। उसे पहले घर से निकलने में ही बेबी के रोने की वजह से देर हो गई थी। फिर जो लोकल गाड़ी उसने पकड़ी, वह हर स्टेशन पर रुकने वाली गाड़ी थी। दादर स्टेशन पर सिग्नल की ख़राबी के कारण गाड़ी को काफ़ी देर रुके रहना पड़ा। आख़िर जब गाड़ी चर्चगेट स्टेशन पर पहुँची, तो बाहर तेज़ बारिश हो रही थी। इतनी कि इस फ़ुटपाथ से उस फ़ुटपाथ तक लाँघकर जाना सैकड़ों लोगों के बीच शावर बाथ लेने की तरह था। वह कितनी ही देर स्टेशन के अहाते में खड़ी बारिश में भीगते ट्रैफ़िक को देखती रही। सड़क उसने पार की जब बारिश बिलकुल रुकने को आ गई।

पोर्च के नीचे आकर सरसरी नज़र में ही उसने जान लिया कि कुमार वहाँ नहीं है। न जाने क्यों उसका मन कह रहा था कि वह उसे अंदर भी नहीं मिलेगा। फिर भी उसने अंदर जाकर देख लिया। सन्देह मिटाने के लिए नहीं, उसे निश्चय में बदलने के लिए। कुमार वहाँ नहीं था, हो ही नहीं सकता था। घर से चलने से पहले ही जैसे उसे पता था कि कुमार से आज उसकी भेंट नहीं होगी···ज़रा-सी भी देरी का बहाना

उसके इंतज़ार न करने का कारण बन जाएगा। एक अरसे के बाद एक-दूसरे के सामने पड़ने में जो उलझन होती, उससे कहीं वह स्वयं भी बचना चाहती थी। इसलिए कुमार का बचना चाहना अस्वाभाविक नहीं था।

टी सेंटर से निकलकर फ़ुटपाथ की तरफ़ बढ़ते हुए पहले उसका मन हुआ कि सीधी घर लौट जाए। लेकिन स्टेशन की तरफ़ न मुड़कर उसके पाँव अपने-आप उलटी तरफ़ को मुड़ आए थे। घर पर वह कहकर आई थी कि उसे लौटने में देर हो जाएगी। बहाना था कि उसकी एक पुरानी छात्रा ने, जो कोलाबा में रहती है, उसे खाने पर बुला रखा है। सोचा था कुमार के साथ जाकर एक बार उसका घर ज़रूर देखेगी। जो कुछ उससे मिलकर और बात करके नहीं जाना जा सकेगा, उसका बहुत कुछ पता उसके रहन-सहन और उन दिनों से आज के फ़र्क़ को देखकर लग सकेगा। मगर कुमार से भेंट न होने पर उतना वक्त किस तरह बिताना होगा, इसे लेकर उसने पहले नहीं सोचा था।

बारिश रुक चुकी थी। लग रहा था आसमान थोड़ी देर में खुल जाएगा। बैरीज़, बाबेलीज़, नैपोली, हर रैस्तराँ के सामने से गुज़रते हुए भीड़ में घिरकर बैठने और चाय या कॉफ़ी से शरीर को गरमा लेने की सम्भावना उसका पल्ला थामती रही, पर वह बिना कहीं रुके मैरीन ड्राइव के चौड़े फ़ुटपाथ तक चलती चली आई। वहाँ पहुँचकर भी बाईं ओर की दिशा उसने अनजाने में ही पकड़ ली। उस फ़ुटपाथ का समुद्र को चीरती सँकरी सड़क में बदल जाना उसकी मानसिक स्थिति के बहुत अनुकूल था। भीड़ के इतना पास इस तरह का अकेलापन ढूंढ़ने की कोशिश करने पर नहीं मिल सकता था।

नैरीमन पाइंट। चट्टानों के ऊपर से उमड़कर आते पानी की अनगिनत करवटें। सामने, उस तरफ़ से आती एक वैसी ही सँकरी सड़क के पीछे, बड़े-बड़े बादबानों जैसी छितराए बादलों की टुकड़ियाँ। सिर के ऊपर उठी एक घनी टुकड़ी शाम को रात में गहराए दे रही थी। अगर वह टुकड़ी अचानक बरसने लगी? उस स्थिति में अकेलेपन में भी अपने भीगे शरीर को वह किस तरह सहन कर पाएगी?

एक बादल अन्दर घिरा था। उसी तरह छितराया-छितराया बादल। अन्दर की शाम बाहर की शाम से ज्यादा गहरी और उदास थी। उसके

साए में कोई चीज़ कसक रही थी। क्यों यह कसक जब-तब एक ज़ख्म की तरह उभर आती थी? और वह कसक ही नहीं थी। एक और अनुभूति भी थी···रोयों से गुज़रते ब्लेड जैसी। वह किसी भी प्रयत्न से उस अनुभूति से अपने को नहीं अलगा सकती थी।

पीछे हर तरफ़ ऊँची-ऊँची नई इमारतें थीं। कुछ और इमारतें उनसे भी ऊँची उठने की प्रक्रिया में थीं। इमारतों से घिरा समुद्र का हिस्सा पिट-पिटाकर शान्त हो गया लगता था। पर दूसरी तरफ़, चौपाटी के घेरे में, वह उतना शान्त नहीं था। वहाँ उसकी हलचल एक पालतू जानवर की कसरत की तरह नज़र आती थी। लेकिन सामने का समुद्र···वह उबलते लावे की तरह उमड़ता पानी···वह भी तो एक हद तक कसमसाकर फिर बार-बार अपने में ही डुबकी लगा जाता था।

पानी में नए-नए आकार बनते और बिखर जाते थे। अपने रुँधे हुए आवेश से समुद्र की सतह काँप रही थी। लहरें शार्क मछलियों की तरह सिर उठातीं और पल-भर में ही बेबस होकर गिर जातीं। कुछ लहरें बड़ी-बड़ी नावों की तरह दूसरी लहरों पर तिर आतीं और अपने ही वेग से उलटकर चूर-चूर हो जातीं। फेन की रेखाएँ जहाँ-तहाँ बनतीं और बिखर जातीं। एक अव्यक्त-सी लिपि लिखी जाने के साथ-साथ मिटती जाती। लिपि में रूप, अर्थ सब होता था···पर क्षण-भर में ही सब-कुछ रूपहीन, अर्थहीन। लहरें फिर उठतीं, रेखाएँ फिर बनतीं···और तभी सब-कुछ व्यर्थ होकर अपने को तोड़ देता। उस सारे संघर्ष की परिणति क्या थी? व्यर्थता या वह व्याकुलता जो पीछे से उठते दूसरे उफान में नज़र आती थी? समुद्र की अन्तिम आकांक्षा क्या थी?

चट्टानों पर छोटे-छोटे केंकड़े उछल रहे थे। उनका चट्टानों की दरारों में जा छिपना और बाहर उछल आना···फिर जा छिपना और फिर उछल आना···अन्तिम स्थिति निराश्रित होने की व्याकुलता थी या खोज की उत्सुकता?

मंडी के घर में, बरामदे में कुर्सी डालकर बैठे हुए, नीचे से कई तरह की आहटें सुनाई देती थीं।

अकेले क्वार्टर में अकेली रात काटने में मुश्किल लगती थी। अँधेरा गहरे समुद्र की तरह ऊपर-नीचे घिरा रहता था। अपना-आप एक डूबी नाव की तरह बेकार का अस्तित्व लिये जान पड़ता था। यहाँ-वहाँ चमकती मद्धिम बत्तियाँ···दिशाहीन समुद्र में दिशा के संकेतों जैसी···भी अपनी ही तरह उस पारावार में खोई-खोई लगती थीं। मन छटपटाता था अँधेरे से उबरकर किसी तरह सतह को पा लेने के लिए। लेकिन संघर्ष कर सकने की चेष्टा ही अपने में चुक गई प्रतीत होती थी।

बुलबुले आसपास उठते रहते थे। बीते जीवन के वे क्षण जो आज भी कहीं सजीव थे। उन क्षणों में एक क्षण···गाड़ी ह्विसल देकर उस छोटे-से स्टेशन से चल दी थी। सिग्नल से आगे निकलते हुए प्लेटफ़ार्म के सिरे पर ठिठकी आकृति को जब आखिरी बार देखा था···तब प्लेटफ़ार्म के मद्धिम लैम्पों ने उसे एक छाया में बदल दिया था। छाया दूर होती जा रही थी और लग रहा था कि गाड़ी बाहर की पटरियों पर न चलकर अपने अन्दर से गुज़रकर जा रही है···उसकी बढ़ती रफ़्तार अन्दर की ही किसी ज़मीन को कुचल रही है। जब छाया ओझल हो गई तो पायदान के हत्थों पर अपने हाथों की पकड़ उसे इतनी कमज़ोर लगने लगी कि उनके छूट जाने के डर से उसने पीछे हटकर दरवाज़ा बन्द कर लिया।

वह कुमार से कहकर आई थी कि उसे पत्र लिखेगी। लेकिन कई सप्ताह बीत जाने पर भी वह कोई पत्र नहीं लिख पाई। खाली काग़ज़ सामने रखते ही शब्दों के साथ मन का सम्बन्ध टूट जाता था। इतना कुछ एक साथ उमड़ने लगता था कि सिवाय सिर-दर्द के उस प्रयास का कुछ भी

परिणाम नहीं निकलता था। कभी अपने से उचाट होकर वह बिला वजह बेबी को डाँटने लगती थी। एकाध बार उसके गाल पर तमाचा भी मार दिया था। उसके बाद कितनी ही देर जैसे बेबी के हाथों दुखी होकर रोती रही थी। पर बाद में अपने पर गुस्सा आने से वह बेबी को दिन-भर पुचकारती और उसकी सब तरह की ज़िदें पूरी करती रही थी।

न जाने कौन-सा पक्षी था जो रात को देर तक चिङ् चिङ् चिङ् करता रहता था। वह आवाज़ अँधेरे के अकेलेपन को और भी गहरा बना देती थी। जब वह पक्षी चुप कर जाता था, तो घर के पास से बहकर जाते ब्यास की आवाज़ पूरे बियाबान को घर की तरफ़ धकेलने लगती थी। उस बियाबान की दहशत में कितना कुछ सोचते हुए भी सोचने की शक्ति जड़ हो गई लगती थी। लगता था चेतना का एक-एक रेशा निचुड़ गया है और जो शेष है, वह कुरसी के बेंत पर भारी होकर लदे बोझ के सिवा कुछ नहीं है।

हवा का रुख़ क्वार्टर की तरफ़ होने पर दरिया की आवाज़ बहुत ऊँची हो आती थी। मुंडेर पर पाँव फैलाए कुरसी पर झूलती हुई वह उस आवाज़ से पानी के वेग का अनुमान लगाती थी। सोचती थी कि जो पानी अभी-अभी वहाँ पास से बहकर जा रहा था, वह मिनटों में ही किस-किस घाटी के पत्थरों पर से फिसलता हुआ कहाँ-से-कहाँ जा पहुँचा होगा। फिर वह बहुत पीछे जाकर मनाली या कुल्लू से उस पानी के साथ-साथ यात्रा करने लगती थी। पानी सुनसान रास्ते में ठोकरें खाता उसके क्वार्टर के पास पहुँचता और उसी तेज़ी से वहाँ से आगे निकल जाता। उसे खेद होता कि इतनी दूर तक साथ आने पर भी क्यों पानी के बहाव को एक क्षण के लिए, कल्पना में भी मनचाही जगह पर रोका नहीं जा सकता।

आसपास की हर चीज़ पर उसे गुस्सा आता। लगता कि आकाश में घुली स्याही और स्याही में घुले हल्के-हल्के रंग···पहाड़ियों की धुंधली रेखाएँ और उन रेखाओं को जड़ बनाती पगडंडी की बत्ती···घर का निर्जीव बरामदा और बरामदे को एक पड़ाव का-सा रूप देता बुझा हुआ टेबल-लैम्प···ये सब मिलकर एक षड्यन्त्र कर रहे हैं जिससे कोई एक भी क्षण उसके लिए मानसिक विश्राम का क्षण नहीं बन पाता।

हर क्षण पीछे की बेचैनी को आगे की बेचैनी से जोड़ देता है, बस।

उसे देव की याद आती। और लोगों की याद आती। लगता कि आज तक किसी ने भी मन से उसकी निर्भरता महसूस नहीं की…स्वयं वह भी अपने में किसी की वैसी निर्भरता महसूस नहीं कर पाई। किसी-न-किसी स्वार्थ के बिन्दु पर ही दूसरे उससे और वह दूसरों से मिलती रही है, मिलने का वसीला चाहे कुछ भी रहा हो। उसे अपने अन्दर कोई चीज़ छटपटाती महसूस होती…लगता कि आज तक उस चीज़ को बाहर आने का अवसर नहीं मिला। जैसे एक मोटा पंख-युक्त कीड़ा था…उसके अन्दर कैद…जो जब-कभी अन्दर की चार-दीवारी से टकराने लगता था। टकरा-टकराकर गिर जाता था, फिर उड़ता था, फिर टकराता था और फिर गिर जाता था। आकाश में निकल जाने का कोई-न-कोई रास्ता था अवश्य, लेकिन बिना उस रास्ते को पाये वह वहीं टकराए जाता था…।

दूर किसी पगडंडी पर कोई दो व्यक्ति बात करते निकल जाते। वह अपनी कल्पना में ब्यास के साथ-साथ बहने लगती। बीहड़ रास्तों से गिरती-टूटती नीचे मैदान की तरफ़ उतरने लगती। सुनसान जंगल के किसी अनजाने मोड़ पर कोई जानवर अपनी लपलपाती जीभ उससे छुआ देता। रास्ते के हर मोड़, हर ढलान का ख़तरा उसे महसूस होता और डर की सिहरन उसके शरीर में रेंग जाती। ब्यास में गिरती छोटी-छोटी नदियाँ जैसे उसी के शरीर में आ मिलतीं। बड़े-बड़े मगरमच्छों के जबड़े खुलते और बंद हो जाते। मैदान में पहुँचकर भी उसे स्थिरता नहीं मिलती। वहाँ वह अपने को एक बाढ़ के रूप में बहते पाती। बाढ़ से पेड़ों की जड़ें उखड़ जातीं। घरों की नीवें डह जातीं। गाँव के गाँव और बस्तियाँ की बस्तियाँ उजड़ जातीं। कितने-कितने पशु निराश्रय होकर इधर से उधर भटकने लगते—बाँऽआँ बाँऽआँ आँऽऽ। तब सामने नज़र आता समुद्र। असीम और अथाह। एक चुम्बक आकर्षण जिससे बचने-बचने में वह कई-कई धारों में बँटकर भी लगातार उसकी तरफ़ बहती जाती। फिर वह क्षण आता जब हर धार समुद्र में जा मिलती। पर समुद्र की उदासीनता में अन्तर न आता। कुछ देर रेतीले किनारों से टकराने के बाद वह गहरे समुद्र की ओर बढ़ जाती। वहाँ उसका व्यक्तित्व इस तरह बिखर जाता कि उसे अपने अस्तित्व में ही सन्देह होने

लगता। अब पहले से भी बड़े मगरमच्छों के जबड़े आसपास खुलने लगते। खुले-के-खुले रहकर उसे निगलने आने लगते। वह पल-भर आशंका से स्तम्भित हो रहती···पर इस अनुभूति से सन्तोष मिलता कि वह तो अब है ही नहीं—हैं तो केवल छोटी-बड़ी मछलियाँ जो आड़ी-तिरछी लकीरों की तरह पानी को काटती हुई उन जबड़ों के अन्दर खिच जाती हैं। वह उन मछलियों में से एक नहीं है। वह है, तो उनसे हटकर है। पर किसी तरफ़ को खिंची वह फिर भी जा रही है···उन जबड़ों की तरफ़ नहीं, तो और किस तरफ़ ?

कमरे में बेबी कुनमुनाने लगती। वह उसाँस के साथ कुर्सी से उठ पड़ती। बत्ती जलाकर टाइम-पीस में वक्त देखती। ढाई। पौने तीन। तीन।

एक मुद्दत के बाद उन दिनों उसने डायरी लिखनी शुरू की :

—दरिया के उस तरफ़ बहुत बड़ा लैंड-स्लाइड हुआ कल। पता नहीं कैसी हैं ये पहाड़ियाँ। इनका चरित्र मेरी समझ में नहीं आता। देखने में कितनी विशाल लगती हैं···कितनी स्थिर ! पर एक लम्बी झड़ी से भुरभुराकर नीचे आ रहती हैं। जब भी कहीं लैंड-स्लाइड होता है, मन में न जाने कैसी आशंका भर जाती है। यहाँ से अपने कहीं जाने की बात नहीं होती, फिर भी सड़क टूट जाने से एक रुकावट-सी क्यों महसूस होने लगती है ? मेरा ऐसा क्या है जो यह सड़क कहीं से जोड़ती है ?···आज स्कूल के बाहर की पगडंडी पर काफ़ी सँभाल-सँभालकर कदम रखती रही। डर लग रहा था कि गीली ज़मीन पता नहीं कब किस जगह से धसक जाए और···मेरी आँखों के सामने कभी लैंड-स्लाइड नहीं हुआ। ज़्यादातर लैंड-स्लाइड आधी रात को ही होते हैं। गुपचुप। पता नहीं क्यों।

—आज लेडी डाक्टर बत्रा ने आत्महत्या कर ली। उसके निर्जीव शरीर को देखकर भी बार-बार लैंड-स्लाइड की बात मन में आती

रही। इतनी सुन्दर थी वह देखने में, इतनी हँसमुख भी थी। फिर उसने अचानक आत्महत्या क्यों कर ली ?

—जब तेज़ हवा चलती है, तो उसमें घुल-मिल जाने को मन करता है। बहते पानी में, चट्टानों पर, वर्षा में, घास पर, मिट्टी में, कोहरे के बीच, चाँदनी में, तपती धूप में, सब जगह एक स्पन्दन है जो शरीर में ऊपर-ऊपर उड़ते जाने की उकसाहट भर देता है। पर कितना ठोस है अपनाआप कि एक पत्ते या तिनके जितना भी उड़ लेने का विकल्प नहीं इसे !

—तीन दिन से पानी बरस रहा है। रोज़ सुबह उठने पर आस-पास की घाटियाँ फिर से धुलकर कुआँरी हो गई लगती हैं। पर एक दिन की धूप से ही फिर वही बासीपन उभर आएगा इनमें।···आज तक यहाँ की घाटियों के साथ मन का सम्बन्ध नहीं बन पाया। ये हल्की-हल्की गहराइयाँ बहुत उथली जान पड़ती हैं। मन ललकता है बहुत ऊँचे पहाड़ों के लिए···उन पर उभरी बड़ी-बड़ी रूखी चट्टानों के लिए···हहराकर नीचे गिरते झरनों के लिए। बादल ज़ोर से गरजता है, तो कहीं बिजली गिरने की कल्पना से सिहरन हो आती है। ऐसे में अकेलापन बहुत महसूस होता है। मैं नहीं जानती मैं अपने से क्या चाहती हूँ, अपने लिए क्या चाहती हूँ। प्यार ? लेकिन प्यार का अर्थ क्या है ? कुछ क्षणों के लिए किसी की साँसों से रुँध जाना, इतना ही ? मैं किसी के क्षण-भर के आवेग का साधन बनकर रह जाऊँ, मेरा अहं इसे स्वीकार नहीं करता। मैं अपने लिए, प्यार के रूप में, बहुत बड़ा कुछ चाहती हूँ। पर वह बड़ा कुछ क्या है, इसकी परिभाषा अपने को नहीं दे पाती। शायद मेरे अन्दर कोई मानसिक ग्रन्थि है जिसका मुझे विश्लेषण कराना चाहिए। या शायद कोई और ही चीज़ है जिसकी चीर-फाड़ होनी चाहिए···यह सारा प्यार के नाम से होनेवाला कार्य-व्यापार···सारा नर और मादा धर्म···यह सारी खोज और इसमें मिली वितृष्णा। क्या कुछ था कभी जो आज आकर चुक गया है, या कि कभी भी कुछ भी नहीं था सिवाय अन्धे प्राकृतिक न्याय के और उसके आसपास बुने गए शब्द-जाल के ?

—मुझे नहीं लगता एक बार गृहस्थ जीवन के अनुभव से गुज़र लेने के बाद मैं उस अनुभव को अब अपने जीवन में कभी दोहरा सकती हूँ। किसी के साथ जी सकती हूँ शायद···पर उसके साथ घर नहीं बसा सकती।

—आज तक मेरे लिए देव की मृत्यु नहीं हुई। जब कभी किसी भी घर में पति-पत्नी को पास-पास बैठे देखती हूँ, आपस में बात करते सुनती हूँ, तो लगता है देव से फिर सामना हो रहा है मेरा। मुझे एक-एक शब्द परिचित लगता है, स्थितियों के सारे परिणाम निश्चित जान पड़ते हैं और जो भाव मन में उमड़ने लगता है, वह पता नहीं अवसाद का होता है या उपहास का। कभी-कभी, यहाँ अपने अकेले कमरे में भी, एक कड़वी मुसकराहट लिये देव का सामना हो जाता है। यह तब होता है जब अपने आसपास बहुत-सी चीज़ें बिखरी देखती हूँ जिन्हें समेटने का मन नहीं होता। देव को बिखराव से चिढ़ थी। कोई छोटी-सी चीज़ भी यहाँ-वहाँ पड़ी दिख जाए, तो उसकी भवें तन जाती थीं। फिर भी एक संस्कार था उसका कि आदमी को किसी भी स्थिति में बेकाबू नहीं होना चाहिए। वह चुपचाप मुझे ताक लेता था और उस चीज़ को उठाकर ठिकाने से रख देता था। वह भी जानता था कि हम दोनों के बीच का सम्बन्ध केवल एक-दूसरे को सहने का है। फिर भी वह जितनी शान्ति और तटस्थता से यह किए जाता था, उससे ईर्ष्या होती थी। यह उसकी तटस्थता ही थी शायद जिससे उसका शारीरिक आवेग भी धीरे-धीरे ठंडा पड़ने लगा था। या शायद यह स्थिति दोनों ओर से ही थी···फिर भी एक सम्बन्ध था। पर क्या था वह सम्बन्ध? किस चीज़ का?

—उपलब्धि का एक क्षण होता है। कब कैसे वह क्षण आएगा, कहा नहीं जा सकता। उसे लाने की योजना नहीं बनाई जा सकती। एक स्पन्दन के साथ वह क्षण बीत जाता है। परन्तु उपलब्धि उतने तक ही नहीं होती। उपलब्धि होती है एक निरन्तर बनी रहने वाली सुरक्षा की भावना के रूप में। परन्तु वह भावना देव से मुझे नहीं मिली। कैसे सोचा जा सकता है कि किसी और से वह मिल पाएगी?

—एक क्षण के लिए विश्वास हुआ था। पर उसके बाद वह विश्वास बना क्यों नहीं रहा? तीन-चार बार उसके नाम पत्र लिखकर फाड़ दिए हैं। क्योंकि लिखने के साथ ही लगने लगता है कि वह एक झूठा प्रोत्साहन है। अपने लिए एक छोटा-सा झरोखा खोलने का स्वार्थ है। वह व्यक्ति मेरे लिए इसके सिवा कुछ भी नहीं हो सकता। झरोखे के रास्ते कुछ देर साँस ली जा सकती है, पर बाहर निकलने का मार्ग वह नहीं बन सकता। इसके अतिरिक्त, उसकी मुझसे जो अपेक्षा होगी, उसकी पूर्ति क्या मुझसे हो पाएगी?

—एक अजीब छटपटाहट है। बिना अपने को किसी के सामने उँडेले यह छटपटाहट शान्त नहीं होगी। पर क्या कोई भी ऐसा व्यक्ति है जो बिना अपने किसी स्वार्थ के केवल मेरी बात सुनने के लिए ही मेरी बात सुने? सुनने का धीरज रखने या उसके लिए अपना समय देने का मूल्य मुझसे न चाहे?

कुछ दिनों बाद कुमार के नाम उसका एक पत्र डाक से निकल गया था।

पत्र को अन्तिम रूप देने में उसे दो दिन लगे थे। कितनी ही तरह से वह पत्र लिखा गया था, पर हर तरह किसी-न-किसी कारण से वह उसे ग़लत लगा था। वह नहीं चाहती थी कि पत्र में कुमार को उसकी ओर से किसी तरह के आमन्त्रण की गन्ध मिले। पर साथ ही इस सम्भावना का ख़तरा भी नहीं उठाना चाहती थी कि विपरीत प्रतिक्रिया पैदा करने के कारण वह पत्र केवल फाड़कर फेंक दिया जाए। हर बार वह पत्र बहुत साधारण ब्यौरे से आरम्भ करती थी—कि वहाँ से लौटने के बाद वह किन छोटी-छोटी व्यस्तताओं में उलझी रही—पर लिखते-लिखते जाने क्या लगने लगता था कि वह झुँझलाहट में कलम रखकर चुपचाप अपनी लिखी पंक्तियों को घूरती बैठी रहती थी और आख़िर काग़ज़ को छोटे-से-छोटे टुकड़ों में फाड़ देती थी। लगता था कि एक वैसा ही पत्र वह कुमार के नाम भी लिख रही है जैसे कई-कई पत्र रोज़ हेड-मिस्ट्रेस की डाक

के तौर पर उसके नाम से जाते थे। पर और किसी भी तरह से लिखना शुरू करने पर वह एक दहलीज़ के सामने रुक जाती थी···दहलीज़ के उस तरफ़ कुमार का कमरा था जहाँ चहलकदमी करता हुआ वह एक व्यंग्य-पूर्ण मुसकराहट के साथ उसके अन्दर आने की प्रतीक्षा कर रहा था। उस दहलीज़ को लाँघना कुमार के शारीरिक आवेग को स्वीकार करना ही नहीं, उसके सामने अपनी ओर से उसकी माँग प्रस्तुत करना था। वह चाहती थी कुमार वहाँ आए···पर उसकी ओर से रखी गई माँग की स्वीकृति के रूप में नहीं। लेकिन आने का अनुरोध करने के लिए जो भी पंक्तियाँ लिखी जातीं, उनमें किनी-न-किसी रूप में उस माँग की झलक दिखाई दे जाती जिससे पत्र को पूरा कर पाना उसके लिए असम्भव हो जाता। कितना अच्छा होता, अगर पहला पत्र कुमार की ओर से आया होता! पर इतने दिन बीत जाने से अब उसकी आशा नहीं की जा सकती थी। आख़िर उसने जल्दी में एक पत्र लिखा और लिखते ही चपरासी को पोस्ट करने के लिए दे दिया। पर चपरासी पत्र डाक में छोड़कर आ गया, तो उसे लिखने के लिए खेद होने लगा। उससे न तो दफ़्तर में बैठा गया, न क्लास ही ली गई। आधा दिन बीतने से पहले ही वह उठकर क्वार्टर में चली आई।

यूँ उसने पत्र में ऐसी कोई बात नहीं लिखी थी। लिखा इतना ही था कि आने के बाद से वह बहुत व्यस्त रही है और इच्छा रहते हुए भी पत्र नहीं लिख सकी। 'अब भी शायद कुछ दिन न लिख पाती अगर एक ख़ास बात मन में न होती। हमारे स्कूल में एक नई अध्यापिका आई है, रंजू, जो मुझे बहुत अच्छी लगती है। उन्नीस-बीस साल की सेंसिटिव-सी लड़की है, देखने में अध्यापिका-जैसी बिलकुल नहीं लगती। किसी ग़लती को लेकर उससे कुछ कह दिया जाए, तो एकाएक उसकी आँखों में पानी भर आता है। मैं जब भी उसे देखती हूँ, मुझे तुम्हारी उस दुबली-पतली पीली-सी लड़की का ध्यान हो आता है और मैं तुम्हारे विषय में सोचने लगती हूँ। उसकी माँ मुझसे कई बार कह चुकी है कि मैं उसके लिए कोई लड़का खोज दूँ। मैंने रंजू से दो-एक बार तुम्हारी बात की है। वह सुनकर मुसकरा देती है और कहती है, 'बहनजी, पंजाबी लोग तो गुंडे होते हैं'। मुझे उसकी बात पर हँसी आ जाती है। हिमाचल की विशेष सादगी और भोलापन इस लड़की में है। चाहती हूँ

तुम एक बार आकर इसे देख लो। हो सकता है तुम दोनों को एक-दूसरे में कुछ मिल जाए···पर यह केवल एक सुझाव ही है। तुम्हें अच्छा न लगे, तो भी एक बार आने में कोई बुराई नहीं! दशहरे के दिनों में यहाँ का मौसम बहुत अच्छा होता है। और कुछ नहीं, दो-एक दिन घूम ही लेना। हो सका, तो किसी की जीप लेकर कुल्लू का दशहरा देख आएँगे। दशहरे की छुट्टी तुम्हें होगी ही। इस विश्वास के साथ कि तुम बात को टालोगे नहीं, मैं तुम्हारा कार्यक्रम निश्चित किए दे रही हूँ।

शनिवार को तुम कश्मीर मेल से वहाँ से चलोगे। पठानकोट पहुँचने पर तुम्हें मंडी की बस तैयार मिलेगी। शाम को चार या पाँच बजे तक तुम यहाँ पहुँच जाओगे। अगर किसी वजह से वह बस निकल जाए, तो उससे अगली किसी बस से आ सकते हो। आख़िरी बस भी नौ बजे तक यहाँ पहुँच जाती है। मेरा चपरासी तुम्हें दोनों बसों पर देख लेगा। आना ज़रूर।'

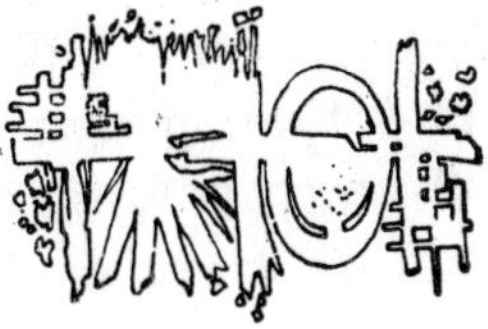

छोटी-छोटी बूँदें पड़ने लगी थीं। नैरीमन पाइंट से बहुत दूर आगे एक नाव डगमगा रही थी। श्यामा एकटक उसे देख रही थी जैसे कि नाव की सुरक्षा के साथ उसका कोई निजी वास्ता हो। किसी लहर के साथ नाव बहुत ऊँची उठ जाती, तो उसके होंठ खुल जाते और साँस तेज़ चलने लगती। वह उस ओर से आँख नहीं हटा पा रही थी···जैसेकि उसके आँख हटाने के साथ ही नाव के डूब जाने का अंदेशा हो।

एक मोटी-सी बूँद के नाक पर गिरने से वह अपने प्रति सचेत हो गई। देखा कि उस सँकरी सड़क के छोर पर वह अब अकेली नहीं है, और भी कई लोग हैं वहाँ, जो बूँदें तेज़ होने के डर से अब लौटने जा रहे हैं। नाव उसी तरह डगमगा रही थी, शायद पहले से वह और दूर चली गई थी। बाँहों को साड़ी के पल्लू में समेटकर वह भी वापस मैरीन ड्राइव की तरफ़ चल दी। दूर और पास की कई-मंज़िला इमारतों के बीच मैरीन ड्राइव की पंच-मंज़िला इमारतें काफ़ी बौनी लग रही थीं। उन इमारतों को और भी बौना करती बत्तियों की लम्बी कतार सहसा जगमगा उठी···समुद्र की सतह पर रंगों के कई-कई द्वीप उभर आए। पहला लैम्प-पोस्ट थोड़ी ही दूरी पर था···समुद्र और नागरिक दुनिया के बीच का सीमा-चिह्न।

मैरीन ड्राइव। गाड़ियाँ। रोशनी में रँगे चेहरे। समुद्र के शोर को डुबाता दूसरा शोर।

उसे भीड़ में अपना-आप डूबता-सा लगा। बहुत सचेत रहकर वह अपने को इस ओर या उस ओर को दिशा देती रही। सड़क, फ़ुटपाथ, सड़क। फिर फ़ुटपाथ। तेज़, धीमे, तेज़। फिर धीमे। चर्चगेट स्टेशन। एक अज़दहा जिसका मुँह हर पास आने वाले को अन्दर निगल रहा था।

गाड़ी में मुश्किल से भिचकर खड़े होने की जगह मिली। चर्णी रोड के बाद गाड़ी को सीधे बांद्रा और अँधेरी रुकना था। वह चाहती, तो सब स्टेशनों पर रुकने वाली दूसरी गाड़ी पकड़ सकती थी। घर पहुँचने की कोई जल्दी नहीं थी। बल्कि जो बात कहकर आई थी, उसकी नज़र से देर से पहुँचना ही बेहतर था। पर अज़दहे की वही दाढ़ उस वक्त खुली थी। ख़तरा था कि कुछ ही सैकेंडों में वह बन्द हो जाएगी। भीड़ की अंधी गति के साथ वह भी उसमें दाखिल हो गई थी। पर गाड़ी के चर्णी रोड से निकल आने के बाद उसे अफ़सोस होने लगा। भीड़ में अन्दर आने से पहले उस स्थिति की कल्पना उसने नहीं की थी जिसमें अब अपने को पा रही थी।

उसके एक तरफ़ दीवार थी और बाकी तीन तरफ़ तीन पुरुष-शरीरों का दबाव। एक बाईस-तेईस साल का युवक था जो बार-बार आँख बचाता उसकी तरफ़ देख लेता था। दूसरा मैले खादी के कपड़ों वाला एक अधेड़ व्यक्ति जिसके गालों और जबड़ों की निकली हुई हड्डियाँ महीनों की फ़ाकाकशी का विज्ञापन करती जान पड़ती थीं। आँखों से लगता था जैसे वह गाड़ी में न होकर और ही कहीं हो···आसपास के वातावरण से उसका कोई सम्बन्ध ही न हो। तीसरे की खाकी वर्दी किसी संस्था के स्वयंसेवक की थी···आँखें भी उसकी चौकसी के साथ आसपास घूर रही थीं। तीनों व्यक्ति जैसे अनजाने में और भीड़ की बेबसी के कारण ही उससे सटकर खड़े थे और गाड़ी के हिचकोलों ने ही उनके मुँह उसकी तरफ़ कर दिए थे। गाड़ी के रफ़्तार पकड़ने तक श्यामा का जी मितलाने लगा·· तीन पुरुषों की हल्की उकसाहट वह कई बार महसूस कर चुकी थी। पहला व्यक्ति दाईं ओर खड़ा युवक था जिसे उसने आँखों से डाँट देने की कोशिश की। उस पर डाँट का थोड़ा असर भी हुआ। पर शेष दोनों व्यक्तियों को आँखों से पकड़ पाना असम्भव था। चेहरे के भाव से वे इस तरह बेलाग नज़र आते थे जैसे कि अपने निचले शरीर से उनका कोई सम्बन्ध ही न हो। उन्हें अपने से परे रखने के लिए उसने कोहनियों की सहायता ली। उससे काम नहीं चला, तो उन्हें एक-एक करके हाथ से थोड़ा धकेल दिया। मुँह में वह बुदबुदाई, 'आप ठीक से खड़े नहीं रह सकते?' पर उनका भाव ऐसे बना रहा जैसे बात उनसे न कही जाकर किसी और से कही गई हो। एल्फ़िस्टन रोड, दादर,

लोअर परेल, महिम···उसने सोचा बांद्रा उतरकर वह वहाँ से दूसरी गाड़ी ले लेगी। पर गाड़ी के स्टेशन पर रुकने के साथ ही वे तीनों आदमी वहाँ उतर गए और उसे पीछे की तरफ़ बैठने की जगह दिख गई।

अँधेरी। स्टेशन से निकलकर घर की तरफ़ चलते हुए भी श्यामा के अन्दर मितलाहट बनी हुई थी···वह घर एक ऐसी जगह थी जहाँ पहुँचकर एक दूसरी तरह की घुटन मन में घिर आती थी। बीजी और सीमा, ये दोनों शुरू से ही उसके लिए अजनबी थीं। देव के जीवित रहते भी वह उन्हें नहीं अपना सकी थी···अब तो फ़ासले पर रहने से रिश्ता और धुँधला गया था। वे दोनों भी उसे एक सीधे सम्बन्ध से स्वीकार न करके बेबी के रिश्ते से ही स्वीकार करती थीं···या एक और रिश्ते से जिसकी बात सोचते ही उसकी बेचैनी बढ़ने लगती थी। और बेबी···वह भी तो अब उन्हीं में से एक थी। वही चेहरा-मोहरा, वही स्वभाव, वैसी ही आदतें। अपनी ज़रूरत और आराम के सिवा किसी चीज़ से मतलब नहीं। मंडी में रहते वह फिर भी अपनी जान पड़ती थी। पर यहाँ आने के बाद से उन लोगों से इतनी घुल-मिल गई थी कि माँ को माँ की तरह समझती ही नहीं थी। हर वक्त बीजी के पास बैठना, बीजी के साथ खाना, बीजी के साथ घूमने जाना। शौक भी उन्हीं सब चीज़ों का जो बीजी को पसन्द आती थीं। रात को भी अक्सर वह बीजी के पास ही सो जाती थी। लगता था कि बीजी, सीमा और बेबी तीनों घर की मालकिन हैं और वह एक जबर्दस्ती की मेहमान जो फालतू उन लोगों के बीच आकर टिकी है। वह किसी भी दिन वहाँ से चली जाए, तो तीनों में से किसी को इसका दुख नहीं होगा। वे उसी तरह चटनी, अचार और मिर्च-भरे साग के साथ शाम की रोटी खाएँगी और शायद उसके बारे में आपस में बात भी नहीं करेंगी।

तीसरी मंज़िल पर दाहिनी तरफ़ का फ़्लैट। दो कमरे का। नौकरानी जेनी के दरवाज़ा खोलने के साथ ही उसे लगा कि घर में उस वक्त और

कोई नहीं है। जेनी शाम को उतनी देर तक वहाँ नहीं रहती थी। सात बजे तक काम पूरा करके चली जाती थी। अन्दर पहुँचकर उसने देखा कि बीजी,, सीमा और बेबी में से तो कोई नहीं है, पर नीचे का दरबान किचन में एक तरफ़ सिकुड़कर बैठा है। उसने तीखी नज़र से उस आदमी को देख लिया, पर उससे या जेनी से कहा-पूछा कुछ नहीं। किसी से कुछ भी बात करने की मन:स्थिति थी ही नहीं उसकी। वह सीधी बेड-रूम में चली गई। दोनों बिस्तरों की चादरों को एक बार उसने सन्देह की नज़र से देख लिया। चादरों में कोई वैसी सलवटें नहीं थीं, फिर भी···उसे लगा जैसे उन्हें अभी-अभी मेहनत से ठीक किया गया है।

मन था कमरे में पहुँचते ही बिस्तर पर लेट जाएगी, पर बिस्तर के पास आकर कुछ देर दुविधा में खड़ी रहने के बाद ही वह उस पर बैठ सकी।

'बीबी, चाय ?' जेनी के पूछने पर उसने सिर्फ़ सिर हिला दिया। चाय की ज़रूरत बहुत महसूस हो रही थी और खुद बना लेने की हिम्मत भी नहीं थी। पर जेनी को मना करके उसे सन्तोष ही मिला। जैसे कि इतने से उसने जेनी को अपनी नाराज़गी का पता दे दिया हो।

'और कोई चीज़ मँगता है ?'

उसने फिर सिर हिला दिया।

'माँजी बेबी के साथ गई हैं। कह गई हैं कि···।

'तुझे जाना है, जा। मैं अब घर पर हूँ।'

'माँजी ने बोला था उनके लौटने तक मैं···।'

'मैंने कह दिया है मैं अब घर पर ही हूँ।'

जेनी ने और बात नहीं की। कुछ ही देर में बाहर का दरवाज़ा खुलकर बन्द हो गया।

श्यामा बत्ती बुझाकर फिर कुछ देर उसी तरह बैठी रही। जैसे तकिए पर सिर रखने से पहले किसी चीज़ से संघर्ष करने के लिए समय की आवश्यकता थी। पर शरीर इतना शिथिल हो रहा था कि उससे ज्यादा देर नहीं बैठा गया। वह थोड़ा-सा सरककर पलंग पर सीधी हो गई। अच्छा लग रहा था कि वह घर में उस वक्त अकेली है···यहाँ आने के बाद से पहला मौका था जब घर में इस तरह अकेली लेट सकी थी।

वरना उस घर में रहना भी लगातार एक तीन-तरफ़ा दबाव में जीने की तरह था···। उस दबाव को कोहनियों की मार से अपने से परे नहीं किया जा सकता था, और न ही आशा की जा सकती थी कि अभी-अभी वह स्टेशन आ जाएगा जहाँ···। उसने करवट बदल ली। थोड़ी ही देर में लगने लगा कि सिर तकिये में डूबता जा रहा है। कितना अच्छा होता अगर वह पूरी रात वहाँ अकेली पड़ी रह सकती···! अपने को अँधेरे की ओढ़न में बिलकुल निढाल छोड़ सकती···!

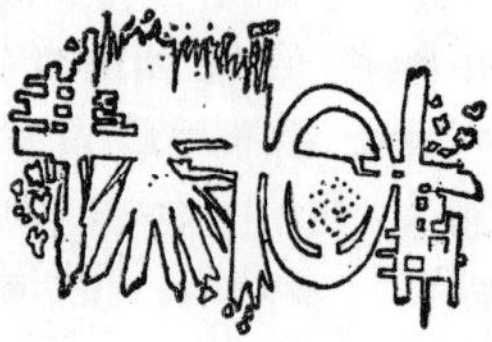

उस दिन सुबह नींद जल्दी खुल गई थी। बल्कि रात-भर ठीक से नींद आई ही नहीं थी। बीच में दो-तीन बार उठकर वह गुसलखाने में गई थी। बेबी को निश्चिन्त सोते देखकर उसे ईर्ष्या भी हुई थी। उठने के साथ ही जो पहला विचार मन में आया, वह था—आज शनिवार है। रात को सोने से पहले भी उसने मन के कैलेंडर में वार बदल लेने की कोशिश की थी, पर बारह बज चुकने पर भी बाहर के घुप अँधेरे ने मन में नए दिन की शुरुआत नहीं होने दी थी। नया दिन रोशनदान पर कोहरे की तरह उभर आए हल्के उजाले के साथ ही उसे अपने आने का विश्वास दिला पाया था। यह उजाला निश्चित रूप से शनिवार था…वह दिन जिस दिन कुमार को कश्मीर मेल से पठानकोट आकर वहाँ से मंडी की बस पकड़नी थी।

कश्मीर मेल के पठानकोट पहुँचने में अभी समय था। कुमार उस समय अपनी सीट पर ऊँघ रहा था या चौकस आँखों से अँधेरे से उबरते खेतों को ताक रहा था।

उसने उठकर अपने लिए चाय बनाई। हल्के घूंटों में प्याला खाली करते हुए होंठों पर मुसकराहट आ गई। कुमार अगर सचमुच रंजू से मिलने की बात मन में लेकर आ रहा होगा, तो…? उसे रंजू से एक बार बात तो कर ही लेनी चाहिए। पर किस तरह, किन शब्दों में, क्या कहना ठीक होगा उससे ?

सिन्दूरी के आने पर उसने अपने लिए टब में गरम पानी भरवा लिया। कहा कि और काम वह बाद में करे, पहले ठीक से कमरों की सफ़ाई कर डाले।

'आज तो शनिवार है,' सिन्दूरी को उसके आग्रह से आश्चर्य हुआ। पूरे घर की सफ़ाई वह सिर्फ़ इतवार को किया करती थी।

'मुझे पता है शनिवार है आज,' उसे बोलकर शनिवार का ज़िक्र करना अच्छा लगा। 'बाहर से मेहमान आ रहे हैं आज।'

'कौन मेहमान आ रहे हैं?'

सिन्दूरी की इस आदत से उसे बहुत चिढ़ होती थी। कोई भी बात हो, वह कौन, कब, कहाँ पूछे बिना नहीं रहती थी।

'कोई भी हैं। तुझसे जो कहा है, वह काम कर।'

'पूना से बड़ी बीबी आ रही हैं?'

उस वक्त पूना के ज़िक्र से उसे गुस्सा हो आया। 'तुझे पहले यह बताना ज़रूरी है कि पूना से बड़ी बीबी आ रही हैं या बनारस से बड़े भैया?'

सिन्दूरी पर गुस्से का कुछ असर नहीं हुआ। उसने बल्कि और पूछ लिया, 'आपके बड़े भाई बनारस में रहते हैं?'

उसे हँसी आ गई। 'मेरे कोई बनारस में नहीं रहते। तू बातें करना छोड़ अब और काम में लग जा। घर की सफ़ाई आनेवालों के नाम-पते पूछकर नहीं की जाती।'

सिन्दूरी काम में लग गई, मगर चेहरा लटकाए हुए। उसे बर्दाश्त नहीं था कि घर के किसी मामले में उसे परायेपन की दहलीज़ पर रोक दिया जाए। जितना वह इस चीज़ को महसूस करती थी, उससे कहीं ज़्यादा बार-बार पल्ले से आँखें पोंछकर दूसरे को इसका एहसास कराने लगती थी। उस समय सिन्दूरी के उस प्रदर्शन से वह फिर से खीझी नहीं। मुचड़े कपड़ों और बिखरी चीज़ों को यहाँ-वहाँ से हटाने के बहाने मन में तौलती रही कि बिना सिन्दूरी के मन में सन्देह का बीज डाले किन शब्दों में उसे आनेवाले व्यक्ति के विषय में बतला सकती है। न बतलाने से उसके मन में और सन्देह जागने की सम्भावना थी, इसलिए दो-एक मिनट की हिचकिचाहट के बाद वह खुद ही उसके पास चली गई। 'बाहर के आदमी हैं, इसीलिए ख़ास कह रही हूँ कि घर को हम लोग ठीक-ठाक कर लें। हमारे उनके पुराने दोस्त हैं। लिखा है कुल्लू का दशहरा देखने आ रहे हैं। एकाध दिन यहाँ भी रुकेंगे।'

सिन्दूरी का चेहरा फिर भी लटका रहा। उसने जैसे बात सुनी ही नहीं। जिस तरह चुपचाप काम कर रही थी, करती रही। वह जैसे एक बंद

दरवाज़े पर दस्तक देने के बाद उसके खुलने की प्रतीक्षा करती कुछ देर सिन्दूरी को देखती रही। फिर बोली, 'मैं एक बजे तक स्कूल से लौट आऊँगी। तू हर शनिवार की तरह आज भी शाम का खाना इसी वक्त बना लेना। दो-एक आदमियों का खाना ज़्यादा बनेगा, बस। दो सब्ज़ियाँ, दाल और रायता। मीट अच्छा मिल जाए, तो एक सब्ज़ी कम कर देना। स्कूल से आकर हर शनिवार की ही तरह दो बजे से मैं तुझे छुट्टी दे दूँगी। मेहमान घर में होंगे, इसलिए कल सुबह गाँव से ज़रा जल्दी लौट आना।'

सिन्दूरी फिर भी चुप रही। सिर्फ़ उसके हाथ जल्दी चलने लगे। उसके इस भाव से अस्थिर होकर वह कुछ पल उसे देखती चुप खड़ी रही। फिर गुसलखाने की तरफ़ चलती बोली, 'तीनों कमरे ठीक करके पीछे का बंद कमरा भी खोलकर बुहार देना। मेहमानों की चारपाइयाँ उसी कमरे में लगेंगी।'

'कितनी चारपाइयाँ लगेंगी?' सिन्दूरी के यह पूछने में जैसे कुछ और भी अर्थ था। पर उसने सिन्दूरी की तरफ़ मुड़कर देखा नहीं। 'दो चारपाइयाँ लगा देना अभी,' कहती हुई कमरे से निकल गई। पर गुसलख़ाने में दाख़िल होने से पहले उसे सिन्दूरी के एक और सवाल का जवाब देने के लिए रुकना पड़ा। सिन्दूरी भी उसके पीछे-पीछे कमरे से निकलकर दालान में आ गई थी। वहीं से बीच का फ़ासला बनाए रखते हुए उसने पूछ लिया, 'अकेले मियाँ-बीबी ही हैं, या कोई बच्चा-अच्चा भी होगा साथ में?'

'कह नहीं सकती,' उसने तीखे झटके से सिन्दूरी को देखकर आँखें हटा लीं। 'मैं उनके घर के लोगों से पहले मिली नहीं हूँ।'

पानी काफ़ी गरम था। ऊँची पीठ वाले टीन के टब में शरीर को ढीला छोड़कर नहाने की आदत अब पुरानी हो चली थी। कितने ही साल

पहले, उसके बचपन में, यह टब उनके घर में आया था। पिता को हर्निया की शिकायत थी जिसके लिए उन्हें जल-चिकित्सा बतलाई गई थी। कुछ दिन इस्तेमाल होने के बाद वह वर्षों तक यूँ ही पड़ा रहा था। एक दिन पुरानी बालटी में छेद हो जाने से उसने उसमें पानी भरवा लिया था और तब से, नई बाल्टी आ जाने के बाद भी, गुसलखाने में उसकी जगह बनी रही थी।

टब इतना बड़ा नहीं था कि टाँगें सीधी करके उसमें लेटा जा सके। उसमें शरीर को समाने के लिए जिस तरह से सिमटना पड़ता था उससे घुटने उभरकर सामने आ जाते थे। दोनों ढीली बाँहें नाभि के आसपास आ मिलती थीं। आँखें मूँदकर वह कई-कई पल इस तरह समाधि की-सी स्थिति में बनी रहती थी। पानी की उष्णता शरीर के पोर-पोर से अंदर उतरती जाती थी। शरीर में साँस के आने-जाने से पानी में होती हल-चल नाभि के निचले हिस्से में हल्की थपकियाँ देती जान पड़ती थी। लगता था पानी की सतह पर बनते छोटे-छोटे बुलबुले शरीर के उसी हिस्से से उठकर आ रहे हैं। शरीर का अधिकांश भाग टब के तले से ऊँचा उठा रहने से अपना-आप एक नाव की तरह तैरता लगता। ज़रा-सा हिलने से ही नाव किसी-न-किसी किनारे से टकरा जाती। कई बार वह जान-बूझकर लंबी-लंबी साँसें लेती जिससे नाव ज़्यादा हिचकोले खाती और ज़्यादा बार किनारों से रगड़ जाती। सिर अपने-आप पीछे से नीचे को सरकता जाता, टाँगें पानी में और हल्की पड़कर ऊपर-ऊपर को उठती आतीं। लगता यह गर्भाशय में होने की-सी स्थिति ही शरीर के लिए सबसे स्वाभाविक है। जैसे उसकी सुविधा की सारी खोज गर्भाशय के अनुभव की ही खोज थी···वह अनुभव समाधि के रूप में हो या··· उसे उन अधूरे क्षणों का स्मरण हो आता जब देव के साथ लगभग वैसी ही शारीरिक स्थिति में वह पोर-पोर से एक वैसी ही उष्णता पा सकने की कामना से आतुर हो जाया करती थी। परन्तु···शरीर तले से ऊपर उठकर हिलोर लेने ही लगता था कि देव का हाँफता शरीर अपने बोझ से उसे दबा देता था और उसे अपने में भर लेने की कोशिश करते-करते सहसा वह उसे अपने से उतार फेंकने की व्याकुलता से भर जाती थी।

कंधों का जितना हिस्सा पानी से बाहर था, उसे ठंडक से बचाने के लिए पानी में डुबाते हुए उसने अपने-आप पर एक नज़र डाल ली। दो भरे

हुए मांस-पिंड जो जैसे शरीर से स्वतन्त्र होकर पानी की सतह तक उठ आना चाहते थे। मांस-पिंडों को दोनों ओर से ढकती जाँघों की चिकनी गोलाइयाँ और पानी से बाहर निकले घुटनों पर सिहरते रोयें...उन सबकी जैसे अपनी अलग-अलग सत्ता थी। वे सब जैसे अपनी-अपनी किसी आकांक्षा से ही एक-दूसरे से जुड़े थे। उन सब आकांक्षाओं का केन्द्र थी वह स्वयं...वह स्वयं अर्थात् ? उसने दोनों हाथ पानी से बाहर निकाल कर अपनी सिकुड़ी हुई उँगलियों को देखा...पानी की गरमी में भी मांस फैलने की जगह सिकुड़ता क्यों है ? उसने दोनों हाथों को आपस में मल लिया और फिर से पानी में डूब जाने दिया। डूबने के क्षण में एक गुनगुना-सा अनुभव, पर साथ में एक सिहरन...पानी गरम होकर भी अन्दर से ठंडा-का-ठंडा रहता है क्या ?

टब से बाहर आकर शरीर को निचोड़ते हुए उसे समय का ध्यान हो आया। कुमार ने अगर पहली बस पकड़ ली होगी, तो इस समय कहाँ होगा ? बैजनाथ के रास्ते में या पालमपुर के आसपास ?

तौलिए से शरीर को पोंछते हुए उसके मन में आया कि उसने अपने-आपको कभी इस तरह आईने में क्यों नहीं देखा...अपनी पूरी स्वाभाविकता में ? अपने-आपका इस तरह सामना करने में संकोच किस बात का था ? क्या कोई न्यूनता थी जिसे सामने से देखने का वह साहस नहीं कर सकती थी ? उसने अपने गालों को सहलाया, बाँहों को मला और स्तनों को हथेलियों पर तौल लिया। आज भी उसके शरीर में इतना कसाव था कि निःसंकोच होकर उसे देखा जा सकता था...फिर भी आज से आठ साल पहले जैसा तो वह अब नहीं रहा था। उन दिनों जबकि बिना ब्रेसियर के भी अपना-आप कसा-कसा लगता था...तब के अपने शरीर को वह आज किस आईने में देख सकती थी ? यह विचार उन दिनों मन में क्यों नहीं आया कि एक बार, कम-से-कम एक बार, तो अपने को अपने भरपूर रूप में पूरा देख ले ?

पर आईने के सामने पहुँचने तक वह फिर पेटीकोट, ब्रेसियर और ब्लाउज़ में थी...हालाँकि वहाँ खड़े-खड़े उसने दो बार ब्लाउज़ की हुकें खोलीं और बंद कीं। साड़ी बाँधकर जूड़े की पिनें लगाते हुए चोर नज़र से उसने घड़ी में वक्त देख लिया। कुमार की बस कहाँ पहुँची होगी अब तक ?

इतने सारे लोगों को उसी दिन मिलने के लिए आना था। दो अध्यापिकाएँ स्कूल से ही साथ चली आई थीं। रंजू और रमेश्वरी मेहता। कुआँरी होने से दोनों को दिन बिताने की समस्या रहती थी, शनिवार को विशेष रूप से। प्रायः हर शनिवार की दोपहर वे उसी के यहाँ काटती थीं। उन लोगों की हो-हुल्लड़ और चाय पीने-पिलाने की व्यस्तता में उसका भी वक्त बीत जाता था। पर उस दिन सिर-दर्द का बहाना करके उसने उन लोगों से बचना चाहा था। रंजू उसका इरादा भाँप गई थी, पर रमेश्वरी को ऐसी बतास उठ रही थी कि वह 'बहनजी को सिर-दर्द के साथ अकेली छोड़ने' को तैयार नहीं हुई थी। 'सच कहती हूँ बहनजी, पहले तो रात को बारह-बारह बजे तक उसके कमरे की बत्ती जलती रहती थी। आधी रात को भी कोई केस आ जाता था, तो वह देखने निकल पड़ती थी। पर पिछले छह महीने से, जब से यह नया डाक्टर आया है, दुबे, तब से रात के नौ बजे ही उसके कमरे की बत्ती बुझने लगी थी। दिन में भी देखने में वह थकी-थकी-सी लगती। पूछने पर हँसकर कहती थी, 'आजकल एक नया तजरुबा कर रही हूँ'। नया तजरुबा! सिवाय एक तजरुबे के और कौन-सा था वह नया तजरुबा?

बात लेडी डाक्टर बत्रा को लेकर ही थी। उसकी आकस्मिक मृत्यु से पहले सबको धक्का लगा था, दुख भी हुआ था। इतनी सुन्दर हँसमुख लड़की, शाम तक रोज़ की तरह अस्पताल में काम कर रही थी, और सुबह उठने पर पता चला कि शरीर पर तेज़ाब छिड़ककर उसने आत्महत्या कर ली। ख़बर सुनकर किसी से बात तक करते नहीं बना था···यही रमेश्वरी कितनी गुमसुम रही थी उस दिन। पर दो-चार दिन गुज़रने के बाद ही डाक्टर दुबे के साथ लेडी डाक्टर के सम्बन्ध को लेकर दबे-दबे चर्चा शुरू हो गई थी जो अब तक मज़ाक की स्थिति में पहुँच गई थी। 'डाक्टर दुबे ने जो उसी दिन अस्पताल से तीन दिन की छुट्टी ले ली थी, वह किसलिए थी? बेचारे को जो दुख हुआ, सो तो हुआ ही होगा···पर ख़ास वजह क्या यही नहीं थी कि वह लोगों के सामने पड़ने से बचना चाहता था? कोई उससे ऐसा-वैसा सवाल पूछ लेता, तो क्या जवाब देता बेचारा उसे? सुना तो यह भी था कि वह त्यागपत्र देकर यहाँ से चले जाने की सोच रहा है। पर परसों देखा था, तो पहले से भी स्मार्ट सूट पहने घूम रहा था अस्पताल में। शायद अब नए रोमांस की तैयारी चल रही है। जो

नई डाक्टर आई है, उससे। मैं कहती हूँ, अब तो शरम करनी चाहिए उसे। वह बेचारी दो छोटे-छोटे बच्चों की विधवा माँ है। उसे भी कहीं कुछ हो-हवा गया, तो उसके बच्चों की देखभाल कौन करेगा ?'

हँसना न चाहते हुए भी रमेश्वरी की हँसी में साथ देना पड़ रहा था उसे। उसका एक मेहमान आकर रात-भर रहा है उसके यहाँ, यह बात किसी भी तरह वहाँ छिपी नहीं रह सकती थी। बल्कि सम्भव था रमेश्वरी अभी से जानती हो कि स्कूल का चपरासी शाम की बस से उसके किसी मेहमान को लिवा लाने जाएगा। ऐसे में रमेश्वरी की बात का विरोध करने से उसका कुछ और मतलब भी लिया जा सकता था। फिर भी एक बार जैसे अपने ही बचाव के लिए इतना कहा उसने, 'मैं इतनी बार मिली हूँ मिस बत्रा से, पर मुझे तो कभी वह उस तरह की नहीं लगी। मुझसे तो बल्कि वह कहा करती थी कि दो साल और यह नौकरी करने के बाद वह शादी कर लेगी और अपनी प्राइवेट प्रैक्टिस करेगी। डाक्टर दुबे का तो कभी नाम भी मेरे सामने नहीं लिया उसने। क्या यह नहीं हो सकता कि बेचारी सचमुच कोई तजरुबा कर रही हो और उसी में तेज़ाब गिर गया हो उस पर ?'

पर इस तरह दुर्घटना में लेडी डाक्टर की मृत्यु होने की बात रमेश्वरी को किसी भी तरह स्वीकार नहीं थी। 'एक छोटे-से अस्पताल की नौकरी में ऐसा कौन-सा तजरुबा हो सकता है जिसमें तेज़ाब की ज़रूरत पड़े ? और वह चार साल की बच्ची तो थी नहीं कि उसे पता नहीं चला कि उसके हाथ में जो चीज़ है, वह तेज़ाब है जिससे पूरा शरीर झुलस सकता है।'

सिन्दूरी कमरे में आई, तो उसे देखते ही उसका चेहरा सुर्ख़ होने लगा। इससे पहले कि वह बाहर जाकर उससे बात करने के लिए उठ पाती, सिन्दूरी ने वही प्रकरण छेड़ दिया जिससे उस समय वह बचना चाहती थी। 'बहनजी, आपकी और बेबी की चारपाइयों को छोड़कर और एक

भी साबुत चारपाई नहीं है घर में। कहें तो मैं परमार साहब के यहाँ से ले आऊँ जाकर।'

'किसी के यहाँ माँगने जाने की जरूरत नहीं,' उसने जकड़े-से स्वर में सिन्दूरी को झिड़क दिया। 'तुझे जाना है, जा अब। मैं देख लूँगी कैसे इंतज़ाम करना है।'

'पर आपने कहा था पीछे के कमरे में···।'

'कह रही हूँ मैं देख लूँगी कैसे सब करना है। दो बज गए हैं। तेरा छुट्टी का वक्त है···तू जा सकती है अब।'

सिन्दूरी मुँह में जाने क्या बड़बड़ाकर बाहर चली गई। उसे एकाएक इतना गुस्सा हो आया कि मन हुआ उसी वक्त से उस औरत को नौकरी से जवाब दे दे। पर रंजू और रमेश्वरी सामने थीं, इसलिए गुस्सा पी जाना ही बेहतर लगा उसे। रमेश्वरी की आँखों में उभर आई उत्सुकता कोई और रंगत ले, इससे पहले अपनी ओर से ही वह बताने लगी, 'कुछ लोगों के बाहर से आने की बात है आज। हमारे उनके कोई दोस्त हैं। लिखा है कुल्लू जाते हुए रास्ते में एकाध दिन के लिए यहाँ रुकेंगे। शायद सोचते हों कि मिलकर नहीं जाएँगे तो मुझे बुरा लगेगा कि उनके बाद इन लोगों ने मुँह दिखाना भी छोड़ दिया।'

'आपके पास ही ठहरेंगे?' रमेश्वरी के स्वर में कुछ था जो उसे अखर गया। उसे यह भी लगा कि सवाल पूछते हुए उसने एक बार गहरी नज़र से रंजू की तरफ़ देख लिया है। इतना ही नहीं, रंजू ने अपनी आँखों में उभर आई मुसकराहट से उसे उत्तर भी दिया है। उसका मन उन दोनों के प्रति वितृष्णा से भरने लगा। रंजू के प्रति विशेष रूप से क्योंकि उसी के कारण वह रमेश्वरी का अपने यहाँ इतना आना-जाना स्वीकार करती थी। और यही वह लड़की थी जिसकी सादगी और भोलेपन की प्रशंसा उसने कुमार से की थी।···अच्छा ही था कि उसने इस लड़की से कुमार की चर्चा नहीं की। इसमें ऐसी विशेषता थी भी क्या कि कुमार-जैसे व्यक्ति के साथ इसके सम्बन्ध की बात सोची जा सकती। कुमार सचमुच इसके बारे में जानना चाहे, तो वह सच-सच उसे बता देगी कि लड़की देखने में बुरी नहीं है, अपनी एक सादगी भी है उसमें, पर साथ में ऐसा ओछापन भी कि अपने पत्र में उसकी चर्चा करने के लिए बाद में उसे अफ़सोस होता रहा है।

कह नहीं सकती,' स्वर में काफ़ी उदासीनता लाकर उसने रमेश्वरी को उत्तर दिया। 'हो सकता है रेस्ट-हाउस या किसी होटल में उन्होंने अपना इंतज़ाम कर रखा हो। पर अपनी तरफ़ से तो एक बार उनसे कहना ही होगा। इसीलिए मैंने पीछे का कमरा खुलवा दिया है। यहाँ ठहरना चाहेंगे, तो यहीं ठहर जाएँगे।'

रमेश्वरी इस विषय में कुरेदकर जानना चाहती, तो उसे बुरा लगता। पर उसने बात को वहीं छोड़ दिया, यह भी उसे अच्छा नहीं लगा। क्या रमेश्वरी के मन में सचमुच सन्देह का बीज था जिसके कारण वह बिना और बात किए इस तरह चुप रह गई थी ?

रंजू और रमेश्वरी पाँच-साढ़े पाँच के बाद ही उसके यहाँ से जाया करती थीं। उस दिन सवा तीन के करीब उनका उठकर चल देना भी उसे स्वाभाविक नहीं लगा। जैसे उनके मन का सन्देह ही था जिसने दो घंटे पहले उन्हें वहाँ से उठा दिया था। पर रमेश्वरी ने चलने की बात की, तो वह उनसे और रुकने के लिए भी नहीं कह सकी। वह नहीं चाहती थी कि चपरासी कुमार का बक्सा लिये अंदर आए, तो वे लोग वहाँ पर हों। वह तो बल्कि चाह रही थी कि किसी तरह कुमार के आने का कार्यक्रम बदल जाए। या तो वह आज की गाड़ी से चला ही न हो, किसी और दिन आने का तार भेज दिया हो उसने···या रास्ते में सड़क टूटी होने से उसकी बस मंडी तक पहुँचे ही नहीं और उसे मजबूरन आधे रास्ते से लौट जाना पड़े। कितनी बड़ी मूर्खता की थी उसने इस तरह कुमार को आने के लिए लिखकर ?

रंजू और रमेश्वरी अभी गेट से थोड़ी दूर ही गई होंगी कि गर्ल गाइड्स की इंचार्ज मिसेज़ सोहनसिंह आ पहुँचीं। हर बात की तरह वे आते ही विस्तार के साथ बताने लगीं कि उन्हें कितना काम रहता है और किसी के यहाँ आने-जाने का समय वे कितनी मुश्किल से निकाल पाती हैं। 'आई से शामो, कोई बिलीव नहीं कर सकता कि रोज़ चौबीस घंटे में से सोलह घंटे, सिक्सटीन आवर्ज़, कितनी दौड़-धूप करनी पड़ती है मुझे ! यंग गर्ल्ज़ के साथ डील करने की कितनी प्राब्लेम्ज़ हैं ! चार सौ अस्सी लड़कियाँ हैं मेरे अंडर, फोर हंड्रेड एंड एटी, और हर लड़की की कमज़-कम एक डज़न प्राब्लेम्ज़ हैं। अब तुम हिसाब लगा लो कितने हज़ार प्राब्लेम्ज़ हैं जिनके साथ मुझे रोज़ डील करना पड़ता है। एक माँ-बाप के साथ

झगड़ा करके आ जाती है घर से, दूसरी अपने मैडिकल प्राब्लेम्ज़ ले आती है, तीसरी के लव-अफ़ेयर के काम्प्लिकेशन्ज़ हैं···तुम अच्छी हो कि दो घंटे पढ़ाया, चार चिट्ठियों पर दस्तख़त किए, थोड़ा डाँट-फटकार दिया किसी को और बस, दिन का काम पूरा हो गया। मैं फ़ील्ड-वर्क से आती हूँ, तो सेक्रेटरी का बुलावा आ जाता है। सेक्रेटेरियट से लौटती हूँ, तो घर में दरबार लगा होता है। फिर चैरिटीज़ का काम···यह रिलीफ़ फ़ंड, वह रिलीफ़ फ़ंड, यह फ़ंक्शन, वह फ़ंक्शन। मेरे हस्बैंड कहते हैं, यू आर नाट ए वोमन बट ए कम्प्यूटर। मैं कहती हूँ कोई मेरे जितने काम करने वाला कम्प्यूटर बनाकर दिखाए तो। और मैं नौकरी की ख़ातिर तो नौकरी करती नहीं हूँ। आई डोंट नीड दिस पेटी सैलरी। मेरा तो साड़ियों का खर्चा भी नहीं निकलता इससे। बट आई मस्ट से आई लव वर्किंग। पर्टिक्युलर्ली यंग गर्ल्ज़ के साथ। मैं आज भी इसी वजह से इतनी यंग महसूस करती हूँ···।'

मिसेज़ सोहनसिंह अभी गई नहीं थीं कि मैनेजिंग कमेटी के दो सदस्य चले आए। उनमें से एक की लड़की की शादी थी। 'अगले संडे की शादी है, फ़ाईडे, सैटर्डे, संडे, तीन दिन के लिए स्कूल की बिल्डिंग चाहिए। सैटर्डे की तो आधी छुट्टी होती ही है। सिर्फ़ फ़ाईडे की छुट्टी करनी पड़ेगी। मैंने चेयरमैन से बात कर ली है। उनका कहना है, बिल्डिंग-फ़ंड में हम कम-से-कम सौ रुपया चंदा दे दें। मैंने कहा मुझे मंजूर है। पर वे बोले एक बार आपसे भी पूछ लेना ज़रूरी है···।'

उन लोगों के जाते-न-जाते सनातन धर्म सभा और गोरक्षा समिति के अध्यक्ष बावाजी 'एक विशेष अनुरोध करने' के लिए आ गए। 'परसों स्वामी गिरिजानन्दजी का भाषण रखा है हमने। मैदान में बड़ा शामियाना लगेगा। हम चाहते थे आप तो उस दिन आएँ ही, अपने स्कूल की लड़कियों तथा अध्यापिकाओं से भी अधिक-से-अधिक संख्या में आने के लिए कह दें। इतना महत्त्वपूर्ण भाषण हो और सुनने के लिए सौ-पचास लोग ही एकत्रित हों, इसमें नगर का सम्मान नहीं रहता। हमने लड़कों के स्कूल में हेडमास्टर साहब से नोटिस निकलवा दिया है। एक नोटिस आप भी निकाल दें, तो···।'

उसे लग रहा था एक-के-बाद-एक उन सब लोगों का आना एक षड्यन्त्र है। जैसे सारे शहर को कुमार के आने की सूचना मिल गई थी और वे

लोग जान-बूझकर बारी-बारी से उसके यहाँ चक्कर लगा रहे थे। बावा जी जिस समय गए, तब तक घड़ी की सूइयाँ पाँच और बारह पर पहुँच चुकी थीं। पठानकोट से पहली बस अड्डे पर आ चुकी होगी। उसने चपरासी को अड्डे पर भेजने की बात क्यों लिखी थी पत्र में ? कुमार किसी भी रिक्शा वाले को उसका नाम बता देता, तो वह उसे सीधा यहाँ ले आता। उसके मन में हौल-सा उठने लगा कि अभी-अभी एक रिक्शा गेट के पास आकर रुकेगा और उसमें से उतरकर कुमार पगडंडी से नीचे आएगा। अगर उससे पहले कुछ और लोग मिलने आ गए, तो कुमार को कैसा लगेगा उन्हें देखकर ? और वे लोग भी क्या सोचेंगे एक अपरिचित व्यक्ति के पीछे-पीछे चपरासी को बिस्तर-अटैची के साथ आते देखकर ? उस वक्त किसी के चेहरे पर हल्की-सी भी मुसकराहट नज़र आ गई, तो कितनी शरम की बात होगी वह, उसके लिए भी और कुमार के लिए भी ? कुमार के अन्दर आने के साथ ही वे लोग वहाँ से चलने की बात करने लगेंगे, और वह अभी कुमार से उसका हालचाल भी नहीं पूछ पाएगी जब तक शहर में लोग लेडी डाक्टर बत्रा की जगह उसकी चर्चा कर रहे होंगे।

मिसेज़ सोहनसिंह ने चलते-चलते उसके अकेले जीवन से सहानुभूति प्रकट की थी। 'मुझे इस तरह अकेली रहना पड़े, तो मैं तो एकदम पागल हो जाऊँ।' वह सहानुभूति उसे व्यंग्य की तरह चुभ गई थी। ऊपर से वह मुसकरा दी थी, पर अन्दर से पसीना-पसीना हो गई थी। मिसेज़ सोहन-सिंह को आज ही उसके अकेलेपन का ध्यान क्यों आया था ?

पर लोगों के चले जाने के बाद कमरे का खालीपन भी उसे असह्य लगने लगा, तो वह बाहर बरामदे में निकल आई। वहाँ आकर देखा सिंदूरी अब भी गई नहीं है, कलछी चलाती किचन में खड़ी है। यह उस औरत की एक और धृष्टता थी। जब काफ़ी देर पहले उससे जाने को कह दिया गया था, तो वह अब तक गई क्यों नहीं थी ?

उसे देखते ही सिन्दूरी पल्ले से हाथ पोंछती बाहर आ गई। 'बहनजी, और दो चारपाइयाँ तो मैंने किसी तरह ठीक कर दी हैं, पर बिस्तरों का कैसे करना है ? वे लोग अपने बिस्तर साथ लेकर आयेंगे या…?'

'मैंने कहा है मुझे कुछ भी पता नहीं,' उसने पूरे शहर के प्रति अपनी खीझ सिन्दूरी पर निकाल ली। 'यह भी पता नहीं कि कोई आएगा भी

या नहीं। तेरा जितना काम हो गया, ठीक है। बाकी काम मैं अपने-आप कर लूंगी। मैं कल तुझसे यह नहीं सुनना चाहती कि वक्त से छुट्टी नहीं मिलती, घर पहुँचने में अँधेरा हो जाता है, बच्चों के पास बैठने का मौका नहीं मिलता।'

'पर मैं तो सोच रही थी कि आज मैं···।'

'मेहमान आ गए, तो कल घर में काम ज़्यादा रहेगा। मैं आज की जगह कल तुझे छुट्टी नहीं दे सकती। न ही मैं दो दिन बाद सुनना चाहती हूँ कि फ़लां बीमार है, या फ़लां का हाथ टूट गया है, इसलिए तेरा गाँव जाना ज़रूरी है।'

दिन बहुत धीरे-धीरे ढला। सिन्दूरी के चले जाने के बाद वह बेबी के साथ घर में बिलकुल अकेली थी। उसने चाहा कि बेबी भी किसी तरह जल्दी सो जाए, पर वह अँधेरा होने तक स्टापू खेलने की ज़िद करती रही। 'ममी, बताओ क्या डालूं ? छक्का ? यह छक्का। अब बताओ, क्या डालूं ?'

उसने बेबी को दौड़ाकर थकाने की कोशिश की, पर वह हाँफती हुई भी पहले से और चुस्त होती गई। कमरे में लाकर उसने उसे फूलदान के फूल गिनने पर लगाया, पर वह जल्दी से एक से सौ तक गिनकर उसके गले से आ लिपटी। 'ममी, हमको वह कहानी सुनाओ, बाघ और बिल्ली के बच्चों वाली।' उसने नाराज़ होकर बेबी को झटक दिया। बेबी रोने लगी। उसे मुश्किल से चुप कराके खाना खिलाया। खाना खाते हुए बेबी ने काँच का गिलास ज़मीन पर पटक दिया। खाने के बाद उसे कापी में तसवीर बनाने को दी, तो उसने पहले तो कापी का वरका-वरका अलग कर दिया। फिर जाकर पेन को पानी की बालटी में डुबो आई। और भी सुबह की समेटी कई चीज़ें उसने इधर-उधर बिखरा दीं। 'जीतू, जीतू, तू मुझे जीने देगी या नहीं ?' वह माथा पकड़कर कुरसी पर बैठ गई।

उसकी आँखों से आँसू बहते देख बेबी का तूफान शान्त हो गया। वह उसे चूमकर और 'गुड नाइट' कहकर अपने बिस्तर में चली गई।

शाम गहरी हो गई थी। और पहली बस के बाद अब दूसरी बस आने का समय हो रहा था। उसकी आँखें एक आशा और आशंका के साथ बार-बार गेट की तरफ़ जाती थीं और किसी को न आते देखकर एक-साथ निराश और निश्चिन्त हो रहती थीं। क्या सचमुच कुमार ने न आने का ही तय किया था? पर ऐसा था, तो उसने उसे इसकी सूचना क्यों नहीं दी? सूचना न देने का अर्थ था कि वह आ रहा था। पर आने का निश्चय करने पर क्या उसे स्वयं ही नहीं लिखना चाहिए था कि वह उसके ठहरने का प्रबन्ध किसी होटल में कर दे? ग़लती उसकी अपनी थी। उसने कुमार को इतना समय भी तो नहीं दिया कि वह उसके पत्र का उत्तर दे सके। हो सकता है अब आकर वह कहीं बाहर ठहरने का फ़ैसला कर ले। नहीं तो वही उसे यहाँ की स्थिति समझा देगी। कह देगी कि उसका रात को यहाँ उसके क्वार्टर में रहना ठीक नहीं। बेहतर होगा कि वह रेस्ट हाउस में जगह का पता कर ले, या किसी होटल में जाकर पूछ ले। कल सुबह वह उसे खाने पर बुला सकती है। कुमार का मन देखेगी, तो सचमुच उसे रंजू से मिला देगी। इस तरह बात भी रह जाएगी और लोगों को टीका-टिप्पणी करने का मौका भी नहीं मिलेगा।···लेकिन नहीं। रंजू-जैसी लड़की से मिलाने पर कुमार उसके विषय में मन में क्या सोचेगा? वैसे भी वह रंजू को क्या कहकर अपने यहाँ बुलाएगी? उसने किसी को भी कुमार से मिलाने के लिए बुलाया, तो बाद में इसे लेकर तरह-तरह के सवाल नहीं पैदा होंगे? लोगों को इतना ही पता चलना चाहिए कि कोई एक व्यक्ति आया था। घर-परिवार वाला व्यक्ति। परिवार साथ में नहीं था, इसलिए उसके यहाँ नहीं ठहरा। रात रेस्ट हाउस में काटकर चला गया।

शाम के और गहराकर अँधेरे में डूबने के साथ दूसरी बस का वक्त भी निकल गया, तो विचारों का यह ताना-बाना टूटने लगा। पठानकोट से आने वाली एक ही बस रहती थी अब। नौ बजे से पहले वह बस अड्डे पर नहीं पहुँचती थी। कुमार उस बस से आया, तो क्या वह उससे कह सकेगी कि वह उलटे पैरों वहाँ से रेस्ट हाउस में चला जाए? यह

उसका बहुत छोटापन नहीं होगा कि एक आदमी को बाहर से बुलाकर ठहरने के लिए उसे किसी दूसरी जगह जाने को कहे ? और कुमार के सामने आ खड़े होने पर वह यह बात उससे कह भी पाएगी ? कहना ज़रूरी भी किसलिए था ? इसलिए कि लोग कोई ऐसी-वैसी बात न सोचें ? एक छोटे शहर के गर्ल्ज़ हाई स्कूल की हेड-मिस्ट्रेस के नाम पर किसी तरह की आँच न आए ? पर कुमार को अपने यहाँ न ठहराकर भी क्या वह लोगों की ज़बान रोक सकती थी । लेडी डाक्टर अपनी जान देकर भी क्या किसी की ज़बान रोक पाई थी ? बल्कि जो बातें बेचारी के जीते-जी न कही जातीं, वे आज कही जा रही थीं । इस तरह की बातों को आज तक कोई भी रोक सका था ? अपनी ओर से बड़े-से-बड़ा प्रयत्न करके भी ? क्यों वह जीवन-भर दूसरों की रुचि या रुचिहीनता की कसौटी पर अपने को परखती रहे ? क्यों न अपनी इच्छाओं और अपेक्षाओं की पूर्ति के लिए ही जिए ? उसे केवल एक कसौटी की चिन्ता करनी चाहिए···अपने मन की कसौटी की । उसके अलावा और कोई भी चिन्ता करना बुज़दिली होगी । वह क्यों अपने को उस तरह की बुज़दिली की शिकार होने दे ?

वह बरामदे में आराम-कुरसी पर लेटी थी, बाँह माथे पर फैलाए । एकाएक जैसे मन में निश्चय करके उठ खड़ी हुई । नहीं, वह किसी की चिन्ता नहीं करेगी । जिएगी, अपने विश्वास के बल पर । जिस विश्वास के साथ कुमार को बुलाया था, उसी के साथ घर में उसका स्वागत भी करेगी । उसे अपने पर इतना भरोसा तो है ही कि बिना अन्दर से चाहे वह किसी की इच्छा के सामने अपने को झुकने नहीं दे सकती । कुमार भी अगर उसे ग़लत समझे, उसके बुलावे का ग़लत अर्थ ले, तो भी अपनी जगह ग़लत न होने का सन्तोष ही उसके लिए काफ़ी होना चाहिए । अपनी जगह सही होने के विश्वास से वह किसी भी परिस्थिति को जीत सकती है । कुमार के आने पर आज यदि उसके विश्वास की परीक्षा ही होनी है, तो वह उस परीक्षा से डरे क्यों ?

बरामदे की रेलिंग के पास रुककर वह कुछ देर आकाश की ओर देखती रही । एक गहरे तांबई रंग का धीरे-धीरे स्याह पड़ते जाना···रोज़ की साँझ से आज की साँझ इतनी अलग क्यों थी ? वह कुछ और-सा ही रंग था, हर क्षण के साथ बदलता हुआ भी वही एक रंग, जो आँखों के

आर-पार घिरा था। पहाड़ की चोटियों को ढकता वह रंग आँखों के रास्ते शरीर में उतर गया था···शरीर के अन्दर भी धीरे-धीरे रात हो रही थी।

सूरज बरामदे के सामने ढलता था। रोज़ सामने की पहाड़ियों से लम्बी-लम्बी छायाएँ बरामदे की तरफ़ बढ़ आती थीं। झुटपुटा होता था, तो नन्हे-नन्हे स्याह डैने दूर की गहराइयों में फड़फड़ाते नज़र आते थे। हल्की-हल्की आवाज़ों के साथ रात उतरती थी। ज़मीन ख़ामोश होती जाती थी और आकाश में स्वर उभरते आते थे। ज्यों-ज्यों एकान्त बढ़ता जाता था, मन अपने-आप की क़ैद से निकलने के लिए मचलने लगता था। परन्तु उस समय वह सब रोज़ जैसा नहीं था। रात का जो रूप शरीर में भर आया था, वह रोज़ से कहीं अलग, कहीं गहरा था। उसमें एक अन्तरंगता थी, कोने में दुबककर आग तापने जैसी। अन्दर का एकान्त रोज़ की तरह का उदास अकेलापन नहीं, एक भरा-भरा-सा अनुभव था···समय गुज़रता हुआ बाहर की ओर नहीं जा रहा था, अन्दर की ओर आ रहा था। और वह स्वयं भी जैसे समय के समानान्तर चल रही थी···अपने अन्दर की ओर, और अन्दर की ओर···।

अँधेरा होने तक लकड़ी की रेलिंग के सहारे खड़ी वह उसी तरह देखती रही। मन अँधेरे की परतों में दबता गया और वह चुपचाप उनके प्रति आत्म-समर्पण करती गई। आखिरी बस के आने में कुल एक-डेढ़ घंटा और था। कुमार के आने की तरह उसके आने के बाद का सब-कुछ भी जैसे अपने-आप निश्चित हो चुका था। उसमें अब अपनी ओर से प्रयत्न करने की कोई सम्भावना नहीं थी। जिस तरह बस को अड्डे पर पहुँचना था, उसी तरह कुमार को आकर एक निश्चित जगह पर बैठना, एक निश्चित ढंग से उसकी तरफ़ देखना और एक निश्चित सवाल से बातचीत शुरू करना था। उसके बाद भी जो कुछ होने को था, वह सब एकदम निश्चित था। उसे अब केवल उस प्रक्रिया में से गुज़रना था।

'कैसी हो तुम ?' अपरिचित कमरे में भी अपरिचित महसूस न करने के लिए कुमार मसनद का सहारा ढूँढ़ेगा।

'कैसी लग रही हूँ ?' ख़ामोश अन्तराल में दोनों एक-दूसरे से आँखें हटाए रहेंगे। कुछ देर बाद वह पूछ लेगी, 'सफ़र कैसा रहा ?'

कुमार उसके स्वर की थाह लेता रूखे ढंग से मुसकरा देगा। 'ठीक ही था।'

'रास्ता काफ़ी ख़राब है इन दिनों।'

'हाँ···बहुत ख़राब है।'

'सड़क बीच-बीच में टूटी होगी।'

'कई जगह से। पता नहीं किस तरह ये लोग गाड़ी निकालकर ले आते हैं।'

'भूख लगी है ?'

'नहीं।'

'रास्ते में कुछ खाया था ?'

'दिन में खाया था। बिटिया कहाँ है ?'

'सो गई है। पहले चाय बना दूँ ?'

'तुम भी पियो अगर···।'

'मैं भी पी लूँगी।'

चाय का सामान उसे ढूँढ़ना पड़ेगा। सिन्दूरी कहाँ रखती है सब चीज़ें ? ट्रे सामने आ जाने पर वह कहेगा, 'मुझे आशा नहीं थी तुम पत्र लिखोगी।'

'मैंने पहले भी कई पत्र लिखे थे। पर फाड़ दिए। सोच ही नहीं पाती थी क्या लिखना चाहिए।'

'वह बात क्यों लिखी थी ?'

'कौन-सी ?'

'कि एक अध्यापिका है तुम्हारे स्कूल में ?'

वह चुप हो रहेगी। फिर सच बात उगल देगी। 'तुम्हें बुलाना चाहती थी, इसलिए।'

कुमार हँस देगा।

'हँसते क्यों हो ?' वह उसे झाँखों से डाँट देगी।

'आदत है हँसने की।'

'अच्छी आदत नहीं है।'

'क्यों ?'

'लगता है मज़ाक बना रहे हो।'

'तुम्हारा सचमुच ख्याल है मैं तुम्हारी उससे मिलने के लिए आया हूँ ? दुबली-पीली लड़कियाँ हर शहर में बहुत होती हैं।'

'वह अच्छी लड़की है। बहुत सीधी।'

कुमार फिर हँस देगा।

'अब फिर हँस रहे हो ?'

'आदत का क्या कर सकता है आदमी ?'

वह पलभर उसे उलझी नज़र से देखती रहेगी। फिर खुद भी हँस देगी।

'तुम भी हँसती हो ?' वह ताना देगा।

'मैं इन्सान नहीं हूँ ?'

'हो तो सही, पर कई बार मानती नहीं हो।'

वह फिर आँख चुराने लगेगी। 'सफ़र में सिर-दर्द तो नहीं हुआ ? मुझे हर बार हो जाता है।'

'मुझे हर बार नहीं होता। आज हो गया है।'

'एस्परीन ?'

'नहीं। ठीक हो जाएगा।'

'मैं खाना ले आती हूँ। खाकर आराम से सो रहो।'

'खाना ले आओ। सोना तो नींद आने पर ही होगा।'

खाना खाते वक्त खाने के बारे में ही बात होगी। 'अच्छा बना है ?'

'तुमने बनाया है ?'

'नौकरानी ने। अच्छा बनाती है।'

'रात को छुट्टी कर जाती है ?'

'सिर्फ़ शनिवार को। हफ़्ते में एक दिन गाँव जाती है।'

कुमार उसकी आँखों में देखेगा। 'इतवार को दिन-भर वहीं रहती है ?'

'नहीं। दस बजे तक लौट आती है सुबह।'

खाना हो चुकने पर वह गम्भीर नज़र से उसकी तरफ़ देखता रहेगा।

वह साहस के साथ उसकी नज़र का सामना करने की चेष्टा करेगी।

'आँखों से लगता है तुम्हें किसी चीज़ की परेशानी है।'

'परेशानी अपने-आप की ही है।'

'यानी ?'

'अपने-आप से लड़ती रहती हूँ बहुत। पर वश नहीं चलता।'

'पूना से चिट्ठी आती है ?'

'आती है।'

'वे लोग फिर कभी यहाँ नहीं आईं ?'

'मैंने बुलाया ही नहीं। हर महीने कुछ पैसे भेज देती हूँ, बस इतना ही सम्बन्ध है।'

'उन्होंने भी नहीं बुलाया ?'

'बुलाया है। दीवाली की छुट्टियों में। पर मैं जाऊँगी नहीं।'

'क्यों ?'

'मन नहीं है। आपस में कोई चीज़ बाँटने की नहीं। सिवाय बेबी के। और यह भी उतनी ज़्यादा उन लोगों पर कि मुझे बिलकुल अपनी नहीं लगती। लगता है एक जंगली जानवर है जिसे मेरे पास छोड़ दिया गया है। इतना ऊधम और तोड़-फोड़ करती है। पहले मैं कुछ नहीं कहती थी, पर लगा शायद इसी से बिगड़ती जा रही है। इधर आकर काफ़ी पीटने लगी हूँ। थप्पड़ खाकर डर जाती है, तो वह भी अच्छा नहीं लगता। चेहरा बिलकुल बीजी पर है। शायद इसीलिए मुझे इतना गुस्सा आता है इस पर।'

'पढ़ाई चल रही है ?'

'नहीं। इरादा छोड़ दिया है। लगता है स्कूल की नौकरी के सिवा अब कोई चारा नहीं है। पर पहले स्कूल के काम में ही थोड़ा-बहुत मन लग जाता था, अब वह भी नहीं लगता। बच्चों की तरह घंटियाँ गिनती रहती हूँ। यह तीसरी घंटी बजी, यह चौथी, यह पाँचवीं। सब घंटियाँ

बज चुकती हैं, तो शंका घिर आती है कि इसके बाद दिन-भर क्या करूँगी। इतवार का दिन काटना एकदम असम्भव हो जाता है। हर चीज़ से, हर काम से, विरक्ति होती है। अपने से पूछती हूँ मैं जी किस लिए रही हूँ। पर मरने की बात सोचने से मन में विद्रोह जागता है। अपना-आप एक ऐसे यन्त्र की तरह लगता है जो उपयोग न होने से व्यर्थ पड़ा सड़ रहा है। पर उपाय यह तो नहीं कि इसे तोड़-फोड़ दिया जाए।'

'यन्त्र का उपयोग करने से रोकता कौन है? अपना-आप ही न?'

'यही बात मन में स्पष्ट नहीं हो पाती। मैं जानती हूँ, देव मे मैंने प्यार नहीं किया। देव ने भी मुझसे प्यार नहीं किया। देव के मन में मुझे लेकर कोई भावना थी, तो केवल अधिकार की। उन्हें दुख भी मुझसे प्यार न पाने का नहीं, अपने अहं को चोट पहुँचने का था। देव से पहले दो-एक व्यक्ति थे जिनका मैंने सम्मान किया, पर बाद में लगा कि वे सम्मान के अधिकारी भी नहीं थे। और देव के बाद···देखो, तुम्हारी बात नहीं कर रही अभी···देव के बाद जो कुछ देखा-जाना, वह सब इतना उथला था कि उससे केवल वितृष्णा ही हुई। उस दिन चलने से पहले जीजाजी से काफ़ी बात हुई थी। वे भी यही कहते रहे कि उन्हें अपनी पत्नी से जो चाहिए था, वह उन्हें कभी नहीं मिल पाया। विवाह के दिन से वह अपनी ही एक दुनिया में उलझी रही है, उनके लिए एक मांस की पुतली के अतिरिक्त अभी कुछ नहीं बन पाई। न ही वे उसके लिए एक अधिकार या सुविधा से अधिक कुछ बन पाए हैं। बोले, 'मैं यह भी नहीं कहता कि हम दोनों आज तक अपरिचित रहे हैं। मुझे तो लगता है कि मन की गहराई में हम दोनों एक-दूसरे के दुश्मन हैं जो एक-दूसरे से किसी चीज़ का बदला चुकाने में लगे रहते हैं।' मैं नहीं समझ पाती कि इतने सारे लोग यह झूठ की ज़िंदगी क्यों जिए जाते हैं। हँसते-खेलते हैं, बच्चों की ब्याह-शादियाँ रचाते हैं, पर अन्दर से एक-दूसरे से घृणा करते हुए और खार खाए हुए। पता नहीं यह केवल संस्कार के कारण होता है या मजबूरी के कारण या एक बार उस तरह से जीना शुरू कर देने पर आदत ही हो जाती है इस सबकी।'

कुमार के चेहरे पर थकान नज़र आएगी। वह अपने को सँभालती पूछेगी, 'नींद आ रही है?'

'नहीं।'

'मेरा यह बात करना अच्छा नहीं लग रहा ?'

'इन बातों से आदमी पहुँचता कहाँ है ?'

'अगर पहुँच पाती, तो बात ही क्यों करती ? जब शुरू-शुरू में तुमसे मिली थी, तो लगा था कि एक तो ऐसा व्यक्ति है जिसके पास बैठकर बात की जा सकती है। पर बाद में लगने लगा कि तुम भी मुझे व्यक्ति के रूप में नहीं, एक साधन के रूप में ही देखते हो जिससे तुम्हारी किसी अपेक्षा की पूर्ति हो सकती है। मैं स्वीकार करती हूँ इससे मेरे अहं को चोट पहुँची थी। मुझे किसी के लिए भी केवल एक साधन हो रहने में बहुत हीनता अनुभव होती है। हो सकता है देव के साथ मेरे सम्बन्ध में भी यही एक गाँठ रही हो।'

कुमार सिर उठाएगा। आँखों में एक तीखा-सा भाव होगा। 'और तुम जब अपनी अपेक्षा की बात करती हो, तो दूसरा तुम्हारे लिए साधन नहीं हो जाता ?'

वह एकटक देखती रहेगी। वह बात जिसे सुनने से बचना चाहती थी, आखिर सुननी पड़ ही गई। 'यह सवाल मेरे मन में उठता है। इसलिए आज दूसरी तरह से सोचने की कोशिश करती हूँ। मानकर चलना चाहती हूँ कि कोई भी सम्बन्ध एक-साथ दो-दो अपेक्षाओं की, दोनों ओर की अलग-अलग अपेक्षाओं की पूर्ति से ही निभ सकता है। और ये अपेक्षाएँ भी एक सीमा तक ही पूरी हो सकती हैं। क्योंकि हर व्यक्ति एक भरे-पूरे बाज़ार की तरह है जिसके सब-कुछ की तुम प्रशंसा कर सकते हो, पर वह सब-कुछ तुम अपने लिए ले नहीं सकते। तुम उसमें से वही लो जो तुम्हारे लिए सुन्दर और उपयोगी है, जिसे लेने की सामर्थ्य तुममें है और जिसे तुम्हें चुराकर, छीनकर या याचना के साथ नहीं लेना होगा। इसकी चिन्ता मत करो कि शेष कहाँ जाता है, कौन लेता है। इसी तरह वह व्यक्ति तुम्हारे सब-कुछ पर ताला लगाने की कोशिश करे, इस स्थिति को स्वीकार मत करो। जितने की उसे अपेक्षा है और जितना बिना किसी बाधा के तुम दे सकते हो, उतना उसे खुले मन से दो, और उसके लिए किसी तरह की कृतज्ञता मत चाहो। तुम्हारा बहुत कुछ यदि तुम्हीं तक रह जाता है, कोई भी उसे ले सकने का अधिकारी तुम्हें नहीं मिलता, तो भी मन मसोसकर मत रहो। तुममें जो कुछ है, उसका मूल्य उसके लिए जा सकने के कारण ही नहीं है। उसका मूल्य उसके होने में

है और उतने में ही उसकी सार्थकता है। न तुम किसी के लिए बाध्यता बनो और न किसी को अपने लिए बाध्यता बनने दो। पर इस तरह के व्यक्तिगत न्याय से जीना कहाँ तक सम्भव है ? सब लोग इस दृष्टि को स्वीकार करने लगें, तभी तो चल सकता है। अन्यथा छोटे-छोटे झूठ बोलने की मजबूरी से दूसरी तरह का खोखलापन छाने लगता है। आज तुम्हारे यहाँ आने की बात को लेकर ही पता नहीं कितने लोगों से झूठ बोला है और तुम्हारे जाने के बाद और बोलूँगी। सबसे कहा है तुम देव के एक मित्र हो, घर-परिवार वाले आदमी हो। कहते हुए मन में अपने से ही गहरी वितृष्णा होती रही है।'

कुछ देर चुप रहने के बाद वह अपना हाथ कुमार की तरफ़ बढ़ा देगी। कुमार उसके हाथ को अपने हाथ में ले लेगा, तो वह छुड़ाकर उठ खड़ी होगी। 'अपनी इस आदत से बहुत चिढ़ होती है मुझे। देखो, खाने की प्लेटें अब तक नहीं उठाईं। कितना चाहती हूँ कि अपने आसपास कुछ भी बिखरा न रहने दूँ, पर चीज़ें समेटने का उत्साह ही नहीं होता। देव को इससे बहुत चिढ़ थी। कई बार तो वे मेरी बिखरी साड़ियाँ उठाकर खुद तहाने लगते थे। पता नहीं मैं हूँ ही ऐसी या···पर मुझे लगता है उत्साह होने पर मैं सब-कुछ कर सकती हूँ। बात इतनी ही है कि मेरे अन्दर से उत्साह निचुड़ चुका है और मुझे कुछ भी करने का कोई अर्थ नज़र नहीं आता।'

प्लेटें रख आने के बाद वह बेबी के बिखरे सामान को समेटने लगेगी। कुमार कुछ देर देखते रहने के बाद उतावला हो जाएगा। 'अब रहने क्यों नहीं देतीं यह सब ? सुबह तुम्हारी नौकरानी आकर तो समेट ही देगी।'

'बस दो मिनट में सब ठीक किए देती हूँ। तुम तब तक चाहे कपड़े बदल लो। फिर आराम से बैठकर बात करेंगे।'

कुमार के चेहरे पर एक उकताहट-भरी मुसकान नज़र आएगी। 'बात करना अभी बाकी है क्या ?' वह हाथ रोककर उसे देखेगी। 'बस मेरी इतनी बातों से ही ऊब गए तुम ?'

'मुझे इस वक्त तुम्हारा यह सब रखना-उठाना अच्छा नहीं लग रहा।'

वह हँस देगी। 'प्राण, रहने दो यह गृह-काज···।' फिर उसके पास जा बैठेगी। 'अब तुम बात करो, मैं सुनूँगी।'

'नहीं, बात तुम्हीं करती रहो।' कुमार उसका हाथ फिर अपने हाथ में ले लेगा। इस बार वह नहीं छुड़ाएगी।

'मुझसे कहोगे, तो मैं तो सुबह तक बात करती रहूँगी। सिन्दूरी के आने तक सुबह की चाय बनाने के लिए भी नहीं उठूँगी।'

'सिन्दूरी कौन ?'

'मेरी नौकरानी। प्यारा नाम है न ? बहुत रंगीन-मिज़ाज औरत है। लोग इसीलिए उसे अपने यहाँ नहीं रखना चाहते। पर बेचारी करे भी क्या ? बहुत पहले से उसके आदमी ने उसे छोड़ रखा है।'

'कोई दूसरा आदमी नहीं किया उसने ?'

'नहीं। मतलब कोई एक नहीं। अब तो बिलकुल अधेड़ हो गई है। पर कुछ-न-कुछ उसके नाम के साथ अब भी जुड़ा ही रहता है। वैसे अब भी किसी-किसी दिन बहुत सुंदर लगती है। रोज़ धुले हुए कपड़े पहनती है। कहती है बहनजी, आपके सिवा और किसी के साथ मेरा गुज़ारा नहीं। पहले मैंने इसे स्कूल में माई के काम पर लगाया था। पर मैनेजमेंट के पास इसकी शिकायतें पहुँचने लगीं, तो इसे उस काम से हटाना पड़ा। कुछ दिन बेकार रहने के बाद फिर मेरे पास आकर रोने-धोने लगी, तो मैंने इसे खाना-वाना बनाने के लिए रख लिया। आज यह जानकर कि कोई मेहमान आ रहे हैं, वह जाना नहीं चाहती थी। शायद देखना चाहती थी कि बहनजी के पास आकर रहने वाले इस आदमी की शक्ल कैसी है। उसका बस चलता, तो वह मुझे यहाँ से भेज देती और खुद तुम्हारी सेवा करने के लिए यहाँ रह जाती।'

उसके हाथ पर कुमार के हाथ का दबाव बढ़ जाएगा। कुछ देर दोनों के बीच चुप्पी छाई रहेगी। 'कल दशहरा है,' कुछ देर बाद वह कहेगी।

'हाँ, है तो।'

'कुल्लू चलना चाहोगे ?'

'तुमने जीप बुला रखी है ?'

'अभी कहा नहीं किसी से···हालाँकि मिसेज़ सोहनसिंह आई भी थीं आज।'

'क्यों नहीं कहा ?'

'इसलिए कि···शायद तुम न चलना चाहो ।'

'यह तुम कैसे जानती थीं ?'

'मेरा ख़्याल था कि···।'

कुमार की उँगलियाँ उसकी उँगलियों में उलझ जाएँगी । वह अपनी उँगलियाँ उसके हाथ में ढीली छोड़ देगी । कुछ देर फिर कोई बात नहीं होगी ।

'नींद तो नहीं आ रही है ?'

'नहीं ।'

'सिर-दर्द कैसा है ?'

'ठीक है पहले से ।'

'कपड़े बदलोगे ?'

'अभी नहीं ।'

'मैं बदल लूं ?'

'नहीं ।'

'रात-भर इसी तरह बैठे रहेंगे ?

'नहीं ।'

'तो !'

'मैं कपड़े बदल लेता हूँ ।'

कुमार को कपड़े बदलने के लिए छोड़कर वह दूसरे कमरे में चली जाएगी । वहाँ बेबी को देखेगी कि ठीक से सो रही है या नहीं । लौटने पर कुमार दीवान पर लेटा मिलेगा । वह उसे वहीं रज़ाई-तकिया ला देगी । वह उससे नहीं कह पाएगी कि उसका बिस्तर पीछे के कमरे में लगा है । कुमार के रज़ाई ओढ़ लेने पर उसके पास कुरसी खींच लाएगी ।

'तुम वहाँ बैठोगी ?' वह पूछेगा ।

'हाँ ।'

'यहाँ दीवान पर नहीं ?'

'यहीं ठीक है ।'

'नहीं, यहाँ बैठो ।'

वह कुरसी से उठ जाएगी । टेबल लैम्प कुरसी पर लाकर उसे जला

देगी और बीच की बत्ती बंद करके दीवान के पास फ़र्श पर बैठ जाएगी।

'ठंड खा जाओगी,' वह कहेगा।

'मुझे ऐसे अच्छा लग रहा है। लाओ, तुम्हारा सिर दबा देती हूँ।'

फ़र्श पर बैठे-बैठे वह उसका सिर दबाने लगेगी। सिर हाथों के दबाव से इधर-उधर हिलेगा···अपने में बिलकुल बेबस। कुमार उसका एक हाथ अपने हाथ में ले लेगा, तो वह दूसरे हाथ से सिर पर थपकियाँ देने लगेगी।

'यहाँ अस्पताल में एक लेडी डाक्टर थी। कुछ दिन हुए अपने पर तेज़ाब छिड़ककर मर गई।'

'क्यों ?' कुमार उसका हाथ चूम लेगा।

'पता नहीं। एक डाक्टर दुबे हैं उसी अस्पताल में। कहते हैं उसके साथ उसका···।'

कुमार उसके दोनों हाथ अपने हाथों में ले लेगा।

'बहुत अच्छी थी बेचारी। बहुत हँसमुख। काफ़ी सुन्दर भी थी।' अपनी बाँहों पर उसे एक खिचाव महसूस होगा।

'ऐसा क्यों कर रहे हो ?'

'कैसा ?'

'देखो···।'

'तुम बात करती रहो।'

'और तुम ?'

कुमार सिर तकिए से उठाकर उसकी तरफ़ झुक आएगा।

'मैं क्या ?'

'देखो···।'

तब तक उसका शरीर कुमार की बाँहों में चला जाएगा और कुमार के होंठ उसके होंठों से आ मिलेंगे।

'मैंने तुम्हें इसलिए नहीं बुलाया था,' वह अपने होंठ परे हटाने की चेष्टा करेगी।

'तो किसलिए बुलाया था ?'

'मैंने बुलाया था इसलिए कि···,' उससे वाक्य पूरा नहीं हो पाएगा।

कुमार के शरीर ने तब तक नीचे आकर उसके शरीर को ढक दिया होगा।

'देखो, फ़र्श ठंडा है···।'

'बताओ, क्यों बुलाया था···क्यों बुलाया था तुमने मुझे ?' कुमार शब्द दोहराता जाएगा। वह अपने को उससे परे छिटकने की कोशिश करेगी, पर कुमार के पागलपन के सामने कोई वश नहीं चल पाएगा उसका। बीच से कपड़ों का परदा हटाने के लिए कुमार के हाथ औंधा-सीधा प्रयत्न करते महसूस होंगे। वह उसकी कलाइयाँ पकड़कर उसे रोकने का हठ करेगी, पर तब तक उसका अस्तित्व एक पीड़ा, एक जलन में बदल चुका होगा। उसके मुँह से कुछ स्पष्ट-सी ध्वनियाँ निकलेंगी और कुमार के बढ़ आते शरीर को अपने शरीर में लेकर वह एक पूर्ति, एक तृप्ति की आकांक्षा में खो जाएगी। परन्तु वह तृप्ति तृप्ति होगी या निराशा ? अपना-आप उससे भर जाएगा या और खाली महसूस होगा ?

लकड़ी की रेलिंग हाथों के बोझ से चरमरा उठी। उसने अपने को सँभाला। कमज़ोर-सी चीज़ पर इतना बोझ नहीं डालना चाहिए था उसे। अगर रेलिंग टूट जाती···?

रेलिंग से हाथ हटाकर आसपास के अँधेरे को उसने उचाट नज़र से देख लिया। अँधेरा उतना गहरा नहीं था जितना कि उसे होना चाहिए था। नवमी की चाँदनी में घुल-मिलकर उसमें जो फीकापन आ गया था, उससे वह बाहर से अपनी ओर झाँकता-सा लग रहा था। जैसे उस अँधेरे ने सभी कुछ देखा था। उसकी कामना, उसकी छटपटाहट, उसका आत्म-समर्पण। शरीर जड़ हो रहा था। वह जड़ता अपराध की थी या अपूर्ति की ? एक धड़कन थी जो उसके शरीर के बाहर हर चीज़ में प्रतिध्वनित हो रही थी। बरामदे की तख्तियों में। रेलिंग के खंभे में। क्या उन्हीं क्षणों हल्का-सा भूचाल भी आया था ? नहीं तो ऐसा लगा क्यों था ?

रात को आईने में एक छाया देखी थी। बरामदे और कमरे के बीच वक़्त का एहसास काफ़ी पहले खो गया था। कुमार आख़िरी बस से भी नहीं आया, तो उस खोएपन ने हर एहसास को छा लिया। पता नहीं कितनी बार वह बाहर निकलकर कुरसी पर बैठी और कितनी बार अन्दर जाकर पलंग पर लेट रही। पलंग पर सिर के नीचे से तकिए पता नहीं कब और कैसे अगल-बग़ल को सरक गए। पता नहीं किस वक़्त बिजली चली गई। अचानक महसूस किया कि कमरे में अँधेरा है और उठकर बत्ती का बटन दबाना चाहा। पर बटन पहले से दबा हुआ था। उँगली उस पर से फिसलकर रह गई। टेबल लैम्प का बटन दबाने से भी रोशनी नहीं हुई, तो मन उलझन से भर गया कि बिजली उसी दिन क्यों गई। और तभी गुसलखाने में जाने के लिए बरामदे की तरफ़ बढ़ते हुए एक ठंडी झुरझुरी शरीर में भर गई और साथ ही वह छाया सामने दिखाई दे गई। आईना ड्रेसिंग टेबल का था और उसमें हिलती-डुलती वह छाया अपनी तरफ़ को बढ़ती आ रही थी। छाया एक स्त्री की थी, युवा स्त्री की, यद्यपि बहुत युवा वह नहीं थी। फिर भी शरीर काफ़ी भरा हुआ और सुडौल था। सिर से पैर तक शरीर पर कोई कपड़ा नहीं था। आँखें फैली-फैली-सी सामने को देख रही थीं। बालों की पिनें निकल गई थीं जिससे वे खुलकर कंधों पर आ गए थे। चेहरे की रेखाएँ अँधेरे में डूबी थीं, केवल होंठ स्पष्ट नज़र आ रहे थे। स्तनों की ढीली गोलाइयों पर जैसे किसी ब्रश से स्याह पट्टियाँ खींच दी गई थीं। गोलाइयों के उतार-चढ़ाव से लगता था छाया हाँफ रही है। छाया पर नज़र पड़ने के साथ ही ठंडी झुरझुरी शरीर में जम-सी गई और वह जल्दी से उसके सामने से हट आई। लगा कि वह पलक-भर के लिए भी उस छाया को और नहीं देख सकती। शरीर पर शाल लपेटकर बाहर जाते हुए भी जैसे वह छाया, उसी तरह आँखें फैलाए, पीछे से उसे ताक रही थी। उस छाया से अपने नंगेपन को, भीगेपन को, छिपा सकना असम्भव था। गुसलख़ाने में वक़्त लेकर जब वह लौटकर आई तो आईने के सामने से आँख बचाकर आगे निकली। लग रहा था कि आज के बाद वह कभी आईने के सामने खड़ी नहीं हो सकेगी।

बिस्तर में अपने को ढक लेने के बाद वह काफ़ी देर रोती रही। फिर अँधेरे में टटोलकर उसने कहीं से एक अधजली मोमबत्ती निकाली और

उसे जलाकर सिरहाने के पास तिपाई पर रख लिया। कोशिश की कि डायरी लिख सके, पर 'आज···' के बाद एक शब्द भी उससे नहीं लिखा गया। गीता पढ़ने की कोशिश भी सफल नहीं हुई। काफ़ी देर छपी पंक्तियों के अर्थ से जूझने के बाद उसने आँखें मूँद लीं। नींद पता नहीं कितनी बार आई थी और कितनी बार टूटी। एक बार अचानक आँखें खुलने पर देखा कि एक पतिंगा, इतना बड़ा कि पहले कभी नहीं देखा था, मोमबत्ती से सटकर मरा पड़ा है और मोमबत्ती का मोम चू-चूकर उसके ऊपर आ रहा है। मन में एक ऐसा आतंक भर गया कि वह सिर ऊँचा करके मोमबत्ती को बुझाने का हौसला भी न कर सकी। कोशिश से आती-जाती साँस के साथ उस तरफ़ से करवट बदलकर लेट रही।

दो छोटे-छोटे हाथों के हिलाकर जगाने से श्यामा झटके से उठकर बैठ गई । बेबी की आँखें शरारत से चमक रही थीं । 'चलो ममी, बीजी उधर खाने के लिए बुला रही हैं ।'

हर बार आँख खोलने पर वह बिस्तर, वह पलंग, वह कमरा और अपना वहाँ होना असंगत-सा लगता था। दूर की रोशनियों के हल्के सफ़ेद दाग़ लिये अँधेरा, घुल-घुलकर फटे स्याह परदे जैसा । उस अँधेरे का अपना कोई भाव, कोई व्यक्तित्व नहीं था। आत्मीयता या अकेलेपन का कोई सम्बन्ध उससे स्थापित नहीं हो पाता था । उसने उठकर बत्ती जलाई, तो बेबी कमरे से बाहर जाने लगी । उसने उसे रोककर पास बुला लिया । मंडी के घर में बेबी के हर वक्त अपने से चिपकी रहने से उलझन होती थी । लेकिन यहाँ···यहाँ तो वह लड़की उसे अपनी कुछ समझती ही नहीं थी ।

'आज कहाँ होकर आई है मेरी बिटिया ?' उसने अतिरिक्त दुलार के साथ बेबी को अपने से सटा लेना चाहा । बेबी कसमसाई, तो वह उसे और भी साथ भींचकर उसके होंठों, गालों और माथे को चूमने लगी । 'बड़ी माँ के साथ पिक्चर देखने गई थी ?'

बेबी ने अपने को उससे छुड़ा लिया । 'पिक्चर देखने नहीं गई थी ।'

'तो कहाँ गई थी ? पार्क में ?'

'पहले पार्क में फिर एक अंकल के घर में ।'

उसने पूछना चाहा किस अंकल के घर में, लेकिन बेबी से यह पूछना बेतुकी बात लगी ।

'पार्क में क्या-क्या खेल खेला ?'

'लकड़ी के हाथी पर चढ़ी । रेलगाड़ी में बैठी ।'

'और ?'

'और कुछ नहीं किया।' बेबी दरवाज़े से बाहर निकल गई। खाना ठंडा हो जाएगा। तुम जल्दी आ जाओ उधर।'

बेबी का चेहरा ही नहीं, स्वर भी अब बीजी जैसा होता जा रहा था। बीजी के साथ जिस तरह वह घुल-मिलकर रहती थी, उससे सन्देह होता था कि वह 'बड़ी माँ' को माँ से बड़ी ही नहीं, ज़्यादा सगी भी समझती है। यूँ भी सीमा और बेबी को साथ-साथ देखकर कोई भी उन्हें सगी बहनें मान सकता था। वही चटक गोरा रंग, भूरे पतले मुलायम बाल। हँसती थी, तो सीमा की ही तरह जबड़ों का कुछ हिस्सा बाहर दिख जाता था। नाक, होंठ, आँखें सभी कुछ वैसा···उस परिवार की पुश्तों से जुड़ा। बातूनी भी उन्हीं लोगों की तरह थी वह और भौंहें भी उसकी उसी तरह तनती थीं। वैसा ही कौर चबाने का ढंग और वैसी ही दाँतों की आवाज़। उसकी कोख में पलकर भी वह उससे बिलकुल बेलाग रह गई थी। मिसेज़ सोहनसिंह मज़ाक किया करती थीं, 'यह रियली तेरी अपनी बेटी है या तूने किसी की एडाप्ट कर रखी है ?'

खाना खाने को मन नहीं था, फिर भी दूसरी बार के बुलावे से बचने के लिए वह उस कमरे में चली गई। बेबी ने एक प्लेट में दाल-सब्ज़ी और चावल भर लिए थे और परोसने के बड़े चम्मच से मुँह भर लेने की कोशिश में थी।

'यह क्या कर रही है ?' उसने देखते ही बेबी को डाँट दिया।

बेबी की आँखों में एक चमक भर गई···वही चमक जो प्रायः सीमा की आँखों में भी नज़र आती थी। वह हँसती हुई अधिक उत्साह के साथ चावल मुँह में ठूँसने लगी। श्यामा को इतना गुस्सा हो आया कि उसने पास जाकर वह चम्मच बेबी के हाथ से छीन लिया और एक छोटा चम्मच उसके हाथ में थमाकर कहा, 'ले, इससे खा अब।'

बेबी ने छोटा चम्मच दीवार से दे मारा, प्लेट के चावल हाथ से मेज़ पर बिखेर दिए और कुरसी पीछे धकेलकर दोनों हाथों से उसे पीटने लगी। 'नहीं खाती उससे। नहीं खाती।'

श्यामा के मन में आया कि एक ज़ोर का तमाचा बेबी के गाल पर लगा दे। पर गुसलख़ाने से बीजी को निकलकर आते देख उसका हाथ रुक गया।

बीजी हाथ-मुँह धोकर धोती के पल्ले से पोंछ रही थीं। उनकी यही आदत देखकर कल बेबी भी अपने गीले हाथ फ्रॉक से पोंछ रही थी। बीजी दूर से ही खीझ के साथ बोलीं, 'कभी तो लड़की को ठीक से खा लेने दिया कर।'

श्यामा का गुस्सा आँखों में छलक आया। उसने एक बार बीजी की तरफ़ देखा और आँखें हटा लीं। बेबी ने दादी की शह पाकर मेज़ से प्लेट उठा ली थी और उसे ज़मीन पर पटक देने को थी। श्यामा ने उसकी दोनों बाँहें हाथों से पकड़कर उसे रोका और एक बार फिर ज़ोर से डाँट दिया, 'बेबी!'

बेबी ने दाँत भींचकर बाँहें झटके से छुड़ा लीं और रोती हुई जाकर बीजी से चिपट गई।

'तू माँ है या दुश्मन है उसकी?'

दो जोड़ी एक-सी गोल-गोल आँखें, एक-से फैले-फैले नथुने। प्लेट अब भी बेबी के एक हाथ में थी जिससे दाल-चावल नीचे गिर रहे थे। श्यामा ने बीजी को जवाब न देकर बेबी से ही फिर कहा, 'इधर आकर प्लेट मेज़ पर रख दे।'

'नहीं रखूंगी, नहीं रखूंगी, नहीं रखूंगी,' बेबी ने प्लेट ऊँची उठा दी।

'मैं कह रही हूँ रख दे प्लेट, नहीं तो…।'

पर उसके इतना कहते-न-कहते प्लेट ज़मीन पर आ रही। दाल-चावल और चीनी के टुकड़े कमरे में बिखर गए। श्यामा ने बेबी को बाँह से पकड़कर अपनी तरफ़ खींच लिया। पर बीजी की आँखों से देखकर कि वे उसे अपनी तरफ़ झपटने जा रही हैं, उसने खुद ही उसे वापस धकेल दिया। बीजी के मुँह से सुना, 'और डाँट उसे। नए सेट की प्लेट तुड़वा दी।'

'देखो बीजी…' श्यामा को लगा वह क्षण आ पहुँचा है जब उस परिवार के साथ उसका सम्बन्ध अन्तिम रूप से निर्धारित हो जाना चाहिए। 'जिस तरह यह लड़की दिन-ब-दिन बिगड़ती जा रही है, उससे मुझे तो लगता है कि…'

'यह यहाँ दाख़िल हो ही रही है अब। जितना बिगड़ी है, वहाँ रहकर ही बिगड़ी है। छह महीने यहाँ रह ले मेरे पास। फिर देखना इसे।'

श्यामा को अपनी साँस अटकती महसूस हुई। यह उसे बेबी को छोड़कर वहाँ से चले जाने का संकेत था क्या ? उस परिवार के लिए कुछ भी करके क्या वह कभी उनकी अपनी हो सकती थी ? 'मैं चली जाऊँगी जल्दी ही,' वह बोली। 'लेकिन यह पता नहीं कि इसे भी सुधरने के लिए यहाँ छोड़ जाऊँगी या नहीं।'

बीजी को एहसास हो गया था कि उनके स्वर में कुछ ज़्यादा ही चोट थी। वे चुप रहकर फ़र्श पर बिखरे सामान को सहेजने लगीं। बेबी इधर-उधर से टुकड़े उठाकर उन्हें देने लगी।

श्यामा भी कुछ देर चुप खड़ी देखती रही। फिर, 'मुझे भूख नहीं है, आप लोग खाना खा लीजिएगा,' कहकर उस कमरे से चली आई।

पर इधर आकर पलंग पर बैठी ही थी कि बीजी सामने आ खड़ी हुईं। 'वहाँ से खाकर नहीं आई, तो खा क्यों नहीं लेती थोड़ा-सा ?'

उसे याद आया कि उसे तो खाना खाकर आना था बाहर से। बीजी को जो भी बात कहनी होती थी, इसी तरह घुमाकर कहती थीं।

'मैं खाकर नहीं आई,' वह बोली। 'जहाँ जाना था, वहाँ पहुँची ही नहीं। तबियत कुछ खराब लग रही थी, इसलिए चर्चगेट से ही लौट आई थी।'

'दरबान ने बताया था तू जल्दी आ गई थी। मैंने जेनी से इसीलिए रुकने को कहा था कि···।'

'बारिश होने लगी थी, इसलिए मुझे लौट आना ही ठीक लगा। कल किसी वक्त फ़ोन कर दूँगी वहाँ। हो सका, तो जाने से पहले मिल भी आऊँगी एक बार जाकर।'

बीजी के पास आ जाने से श्यामा थोड़ा सिमट गई थी। अनजाने में वह उनसे थोड़ा फ़ासला हमेशा बनाए रखती थी। पता नहीं यह उस डर के कारण था जो पहले दिन से बीजी को लेकर उसके मन में था···या अन्दर की वितृष्णा के कारण···या उस परिचित आभास के कारण जो उस घर के सभी लोगों की उपस्थिति में होने लगता था।

'तू जाने की बात क्यों कर रही है बार-बार ?'

बीजी की आँखों में अब आशंका भी नज़र आ रही थी। उसके वहाँ से जाने में किस चीज़ का डर था उन्हें ?

'जाना तो है ही । दस दिन बाद जाऊँ या पहले चली जाऊँ ।'

'जब लम्बी छुट्टी ली है इस बार तो···।'

'छुट्टी तो कभी भी कैंसिल की जा सकती है ।'

'पर तय यही नहीं था कि···?'

'यहाँ मन लग जाएगा, तो नौकरी छोड़ दूँगी । यहाँ दूसरी नौकरी ढूँढ़ने की भी बात थी । मुझे नहीं लगता मुझे कोई ठीक-सी नौकरी मिल पाएगी यहाँ ।'

'हमने तो कई लोगों से कह रखा है पता करने के लिए ।'

श्यामा का मन और दूर हो गया । वह कह नहीं सकी कि 'हम लोगों' में क्योंकि वह शामिल नहीं है, इसलिए चली जाना चाहती है वहाँ से ।

'उन्हें मना किया जा सकता है । असल बात यह है कि मेरा मन नहीं लगेगा यहाँ ।'

'तो इसका मतलब है कि···?'

आगे बात कहने से पहले श्यामा कुछ देर तक रुकी रही । बीजी के चेहरे पर घिर आए संकट को वह समझ रही थी । बम्बई में फ़्लैट ख़रीदने के लिए आधा पैसा उसने दिया था । फ्लैट की रजिस्ट्री भी उसके और बीजी के साँझे नाम से हुई थी । तय यही था कि अब वह उन लोगों के पास रहेगी । मंडी में अपने अकेले जीवन को सहना उसे मुश्किल लग रहा था, इसलिए अपनी ओर से ही यह इच्छा प्रकट की थी उसने । उन लोगों को कई लम्बे-लम्बे पत्र उसने लिखे थे जिनमें अनुरोध किया था कि पूना का घर बेचकर वे लोग अगर और कहीं भी चलकर रहने को तैयार हों, तो वह वहाँ उनके पास आ सकती है । पूना के घर में वह नहीं रहना चाहती थी क्योंकि उस घर के साथ ऐसा बहुत कुछ जुड़ा था जिससे बचने के लिए ही वह वहाँ से इतनी दूर चली गई थी । उस घर में देव की मृत्यु का दिन उसके लिए उसी तरह ठहरा हुआ था । वह हर दिन, हर क्षण, की उस लगातार मृत्यु की साक्षी होकर नहीं रह सकती थी । एक पत्र में उसने बेबी की समस्या का भी ज़िक्र किया था । उसके साथ रहकर बेबी को जो अकेलापन ढोना पड़ रहा था, उससे वह उसे बचाना चाहती थी । 'लड़की अब बड़ी हो रही है और मुझे लगता है कि मेरे

अलावा और भी दो-एक अपने लोग उसके पास होने चाहिए।' पूना के सिवाय और कहीं भी वह नौकरी कर सकती थी। सीमा की नौकरी लग जाने पर साथ रहने से वे लोग काफ़ी बचत भी कर सकती थीं। 'हमें अब पैसा इसलिए भी बचाना चाहिए कि थोड़े दिनों में सीमा के ब्याह के लिए पैसे की ज़रूरत पड़ेगी।' पर जितनी आसानी से उसका प्रस्ताव स्वीकार कर लिया गया, उसकी उसे आशा नहीं थी। बीजी ने लिखा था कि पूना का घर बेचकर उन्हें पच्चीस हज़ार तक मिल सकते हैं। इतने में बम्बई में एक छोटा-सा फ़्लैट ख़रीदा जा सकता है। पूना के बाद बम्बई को छोड़कर और किसी शहर में जाने के लिए सीमा तैयार नहीं थी। और शहरों का 'रहन-सहन' उसे पसंद नहीं था। उसका यह भी ख़्याल था कि उसे जितनी अच्छी नौकरी बम्बई में मिल सकती है, और कहीं नहीं मिल सकती। लेकिन अब पूना का मकान बेचा गया, तो उसके कुल अट्ठारह हज़ार वसूल हुए। कहा गया कि जगह पुरानी होने से कोई अच्छा ख़रीदार नहीं मिला। यह भी कि बम्बई में जिस फ़्लैट की बात हुई है, वह पैंतीस हज़ार से कम में नहीं मिलेगा। वह उन दिनों अपने वातावरण में इस तरह ऊबी हुई थी कि जल्दी-से-जल्दी बाकी रकम का प्रबन्ध कर देना उसे आवश्यक जान पड़ा। उसके पास बैंक में जितने रुपये थे, वे सब उसने निकलवा लिए। प्राविडेंट फ़ंड से जितना कर्ज़ लिया जा सकता था, वह भी ले लिया। फिर भी उसे दो हज़ार का कर्ज़ प्रोफ़ेसर मलहोत्रा से और लेना पड़ा। किसी तरह रकम पूरी करके भेज दी, तो बम्बई में जाकर रहने का विचार मन पर भारी पड़ने लगा। क्या उसके लगकर पैसे का प्रबन्ध करने के मूल में एक और कारण नहीं था? प्रोफ़ेसर मलहोत्रा ने बहुत पहले एक पत्र में लिखा था कि कुमार आजकल बम्बई में है और वहाँ एक पब्लिसिटी कंसर्न में काम कर रहा है। उसके ऑफ़िस का पता भी उन्होंने दिया था। यही वजह थी शायद कि फ़्लैट ख़रीदे जाने के साथ ही बम्बई में रहने की बात को लेकर मन में एक विरोध-सा महसूस होने लगा था। पर वह विरोध वास्तव में विरोध ही था या एक डर? फ़्लैट की रजिस्ट्री होने के दिन से ही उसे लगने लगा था कि बंबई में या तो उसका मन ही नहीं लगेगा, या···इसीलिए नौकरी से उसने त्यागपत्र नहीं दिया था। सोचा था पहले छुट्टी लेकर वहाँ जाएगी, फिर आगे के लिए निर्णय करेगी। छह महीने की लंबी छुट्टी मंजूर करवाने के लिए उसे काफ़ी भागदौड़, काफ़ी तरद्दुद

करना पड़ा था। बम्बई आने के बाद पहले कुछ दिन निश्चय किए रही थी कि कुमार से संपर्क स्थापित करने का कोई प्रयत्न अपनी ओर से नहीं करेगी। अगर कभी अचानक उससे सामना हो गया, तो भी यही जतलाएगी कि उसे उसके वहाँ होने का पता नहीं था। पर फिर उसे अपने से चिढ़ होने लगी थी कि वह कुमार से मिलने से बचना किसलिए चाहती है। एक बार फ़ोन करके उससे मिल ले, तो इस ख़ामखाह की गाँठ से मन को छुटकारा मिल जाएगा। फिर भी नम्बर मिलाने के बाद वह मन में कहीं चाहती रहा थी कि उस तरफ़ से जवाब न मिले···या पता चले कि कुमार तब तक वहाँ से भी नौकरी छोड़कर चला गया है। पर उधर से कुमार की आवाज़ सुनाई देने पर कोई चीज़ उसकी नाड़ियों में झनझना गई थी। लगा था कि वह आवाज़ सुनने के लिए ही उसने वहाँ आने और रहने का सारा आयोजन किया है। मन में यह भी आया था कि फ़ोन करने की जगह क्यों नहीं सीधे वह उसके दफ़्तर में पहुँच गई। इतने दिनों के बाद उसे अचानक सामने देखकर कुमार के चेहरे पर जो भाव आता, वह अब तय करके मिलने पर तो नहीं आएगा। पर कुमार ने जिस तरह से बात की, उससे अन्दर का उबाल एकाएक बैठ भी गया था। क्या कुमार उस समय सचमुच बहुत व्यस्त था, या···?

बीजी उसका उत्तर सुनने के लिए उसे देख रही थीं। श्यामा को लगा कि उसके चेहरे से उसके मन का भाव भी पढ़ा जा रहा है। क्या बीजी को कुमार से उसके परिचय के बारे में जानकारी थी?

'मैं एकाध दिन में सोचकर बता दूंगी आपको।'

बीजी फिर भी उसी तरह देखती खड़ी रहीं।

'अगर तूने यही सोचा कि यहाँ नहीं रहना है तुझे···?'

फ़्लैट और उसकी नौकरी, ये दो बातें थीं जिन्हें लेकर बीजी उसके सामने छोटी पड़ जाती थीं। वे जिस तरह असुरक्षा के भाव से देखने लगती थीं, उससे उसे सुख भी मिलता था, सहानुभूति भी होती थी।

'तब जो जैसे करना होगा सोच लेंगे। आपसे पूरी बात किए बिना तो जाऊँगी नहीं।'

बीजी के चेहरे से लगा कि उन्होंने इसे एक निश्चित उत्तर की तरह लिया है। पलभर उसे देखती रहकर वे बाहर की तरफ़ मुड़ गईं।

'सीमा आ जाए, तो आज ही बात कर लेंगे। तुझे जाना ही है, तो कोई तुझे रोक तो सकता नहीं।'

'सीमा के आने तक मैं जागती नहीं रहूँगी। वह तो बारह बजे भी लौटकर आ सकती है और एक बजे भी।'

बीजी रुक गईं। 'मैं उसे अपनी जगह अपने लिए ज़िम्मेदार समझती हूँ, तुझे अपनी जगह। न कभी उससे लौटकर आने का वक़्त पूछती हूँ, न तुझसे परदेस में अकेली रहने की वजह।'

'मेरी वहाँ नौकरी है,' श्यामा की साँस फिर अटकने लगी।

'उसकी भी नौकरी है।'

'उसकी कितने बजे से कितने बजे तक की शिफ़्ट है आजकल ? घर से सुबह ग्यारह बजे जाती है।'

'मुझे इतना ही पता है खाना खाने का भी कोई वक़्त नहीं रहता उसका। टेलीफ़ोन ऑपरेटरों की कई बार पूरी-पूरी रात की भी ड्यूटी लगती है।'

'मैं आपसे आजकल की बात पूछ रही थी।'

'तू जिस तरह शक करती है उस पर, अगर मैं भी उसी तरह शक करने लगूँ तो...।'

'किस पर शक ? मुझ पर ?'

'मैंने यह नहीं कहा। मैं कभी किसी पर शक नहीं करती,' कहती हुई बीजी बाहर निकल गईं। श्यामा गुस्से में उठी। पर उनके पीछे जाने की जगह उसने ज़ोर से कमरे का दरवाज़ा बन्द कर लिया।

वैसा अँधेरा वहाँ भी नहीं मिलता था, यहाँ भी नहीं...एकदम गाढ़ा अँधेरा जिसमें खुली आँखों को कुछ भी नज़र न आए। छत, फ़र्श और

दीवारें सभी कुछ अँधेरे का बना महसूस हो। पलंग की पटियाँ और पाए भी ठोस अँधेरे के बने जान पड़ें। करवट बदलने पर मैट्रेस और तकियों के अन्दर भी अँधेरा भरा लगे। जहाँ कहीं हाथ का दबाव पड़े, वहीं अँधेरे को महसूस किया जा सके। अपने अन्दर भी एक-एक साँस के साथ वही अँधेरा भरता जाए। पर आज तक जब कभी अपने को अँधेरे में लपेट लेना चाहा था, यह बुझा-बुझा अँधेरा ही मिला था। तकिए में मुँह छिपा लेने पर भी अँधेरा उतना गहरा नहीं हो पाता था। अँधेरे के इन पैबंद-लगे चीथड़ों से मन बहुत खिंचता था। क्या कहीं भी ऐसा अँधेरा नहीं मिल सकता था जिसके गुदगुदे नरम फैलाव पर सब-कुछ भूलकर पड़े रहा जा सके?

इतने सालों से वह अँधेरे से भाग रही थी और भाग रही थी अँधेरे की ही तरफ़। जीवन का सारा संघर्ष अँधेरे से बचने के लिए था और खोज थी अँधेरे में पहुँच जाने की। वह क्यों कभी अँधेरे से उबरकर उजाले में जाने की स्थिति में अपने को नहीं देख पाती थी?

सिविल कोर्ट। ब्याह के रजिस्टर पर हस्ताक्षर करते हुए हाथ ज़रा-सा काँप गया था। हस्ताक्षर बिगड़ गए थे। देखा था देव के माथे पर हल्की त्यौरी पड़ गई है। पर कहा देव ने हँसकर इतना ही, 'हस्ताक्षर तो ऐसे कर रहा है, जैसे पाँचवीं तक भी नहीं पढ़ीं। घर जाते ही सबसे पहले तुम्हारी बी० ए० की डिग्री देखूंगा।'

[illegible]पे डर लगा था। वह आदमी, जिसने पहली शर्त रखी थी कि ब्याह कोर्ट में होगा, अपने लिए किस तरह की पत्नी की आशा रखता था? क्या उसमें [illegible] योग्यता थी कि उस आदमी की अपेक्षाओं पर पूरी उतर सके?

पार्टी में [illegible]तने लोग थे, सब अपरिचित थे। पर देव की उन सबसे घनिष्ठता थी [illegible] कभी एक तरफ़ के लोग उसे खींचकर ले जाते, कभी दूसरी तरफ़ के। जिस समूह में भी देव पहुँच जाता, वहीं ठहाके लगने लगते। वह दूर स[illegible] उस अपरिचित व्यक्ति को देख रही थी। वह व्यक्ति आज से उसका पति है[illegible] उसके शरीर पर आज से उस व्यक्ति का अधिकार है। पर वह इतने ज[illegible]र से क्यों हँसता है?

बीच-बीच में देव की नजर उस [illegible]र पड़ जाती। माथे पर एक शिकन और चेहरे पर एक तरह का खिंच[illegible] नज़र आता। क्या उसके चेहरे में

कुछ था जो उस व्यक्ति को अच्छा नहीं लग रहा था, या हस्ताक्षर बिगड़ने की बात ही अब तक उसे उलझाए थी ?

फ़ोटोग्राफ़र उन लोगों की साथ-साथ तसवीर खींचना चाहता था। देव को इसमें भी कोई दिलचस्पी नहीं थी। एक दोस्त ज़बर्दस्ती खींचकर ले आया तो उसके पास आ खड़ा हुआ। वह ब्याह का दिन न होता और आसपास इतने लोग जमा न होते, तो शायद वह मना कर देता। एक दोस्त ने कहा भी उससे, 'क्या बात है, पहले दिन ही बीबी से इस तरह कतरा रहे हो ?' देव ने बात को हँसकर टाल दिया और फ़ोटोग्राफ़र से कहा, 'भई जल्दी से खींच-खिंचा लो जो भी तसवीर खींचनी है। मैं चाय की प्याली बीच में छोड़कर आया हूँ। मेरी चाय ठंडी हो जाएगी।'

टैक्सी मे घर लौटते हुए उसने सीमा से पूछा, 'ये कब तक लौटकर आएँगे ?' जवाब मिला, 'पता नहीं कब तक आते हैं। जब भी दोस्तों से छुट्टी मिल जाएगी।'

अकेला ठंडा-सा कमरा था जिसमें उसने देव के लौटने की प्रतीक्षा की थी। सीमा ऊँघ रही थी, उससे उसने जाकर सो रहने को कह दिया था। बीजी के सिर में दर्द था, वे पहले ही सो चुकी थीं। घर में एक नई लड़की के आने की ख़ास खुशी किसी को नहीं थी। शायद देव के माथे की शिकन ही इसका कारण थी।

खाना पड़ा-पड़ा ठंडा हो गया था। कोशिश करने पर भी उससे खाया नहीं गया था। देव ने थाली देखकर पूछ लिया था, 'अभी तक भूखी बैठी हो तुम ? मैंने सोचा देर हो गयी है, खा लिया होगा तुमने।'

उसके बाद फिर कोई दिलचस्पी नहीं। जैसेकि और दिनों से कोई फ़र्क ही न हो उस दिन में। 'सीमा ने मेरे कपड़े कहाँ रखे हैं ?' उसके बारे में कोई सवाल नहीं कि उस नई जगह पर अकेली वह कैसा महसूस कर रही है। उसे रुलाई आने लगी। उसके पिता ने इन लोगों को इस सम्बन्ध के लिए राज़ी करने के लिए क्यों इतनी कोशिश की थी ? 'लड़का तो शादी करना ही नहीं चाहता, पर उसकी माँ ने किसी तरह ज़ोर डालकर उसे राज़ी कर लिया है।' यह जान लेने के बाद भी क्यों वह खुद ही अपनी तरफ़ से मना नहीं कर सकी ? 'शादी होने के बाद सब ठीक हो जाता है। मुझे भरोसा है तुम सब संभाल लोगी।'

नाइट शर्ट के खुले बटन। घने काले बालों से लदी छाती। देव ने बिना उससे पूछे कि उसे नींद आ रही है या क्या, कमरे की बत्ती बुझा दी।

एक विशेष तरह की गन्ध जो अँधेरे में उसके पास आकर पलंग पर लेट गई। वह गन्ध एक अपरिचित शरीर की भी थी और साँसों में मिली एलकोहल की भी। एकाएक, जीवन में दूसरी बार, एक पुरुष की बाँहों में कस जाने पर उसका जी क्यों मितलाने लगा था?

उसने संघर्ष किया था। अपने शरीर को उस शरीर के आवेग से बचाने के लिए भी और अपनी साँस को उस गन्ध से बचाए रखने के लिए भी। एक क्षण था जिसके इस तरफ़, रजिस्टर पर हस्ताक्षर कर देने के बाद भी, वह अनब्याही थी। उस क्षण तक उसके संघर्ष में अपनी उस स्थिति को बनाए रखने का आग्रह था। एक उद्वेग था कि शायद अब भी वह दूसरा निर्णय ले सकती है। परन्तु उस क्षण से बचने-बचने में वह क्षण बीत गया। अब उस क्षण के दूसरी तरफ़ आकर उसे अपनी सारी कामनाएँ उस एक व्यक्ति से ही पूरी करनी थीं। उसने उस समय, अपने पर घिर आई गन्ध से बचने का प्रयत्न करते हुए भी, उस व्यक्ति को पूरी तरह अपना लेना चाहा। पर तभी, अपनी पीड़ा और आकुलता में उसने देव के शरीर को अपने से हटते पाया। साथ सुना, 'ब्लडी हेल! तुमसे प्यार करना काफ़ी उलझन का काम है।'

आधी रात को उठकर उसने हवा के लिए खिड़की खोल दी। उस अनुभव में से गुज़र चुकने के बाद जैसे बाहर की दुनिया को नए सिरे से देखने की आवश्यकता थी। सड़क, सामने घर की खिड़कियाँ, एक झपाटे से गुज़रती गाड़ी, सब-कुछ पहले जैसा होकर भी पहले जैसा नहीं था। उसने देव की तरफ़ देखा कि वह हवा से जागकर खिड़की बंद कर देने को न कहे। पर देव को अपने बिस्तर पर जाने के साथ ही गहरी नींद आ गई थी। उसकी नाइट शर्ट के बटन अब भी खुले थे। एक नंगे ढाँचे में साँस का आना-जाना...क्या वास्तव में उस ढाँचे के साथ उसका अब जीवन-भर का सम्बन्ध था? यह सम्बन्ध, जो कल तक नहीं था, क्यों इतना निश्चित था कि अब अपने को उससे मुक्त किया ही नहीं जा सकता था?

शरीर में अजीब तरह का कसैला दर्द और भारीपन था। जैसे उस गन्ध ने ही अन्दर से नसों को जकड़ लिया था। उसने एक तौलिया भिगोकर

उससे सिर-मुंह लपेट लिया। हवा की ठंडक के साथ-साथ पानी की ठंडक। उसे लगा इससे थोड़ी देर में शायद नींद आ जाए उसे।

अचानक देव की आँख जाने कैसे खुल गई। शायद बत्ती जली होने से, या नल की आवाज़ से, या हवा से ही। 'मुँह क्यों लपेट रखा है तौलिए में?' उसने कुहनी पर उठकर पूछ लिया।

'कोई खास बात नहीं,' वह तौलिया हटाती मुश्किल से कह पाई। 'ऐसे ही तपिश-सी लग रही है सिर में।'

'कोई दवाई-अवाई तो नहीं चाहिए?'

'नहीं।' और उसने बत्ती बुझा दी।

वह अँधेरे का सम्बन्ध था जोकि अँधेरे में भी ठीक से नहीं जुड़ पाता था। कोशिश दोनों तरफ़ से होती थी। देव ने कई रातें पीना छोड़े रखा था। वह देव के आने के पहले से ही सोचने लगती थी कि आज वह उससे किस विषय में और क्या बात कर सकती है। वह कोई भी बात करे, सुनते-सुनते देव का ध्यान उससे हट जाता था। वह चुप हो जाती, तो वह चौंककर उसकी तरफ़ देख लेता। 'हाँ-हाँ, ठीक है।' कई छोटी-छोटी बातों में वह उसकी रुचि का ध्यान रखने की कोशिश भी करता। 'सीमा के साथ घूमने निकल जाया करो शाम को। तुम्हें खुले में रहने की आदत है। उस लिहाज़ से यह शहर बुरा नहीं है।' देव के व्यवहार में ऐसा कुछ नहीं था जिससे शिकायत की जा सकती···सिवाय उस इकहरी तटस्थता के जिसे केवल उसका स्वभाव मानकर वह नहीं चल पाती थी। देव को उसकी किसी बात पर गुस्सा नहीं आता था। आता भी था, तो वह उसे प्रकट नहीं होने देता था। स्पष्ट लगता था कि इसके लिए उसे प्रयत्न करना पड़ता है। बीजी या सीमा की कई बातों से खीझकर वह उन पर झल्लाने लगता था। पर उससे कैसी भी ग़लती हो जाए, वह उदासीन मुसकराहट के साथ केवल इतना भर कह देता था, 'कोई बात नहीं। आगे से ध्यान रख लेना इस चीज़ का।'

रात के कई घंटे एक कमरे में साथ-साथ बीतते थे···फिर भी देव के आने के साथ ही वह कमरा उसके लिए फिर से नया और अपरिचित हो जाता था। उस व्यक्ति से भी जो उसका पति था, हर रोज जैसे नए सिरे से उसका परिचय होता था। नए सिरे से बातचीत की शुरुआत

होती थी। पर एक आकस्मिक घनिष्ठता तक पहुँचकर परिचय एकाएक समाप्त हो जाता था। देव को जल्दी नींद आ जाती थी और वह देर-देर तक यह सोचती करवट बदलती रहती थी कि उसके शरीर को वास्तव में उसी का शरीर मानकर वह व्यक्ति उसके पास आता है या रोज़ वह उसके लिए किसी-न-किसी और की भूमिका ही निभाती है। देव का एकाएक उमड़ना और शान्त हो जाना···उसमें उसे अपना-आप बाज़ारू-सा जान पड़ता था। वह कितना चाहती थी कि उनके बीच इसके अतिरिक्त भी कोई सम्बन्ध हो। और कुछ नहीं, तो कभी देव उस पर बिगड़कर बकझक ही करे। कहे कि उसकी ज़िंदगी की कुछ और भी ज़रूरतें हैं जो पत्नी के रूप में उसे पूरी करनी चाहिए। पर ऐसा कुछ नहीं होता था। रजिस्टर पर हस्ताक्षर करते समय देव के मुँह से सुनी झिड़की में फिर भी एक अधिकार था जो या तो देव ने रजिस्ट्री के दफ़्तर में ही छोड़ दिया था या पहली रात को सोने और जागने के बीच किसी क्षण उस कमरे में खो दिया था। एक बार उसने देव से शिकायत भी की कि बीजी और सीमा की तरह वह कभी उसे क्यों नहीं डाँटता। देव ने चलते ढंग से उत्तर दिया, 'वे लोग अच्छी तरह जानती हैं मुझे क्या पसन्द है, क्या नहीं। उन्हें इसका ध्यान रखना ही चाहिए। तुम्हारी बात दूसरी है। तुम अभी नई आई हो···।'

यह नयापन ही उन दोनों के बीच की रेखा थी। महीना, दो महीने, चार महीने गुज़र जाने पर भी यह नयापन, या कोरापन, ज्यों-का-त्यों बना था। देव को न उसके अनकिए को लेकर शिकायत होती थी, न उसके किए को लेकर उत्साह। वह जैसे एक चलती-फिरती बेजान चीज़ थी जिससे कुछ कहने-सुनने का सवाल ही पैदा नहीं होता था। पर उसे अपने अन्दर भी देव के प्रति वैसी ही जड़ता महसूस होती थी। वह भी एक नए परिचित की तरह उसकी तरफ़ मुसकराने या उसके कपड़े निकालकर उसे देने से आगे उसके लिए कुछ नहीं कर पाती थी। चेष्टा इतनी ही रहती थी कि सब-कुछ इस तरह होता जाए कि उसे देव के मुँह से फिर यह न सुनना पड़े, 'कोई बात नहीं, ऐसा हो भी जाता है। आगे से ज़रा ध्यान रख लेना इसका।'

कई बार उसे लगता था उसी में कमी है। एक स्त्री के रूप में पुरुष की

दृष्टि से वह ऊनी पड़ती है। नहीं तो ऐसा क्यों था कि देव से पहले भी अवसर आने पर किसी पुरुष के साथ कभी उसका स्वाभाविक सम्बन्ध स्थापित नहीं हो पाया ?

आर्ट्स कालेज के प्रिंसिपल गोपालजी। चुस्त अचकन के साथ चूड़ीदार पाजामा पहने वे क्लास में आया करते थे। उनके सामने बैठे हुए, उनके मुँह से निकलते शब्दों को सुनते हुए, मन में एक स्फूर्ति का अनुभव होता था। 'पिलोड अपान माई स्वीट लव्ज राइपनिंग ब्रेस्ट'''।' पंक्तियों की व्याख्या करते हुए गोपालजी की आँखें बार-बार उसकी आँखों से टकरा जाती थीं। लगता था शैले की पंक्तियाँ एक सूत्र हैं जो उसके अन्दर का सम्बन्ध बाहर की दुनिया से जोड़ती हैं। डेस्कों से आगे, खिड़की के बाहर, धूप, हवा और हिलती पत्तियों में एक और ही अर्थ झलकने लगता था। लॉन में, आइसक्रीम की छड़ी हाथ में लिये, अपने पूरे शरीर में उन शब्दों की अनुगूँज सुनाई देती थी। मन उनके अर्थ से सकुचाने लगता था। किताब का पन्ना खोल लेने पर सामने की पंक्तियों से गोपालजी का स्वर उभर आता था। वह शब्दों के स्थूल चेहरों को इस तरह देखती थी जैसे कि वे भी अपने में गोपालजी के चेहरे की छाप लिये हों।

बड़ी चचेरी बहन साथ पढ़ती थी। वह कहती, 'तू इंगलिश को छोड़कर दूसरे विषयों की तैयारी क्यों नहीं करती ? परीक्षा में पास नहीं होना क्या ?'

उसे इससे खुशी होती। उसका एक रहस्य था जिसे कोई नहीं जानता था। उस रहस्य का एक सिरा गोपालजी के स्वर से जुड़ा रहता, दूसरा अपने अन्दर उस स्वर की प्रतिक्रियाओं से। वह स्वर ही था जिसने सोलह साल की बच्ची से एकाएक उसे सोलह साल की नवयुवती में बदल दिया था। क्लास रूम के बाहर वह गोपालजी की चर्चा दूसरों से सुनती थी, स्वयं नहीं कर पाती थी। पर कोई गोपालजी की आलोचना करने लगे, तो उसका चेहरा सुर्ख़ होने लगता था। यह कैसे सम्भव था कि गोपालजी के बताए अर्थ के अतिरिक्त कोई दूसरा अर्थ हो उन पंक्तियों का ? एक बार लाइब्रेरी में गोपालजी के बताए अर्थ को ठीक से समझाने की कोशिश में उसने अपने को ग़लत तरह से लड़कियों से उलझा लिया था। लड़कियाँ इस तरह उसे छेड़ने लगीं कि उसे

कुरसी छोड़कर लाइब्रेरी से बाहर निकल आना पड़ा। लड़कियाँ तब से उसे बुलाने लगी थीं, 'स्वीट लव !' उसे लड़कियों की इस चुहल का बुरा भी लगता। पर गोपालजी के साथ उसका नाम जोड़कर बात कही जा रही है, यह चीज़ मन को गुदगुदा भी देती। धीरे-धीरे बात इतनी फैल गई कि एक दिन जब वह कालेज नहीं जा सकी, तो लड़कियों ने गोपालजी की क्लास में ब्लैकबोर्ड पर बड़े-बड़े शब्दों में लिख दिया : 'सॉरी, नो इन्स्पीरेशन टूडे'। जब उसे यह बात बताई गई तो उसने इस पर नाराज़ होना चाहा। पर मन में उसे खुशी हुई कि इस तरह उसके रहस्य की बात गोपालजी पर खुल गई है।

बीच में कुछ दिन वह बीमार रही। बीमारी के बाद एक दिन डरते-डरते गोपालजी से कहा, 'इस बीच मेरी जो पोइम्ज़ छूट गई हैं, उन्हें समझने के लिए क्या किसी दिन आपसे समय ले सकती हूँ ?'

गोपालजी ने अपने घर पर आने का समय दिया। वह अकेली जाने का साहस नहीं कर सकी, इसलिए बहन को साथ ले गई। घर पर गोपालजी को अकेले पाकर बहन को अच्छा नहीं लगा। 'शादी-शुदा आदमी हैं वे। अपने बीवी-बच्चों को आज ही क्यों उन्होंने बाहर भेज दिया था ?'

पर उसके बाद भी वे दोनों गोपालजी के यहाँ जाती रहीं। गोपालजी ने अपनी पत्नी से उनका परिचय करा दिया था। वह गोपालजी से जिस तरह के सवाल करती, उससे एक दिन उन्होंने बहन से कहा, 'यह लड़की इतनी छोटी उम्र में जिस तरह बात करती है, उससे मुझे इससे ईर्ष्या होती है। किसी-किसी समय तो इसकी आँखों की चमक से मुझे डर भी लगता है।'

बहन का कहना था कि यह एक तरह का उलाहना है। दूसरे शब्दों में इसका अर्थ है कि वह अपनी उम्र से बड़ी बनकर बात करती है और ग़लत तरह की नज़र से उन्हें देखती है।

वह खूब रोई। दो-एक दिन गोपालजी की क्लास में नहीं गई। उसे एक साथ सबसे चिढ़ हो गई थी। अपने से, बहन से, गोपालजी से। पर उसके जन्म-दिन पर गोपालजी ने 'एक उपहार देने के लिए' उसे अपने यहाँ बुलाया, तो वह बिना बहन को बताए अकेली वहाँ चली गई। गोपालजी उस दिन भी घर में अकेले थे। खिड़कियाँ-दरवाज़े बन्द

करके कमरे में उन्होंने अँधेरा कर रखा था। उसके अन्दर पहुँचते ही उन्होंने बिना किसी भूमिका के उसे बाँहों में लेकर अपने होंठ उसके होंठों पर रख दिए। उसके साथ ही उन्होंने चेष्टा की उसे अन्दर के कमरे में ले जाने की। वह किसी तरह उनसे इतना ही कह पाई कि उसे वे पहले एक गिलास पानी दे दें। और जब तक वे पानी लेकर आते, वह भागकर ज़ीने से नीचे उतर आई।

घटना का और कोई साक्षी नहीं था, फिर भी उसे लगता था जैसे सब लोग उस विषय में जानते हों। अपने प्रति हर एक के व्यवहार में उसे सन्देह का आभास मिलता था। राजीव से परिचय होने तक छह वर्ष बीत चुके थे उस घटना को। फिर भी उससे बात करते हुए उसकी आँखों में वह यही खोजने का प्रयत्न करती थी कि कहीं उसे भी तो इसकी जानकारी नहीं है। वह पहला व्यक्ति था जिसके साथ उसके ब्याह की चर्चा की जाने लगी थी और जिसे अपने मन में उसने होने वाले पति के रूप में स्वीकार भी कर लिया था। खादी के ढीले पाजामे-कुरते में वह आसपास के और युवा लोगों से बहुत अलग नज़र आता था। वह राजनीति के सम्बन्ध में इतना कुछ जानता था और इतने अधिकार के साथ बात करता था कि वह अचम्भे के साथ उसे देखती हुई सोचा करती थी कि अगर देश की बागडोर उसके हाथ में दे दी जाए, तो कितनी जल्दी देश की सब समस्याओं का समाधान हो सकता है। उम्र में वह उससे बारह-तेरह साल बड़ा था और एक विद्यार्थी के रूप में सन् सैंतालीस में बम बनाने और फेंकने के अपने किस्से सुनाया करता था। जब भी वह उन दिनों के संस्मरण सुनाने लगता, उसकी आँखों में वह बहुत ऊँचा उठ जाता। उस ऊँचाई पर उसे देखते हुए वह अपने को उसके लिए कुछ भी करने के लिए तैयार पाती। उसके मुँह से निकले एक-एक शब्द को आदर के साथ सुनती हुई सोचा करती कि राजनीतिक जीवन की धाँधलियों के कारण उस क्षेत्र में कुछ करने का अवसर न भी मिला, तो केवल अपने विचारों से ही एक दिन वह व्यक्ति सारे संसार को चमत्कृत कर देगा। इसीलिए विवाह का प्रस्ताव किए जाने पर जब राजीव ने यह कहकर मना कर दिया कि उसने जीवन-भर अविवाहित रहकर राजनीतिक कार्य करने का संकल्प ले रखा है, तो उसके लिए उसके मन में आदर और भी बढ़ गया। वह सोचने लगी

कि पाँच, सात, दस वर्ष वह उस व्यक्ति के लिए प्रतीक्षा कर सकती है। अपने धैर्य से उसे विश्वास दिला सकती है कि पत्नी के रूप में वह उसके मार्ग में रुकावट नहीं बनेगी। जब कभी वह अपने लिए घर-बार की आवश्यकता महसूस करेगा, वह खुशी से उस आवश्यकता को पूरी करने के लिए तैयार रहेगी। तब तक स्वयं भी देश की राजनीतिक गतिविधियों में दिलचस्पी लेकर अपने को उसके स्तर तक उठाने का प्रयत्न करेगी। उसने अपने को विश्वास दिला लिया था कि उस व्यक्ति का विवाह से इनकार उसका तिरस्कार नहीं है, एक अधिक गहरे स्तर पर उनके सम्बन्ध की शुरुआत है। इसलिए राजीव का पक्ष लेकर एक बार वह घर के लोगों से लड़ भी ली थी···।

पहले राजीव उनके यहाँ बहुत आया करता था। पर एकाएक ही उसका आना बहुत कम हो गया था। वह इसके लिए भी घर में तर्क दे लेती थी···परन्तु एक दिन चचेरी बहन से ही पता चला कि एक संसद्-सदस्य की छोटी बहन से राजीव की सगाई हो गई है। उस लड़की को वह जानती थी। इतनी शोख़, बातूनी और बनने वाली लड़की थी वह कि उसके साथ दस मिनट बात करना भी उससे सहा नहीं जाता था। जब बहन ने बताया, तो वह काफ़ी देर अपनी पढ़ने की मेज़ के पास काठ होकर बैठी रही। मेज़ और दीवारों के साथ-साथ अपने अन्दर का न जाने कितना कुछ अँधेरे में डूबता गया। उसे झटका-सा लगा जब उसके पिता ने चुपचाप पास आकर टेबल-लैंप जला दिया। कुरसी से उठते हुए उसे लगा कि तेईस साल की उम्र में ही उस पर बुढ़ापा आ गया है···।

दरवाज़े के बाहर दो फुसफुसाती आवाज़ें। बीजी और सीमा।

'तू बात नहीं मानेगी ?'

'नहीं।'

'सिर्फ़ आज रात के लिए कह रही हूँ।'

'कह दिया नहीं।'

दरवाज़ा चरमराया। अँधेरे में रोशनी की हल्की-सी दरार बन गई। सीमा का शरीर दरार से अन्दर दाखिल होने को हुआ, जब उसे बाहर खींच लिया गया। दरार बन्द हो गई।

'इस तरह ज़िद क्यों करती है ?'

तुम क्यों करती हो ?'

'मैं मिन्नत से कह रही हूँ। आज की रात मेरे कमरे में सो जा।'

'उस कमरे में मुझे नींद नहीं आती।'

'आहिस्ता बात कर। वह जाग जाएगी।'

'जाग जाए। तुम मेरा हाथ छोड़ दो।'

'मुन्नी !'

'क्यों खामख़ाह परेशान कर रही हो ? मैं रोज़ जिस कमरे में सोती हूँ, आज भी उसी में सोऊँगी।'

'अच्छा, कपड़े उस कमरे में बदल ले पहले। मैं तेरे सोने के कपड़े निकालकर वहीं दे देती हूँ।'

'मुझे कपड़े वहाँ नहीं बदलने हैं। हाथ छोड़ दो कह दिया तुमसे।'

फिर वैसी ही दरार। सीमा का आधा शरीर अन्दर आ गया। पर बाहर के साथ उसका संघर्ष फिर भी चलता रहा।

'मुन्नी !'

'मुन्नी-मुन्नी मत किए जाओ।'

'कह रही हूँ लड़की को लाकर मैं इधर सुला देती हूँ। अगर उसकी वजह से...।'

'उसकी किसकी कोई वजह नहीं है। वहाँ सुबह-सुबह स्टोव की बदबू मुझसे बरदाश्त नहीं होती।'

'मैं सुबह स्टोव नहीं जलाऊँगी।'

'तुम नहीं जलाओगी, तो भी वह जलेगा।'

'मैं कहती हूँ···।'

'अब कहो कुछ मत और जाकर सो रहो अपने कमरे में। कितनी देर से चखचख कर रही हो।'

सीमा अन्दर आकर दरवाज़ा बन्द करने को हुई, पर बीजी ने उसे बंद नहीं करने दिया।

'रानी, एक रात की ही बात है।'

'ज़िंदगीभर यह एक रात की ही बात नहीं रहेगी।'

'अच्छा, बत्ती मत जलाना।'

'क्यों?'

'कह रही हूँ इसलिए।'

'तुम जाओ और जाकर सो रहो।'

सीमा ने जिस तरह दरवाज़ा बंद किया, उससे किसी भी सोए हुए व्यक्ति की आँख खुल सकती थी। पर श्यामा की अधखुली पलकें उससे पूरी झिप गईं। पल-भर बाद ही कमरे की बत्ती जल उठी।

श्यामा न देखते हुए भी देख रही थी कि सीमा की आँखें उसके चेहरे पर आ टिकी हैं। वह शायद अन्दाज़ा लगाने की कोशिश कर रही थी कि वह सचमुच सो रही है या बहाने से आँखें मूँदे है। थोड़ी ही देर में आभास हुआ कि सीमा अब उसके पलंग के बहुत पास आ गई है और इस इन्तज़ार में उसे देख रही है कि कब वह अपनी आँखें खोल दे। सीमा जो सेंट इस्तेमाल करती थी, उसकी गन्ध के अतिरिक्त एक और भी गंध उसे अपने ऊपर झुक आई महसूस हुई···कुछ-कुछ वैसी ही थी जैसी ब्याह की रात को देव की निकटता की गन्ध। निश्चित था कि सीमा पीकर आई थी। पर पता नहीं उसके ऊपर झुककर वह जान-बूझकर उसे यह जतलाना चाहती थी, या सिर्फ़ उसकी नींद की ही टोह ले रही थी। सीमा की साँसें इतनी करीब आ गई थीं कि उन्हें सूँघते हुए चुपचाप आँख मूँदकर पड़े रहना श्यामा के लिए असम्भव होने लगा। लगने लगा कि अब अगले ही क्षण वह झटके से उठकर बैठ जाएगी और डाँटने के स्वर में सीमा से पूछ लेगी कि क्या उसकी नींद भी उस घर में उसके लिए व्यक्तिगत नहीं रह सकती? पर यह सोचकर उसकी आँखें फिर भी

मुंदी रहीं, कि डाँट सुनकर सीमा हँसने लगी, तो सिवाय उसका मुँह देखते रहने के उससे और कुछ भी कहते-करते नहीं बनेगा। पर वह क्षण आने से पहले जब उसकी आँखें बरबस खुल ही जातीं, सीमा की साँसें परे हट गईं और वह जिस तरह दम साधकर पड़ी थी, पड़ी रही।

बंद आँखों को बत्ती की लौ अखर रही थी। पर करवट बदलकर वह फिर सीमा का ध्यान अपनी ओर नहीं खींचना चाहती थी। चेहरे पर नींद का भाव बनाए वह काफ़ी देर सीमा के बत्ती बुझाने की राह देखती रही। आहटों से अन्दाज़ा लगाती रही कि अब सीमा कुरता-लुंगी उतार रही है, अब आईने के सामने खड़ी होकर नाइटी पहन रही है, अब बालों की पिनें निकाल रही है, अब चेहरे पर क्रीम मल रही है और अब शायद बत्ती बुझाने के लिए बटन की तरफ़ जा रही है। पर कई बार कई तरह से आहटों के अर्थ लगा चुकने पर भी बत्ती नहीं बुझी, तो एक बार उसने चोरी से आँख खोलकर देख लिया।

सीमा ड्रेसिंग टेबल के पास खड़ी थी और चेहरा आईने के बहुत पास ले जाकर एक हाथ से उस पर के किसी निशान को छू रही थी। ब्रेसियर और अन्डरवियर के सिवा शरीर पर कोई कपड़ा नहीं था। दूसरा हाथ पीछे से ब्रेसियर का बकल खोलने की चेष्टा में रुका हुआ था। पलभर बाद चेहरे वाला हाथ भी पीछे की तरफ़ आ गया। सीमा कुछ देर अपने होंठों को भींचे रही, फिर उन्हें ढीला छोड़कर सीधी हो गई। गरदन उसकी इस तरह तन गई जैसे सामने के चेहरे की किसी चुनौती का सामना करने जा रही हो। गरदन झटकने से उसके आधे बाल माथे पर आ गए थे। उनकी जाली के अन्दर से अपने को देखते हुए उसने पीछे से बकल खोल दिया। दोनों तरफ़ के फ़ीते एकाएक सिकुड़ गए और कंधों के फ़ीते फिसलकर नीचे आ गए। ब्रेसियर निकल जाने से गोरा शरीर एकाएक बत्ती की रोशनी से सुलग गया।

श्यामा ने आँखें मूँद लीं। उसे लगा उसे सीमा के भरे हुए शरीर से ईर्ष्या हुई है। सीमा की पीठ पर पड़ी फ़ीते की लास और कोमल खाल में खोई-सी उसकी रीढ़···उसका अपना शरीर उस उम्र में भी उतना सुडौल कहाँ था ? उसके मन ने चाहा कि वह एक बार सीमा के कन्धों के उस तरफ़ भी देख सके···उस शरीर के साथ अपने को देखने में, उस शरीर को अपना-आप मानने में, कितना गर्व हो सकता था किसी को भी !

चेहरे के जिस निशान को सीमा छूकर देख रही थी, उसके अतिरिक्त भी क्या कुछ छूकर देखने को नहीं था उसके शरीर पर ? ऐसा कुछ जिसे केवल उसी की आँख देख सकती थी और जिसके कारण ही शायद···?

वह फिर एक बार उसी तरह सीमा के शरीर पर नज़र डालने से अपने को नहीं रोक सकी। पर इस बार उसकी आँख सीधे सीमा की आँख से टकरा गई। सीमा अब आईने की तरफ़ पीठ किए सीधी खड़ी थी और उसी की ओर देख रही थी। उसका शरीर नाइटी से ढक गया था जिसके फ़ीतों को वह गाँठ दे रही थी। उससे आँख मिलने पर सीमा व्यंग्य के साथ मुसकरा दी, जैसे कि पहले भी उस द्वारा चोरी से देखे जाने की बात वह जानती हो। एक हाथ नाइटी के फ़ीतों में उलझाए हुए सीमा ने चुपचाप जाकर बत्ती बुझा दी और आकर अपने पलंग पर लेट गई।

'गुड नाइट !'

उसे लगा सीमा के स्वर में भी वही भाव है जो उसकी आँखों में था।

'गुट नाइट !'

सीमा ने उसकी चोरी उससे मनवा ली थी।

श्यामा की पूरी रात जागते और सपनाते बीती, दोनों स्थितियों के बीच जैसे कोई अन्तराल था ही नहीं। जागना किसी भी क्षण सपने में बदल जाता था और सपना सचेत होकर सोचने में। वह रातभर की लम्बी यात्रा थी जिसमें वह कई एक पड़ावों पर रुकी थी, पर किसी भी एक पड़ाव पर ठहर नहीं पाई थी।

एक सवाल बार-बार मन में उठ आता था। वहाँ रहने का मन बनाकर एक बार वहाँ आ जाने के बाद अब वह वहाँ से लौट जाने को उतावली क्यों है ?

बीजी और सीमा के व्यवहार में नया कुछ नहीं था। वह जितना उन्हें जानती थी, उससे इस सब की आशा तो वह करती ही थी। उन दोनों

ने आज तक कभी उसे पसंद नहीं किया था। यही बात वह उन दोनों को लेकर अपने लिए भी कह सकती थी। दोनों ओर से सम्बन्ध केवल झेलने का था। वक्त गुज़रने के साथ यह झेलने की कठिनाई बढ़ती गई थी। यह भी पता था कि साथ रहने पर और कठिनाइयाँ सामने आ सकती हैं। बीजी, सीमा और वह, तीनों अपनी-अपनी जगह, अपनी-अपनी तरह से घर की मालकिन थीं। तीनों अपनी-अपनी मजबूरी से आपस में जुड़ी थीं। रुचियाँ और उपेक्षाएँ, तीनों की अलग-अलग थीं। साथ रहकर तीनों की परस्पर सिवाय इसके कोई निर्भरता नहीं थी कि घर की आर्थिक स्थिति उन्हें एक साझे किचन से खाना खाने के लिए विवश करती थी। बीजी सीमा से दबती थीं। उसका भी खुलकर तिरस्कार नहीं कर पाती थीं, कारण केवल यही था। सीमा बीजी का थोड़ा-बहुत अंकुश मानती थी, या उसके वहाँ आ रहने को व्यंग्य के साथ सह लेती थी, तो वह भी इसीलिए था। और वह स्वयं भी बीजी की कड़वी बात सुनकर चुप रह जाती थी, या सीमा की उद्दंडता से मन चुरा जाती थी, तो उसके मूल में भी यही चीज़ थी। पर जब वह पहले से यह सब जानती थी, तो अपने को बिलकुल उन लोगों से काट लेने की जगह यहाँ आने और रहने का निश्चय उसने किया ही क्यों था?

आने से पहले अपने को जो कारण दिए थे, उनमें एक था बेबी के लिए दूसरी तरह का वातावरण जुटाना। उसके साथ अकेली रहकर लड़की स्वाभाविक ढंग से बड़ी नहीं हो रही थी। कोई और भाई-बहन नहीं था, इसलिए उसके अकेलेपन को दूर करने का यही एक उपाय नज़र आया था। सोचा था दो और लोगों के बीच रहने से लड़की अपने को ज़्यादा बाँटकर जीना सीख सकेगी। इसके अतिरिक्त पिता की कमी भी पिता से सम्बन्धित लोगों के बीच रहकर कुछ हद तक पूरी हो सकती थी। बीजी सचमुच बेबी से प्यार करती थीं। चाहे अपने लड़के के कारण ही हो, वे उससे खेलकर या उसकी ज़िदें पूरी करके आन्तरिक ख़ुशी महसूस करती थीं। किसी अपने का होना, चाहे वह कितना ही निरर्थक क्यों न हो, अपने में एक पूर्ति हो सकती थी। लेकिन बीजी के पास बेबी को लाने में एक आशंका भी थी जो यहाँ आकर सही साबित हो रही थी। बेबी अब उससे उखड़कर बिलकुल अलग हुई जा रही थी। वहाँ उसके साथ अकेली रहकर वह उसे जितना परेशान रखती थी, उससे कहीं ज़्यादा

यहाँ उससे दूर-दूर रहकर रखने लगी थी। बीजी को यह जतलाकर सन्तोष मिलता था कि वे माँ से ज़्यादा बेबी की अपनी हैं और बेबी भी दो अधिकारों के बीच अपनी सुविधा के पलड़े को भाँपना सीख रही थी। वह बेबी को उसके हित के लिए जिन लोगों के बीच रखने लाई थी, आज उन्हीं से उसे अलगा लेना ही क्यों उसे अधिक हितकर लग रहा था? अगली सुबह बेबी को वहाँ स्कूल में दाख़िल कराने की बात थी। बड़ी मुश्किल से बीच टर्म में दाखिला मिल रहा था…एक लड़की छोड़कर चली गई थी, इसलिए। पर अब तक इस बात को वह मन में स्वीकार नहीं कर पाई थी। नहीं सोच पा रही थी कि सुबह बेबी को लेकर उसे उसकी प्रिंसिपल से मिलने जाना चाहिए या नहीं। जाने और न जाने दोनों का ही अर्थ था एक अन्तिम निर्णय। पर एक बार जब उसने कह दिया था कि वह बेबी को साथ लेकर वहाँ से चली जाएगी, तो अब अपनी बात को पलटकर वहाँ रह जाना अपने सम्मान की दृष्टि से कहाँ तक संगत था?

पर कहा उसने जो भी हो, पर क्या वास्तव में वह निर्णय ले चुकी थी कि वहाँ आने और रहने की सारी योजना को रद्द करके वह अब स्थायी रूप से वहाँ से लौट जाएगी? उसके वहाँ आने के मूल में एक जगह रहने से खर्चे की बचत' और 'बेबी के लिए वातावरण जुटाने' से हटकर क्या कुछ भी और कारण नहीं था?

सोचते हुए उसके मन में फिर उन अकेली शामों का आतंक समाने लगता जो वह अपने क्वार्टर के कम्पाउंड में या पहाड़ी पगडंडियों पर टहलते हुए बिताया करती थी। बेबी उसकी उँगली थामे साथ रहती थी। वही पहाड़ियाँ जो देव की मृत्यु के बाद कुछ अरसा मन को सहारा देती रही थीं, अब केवल अपने एकान्त और सूनेपन के दबाव से मन को बौखला देती थीं। सोचकर सिहरन होती थी कि लाखों वर्षों से वे पहाड़ियाँ टूटती-भुरभुराती हुई भी अपनी उसी एक स्थिति में, उन्हीं हल्की ढलानों, ऊँचाइयों और घुमावों के साथ ज्यों-की-त्यों खड़ी हैं…लगता था उन पहाड़ियों के बीच रहती हुई वह भी लाखों वर्षों के सूनेपन और उथलेपन की साझीदार है। उन चट्टानों के ढलने के दिन से टूटने के दिन तक का पूरा अन्तराल वह अकेली जी रही है। वर्षा के बाद पगडंडियों के सिरों पर उभर आई हल्की दूब, ज़मीन से बाहर निकलकर इधर-उधर फैली

बूढ़े पेड़ों की मोटी-मोटी जड़ें, हवा में गीले पत्तों के झुरमुटों की फड़फड़ाहट, घाटी के फैलाव में तैरते सीधे डैने, टीन की छतों से टपकती बूँदें और ज़रा-सी नमी से गँधा उठती मिट्टी, इन सबसे अन्दर की उदासी और गहरी होने लगती थी। वह जैसे भी हो अपने को उस एकान्त के घेरे से मुक्त कर लेना चाहती थी। उस वातावरण से अलग एक वातावरण की जरूरत जितनी बेबी के लिए थी, उससे कहीं ज़्यादा उसे अपने लिए थी।

लेकिन यह भी तो वह पहले से जानती थी कि बम्बई जैसे शहर में, द कमरे के इस फ़्लैट में, बीजी, सीमा और बेबी के साथ रहकर ज वातवरण उसे मिलेगा, वह भी उससे ज़्यादा दिन नहीं सहा जाएगा फिर वह वहाँ आई किसलिए थी?

अपने जिस विचार को वह मन से परे रखना चाहती थी, वही इसका उत्तर जान पड़ता था। वह वहाँ आई थी क्योंकि कुमार वहाँ था। जीजा जी के पत्र से उसके वहाँ होने का पता न चला होता, तो पूना का मकान बिकने से पहले ही शायद उसने लिख दिया होता कि वे लोग उसके साथ किसी छोटे शहर में रहने को तैयार नहीं हैं, तो वहीं रहें। बंबई में फ़्लैट ख़रीदने के लिए पैसे का प्रबन्ध हो भी जाए, तो कम-से-कम वह वहाँ आकर नहीं रह सकेगी। कुमार के वहाँ होने के कारण मन में जो बाधा थी, वह उस दबी हुई आकांक्षा के कारण ही थी जिसे वह अपने से स्वीकार करते डरती थी···और डरने का कारण भी शायद अपना-आप उतना नहीं था जितना पूरी स्थिति को लेकर अनिश्चय। कुमार के नाम उसने जो पत्र लिखा था, वह कुछ दिन बाद उसी तरह बंद उसके पास लौट आया था। बाहर डाकिए के हाथ की लिखावट थी कि पत्र पाने वाला बिना अपना नया पता दिए वहाँ से चला गया है। उसे कहीं अच्छा भी लगा था कि उसका पत्र कुमार को नहीं मिला। पर एक उत्सुकता फिर भी बनी रही थी कि उसे पत्र मिल जाता, तो भी क्या उस दिन वह उससे मिलने न आया होता? उस दिन और आज के बीच एक लंबा समय गुज़र चुका था। आज फिर एक बार उसने कुमार को अपनी तरफ़ से बुलावा दिया था। कुमार ने आने को कहा था, आया भी था शायद, पर उसके पहुँचने तक इंतज़ार करता रुका नहीं था। कहीं यही तो वजह नहीं थी जो अब इतनी जल्दी वह वहाँ से लौट जाना चाहती थी?

टन् टन् टन्···साथ के कमरे से पुराना क्लाक बीच-बीच में समय की चेतावनी दे देता था। उस क्लाक की आवाज़ उन दिनों भी सुना करती थी जब देव के साथ के बिस्तर पर लेटे हुए रात-रात नींद नहीं आती थी। जैसे वही समय था, तब से वहीं ठहरा हुआ, एक से बारह तक की गिनती बार-बार दोहराता हुआ। वह तब समय के उस तरफ़ थी जहाँ अपनी मानसिक उथल-पुथल में वह ज़िंदगी को अपने से आगे देखती थी। समय का मध्यबिन्दु बीच में कब आया और निकल गया पता नहीं। अब वह समय के इस तरफ़ थी जहाँ ज़िंदगी अपने से पीछे छूट गई लगती थी। यहाँ से क्या उसके लिए अब कोई भी निर्णय, कोई भी कदम, आगे की दिशा में सम्भव नहीं था ?

कुमार से वह क्या चाहती थी ? उस रात की प्रतीक्षा में जो चाह मन में थी, क्या सचमुच वही और बस उतना ही ? उतना तो देव ने भी उसे दिया था। चाहती, तो देव के अतिरिक्त किसी से भी वह उसे मिल सकता था। प्रोफ़ेसर मलहोत्रा ने कितनी याचना के साथ वह चाहा था और कुमार ने भी एक बार उससे झपट लेने की कोशिश की थी। तब वह दोनों में से किसी के भी साथ अपने को उस सम्बन्ध में देखने के लिए तैयार नहीं हो सकी थी। कुछ था जो उसे उसके अतिरिक्त भी चाहिए था, अपने लिए चाहिए था, और जिसे देने का प्रस्ताव उन दोनों में से किसी ने नहीं किया था। उन दोनों के बाद और भी लोग थे जिनकी आँखों में उसने अपने लिए वही एक अपेक्षा देखी थी। कारण शायद इतना ही था कि वह अब भी युवा थी और अकेली रहती थी। किसी की भी आँखों में वैसा भाव देखकर उसे अपने अंदर एक जकड़-सी महसूस होने लगती थी। तो कुमार को लेकर वह विशेष बात क्या थी जिसने उससे उन दिनों उसके नाम पत्र लिखवा दिया था और आज उसे, बिना कुमार की ओर से किसी स्वीकृति या जानकारी के, कई सौ मील से यहाँ ले आई थी ?

क्या वह चाहती थी कुमार उससे ब्याह का प्रस्ताव करे ? पर उन दिनों वह प्रस्ताव भी तो एक तरह से था ही। फिर क्यों नहीं वह स्वस्थ मन से उसके साथ बढ़ती घनिष्ठता को स्वीकार करके चल सकी थी ? क्यों एकाएक उस स्थिति से परे हट आना ही उसे उचित जान पड़ा था ? क्या वह उस तरह कुमार की परीक्षा लेना चाहती थी ? और कुमार की

या अपनी ? उस रात उस छोटे-से स्टेशन पर कुमार उससे मिलने के लिए आया था, तो गाड़ी के रुकने और चलने के बीच वह उससे क्या चाहती रही थी ? एक ऐसा आग्रह या याचना जिससे वह अपनी स्वीकृति देने में थोड़ा ऊँचे उठ जाती ? क्या इतनी ही आवश्यकता थी उसकी कि एक पुरुष को छोटा करके वह उससे बड़ी हो सके ? और यदि ऐसा नहीं था, तो लौटने के बाद पत्र लिखने में उसने इतने दिन क्यों लगा दिए थे ?

'मेरा अहं' अपनी डायरी में लिखे ये शब्द मन में कसक जाते । क्या इस अहं को लेकर वह कभी किसी भी पुरुष के साथ एक स्वाभाविक सम्बन्ध स्थापित कर सकती थी ? देव का उसके साथ उस खामोश ढंग से जीना···क्या उसका कारण भी उसके इसी दृष्टिकोण की शिकायत थी ? वह अपने लिए जीवन में बहुत बड़ा कुछ चाहती थी···पर वह बड़ा कुछ क्या था ? एक स्त्री के रूप में पुरुष के किस व्यवहार से वह उसे मिल सकता था ? जिस चीज़ का घुन उसे खा रहा था, वह क्या उसका यह अहं ही नहीं था ?

सीमा साथ के पलंग पर गहरी नींद में सो रही थी । थोड़ी देर पहले उससे जो ईर्ष्या हुई थी, वह उसके अपने से कहीं युवा शरीर के कारण ही थी या उस स्वच्छंदता के कारण जिससे वह लड़की अपने आज को आज की तरह जी रही थी ? सीमा अपने-आपको, अपने किसी भी रूप को, छिपाकर रखने में विश्वास नहीं रखती थी । क्या उसकी यह धृष्टता ही जीने की सही दृष्टि नहीं थी ? अपने-आपको विश्वास के साथ झेल लेना, जी लेना, क्या इसी में जीने की सार्थकता नहीं थी ? आज वह जो अपने को समय के इस तरफ़ पहुँच गई महसूस करती थी, उसका कारण उसके अंदर का संशय, डर या उन दोनों से बदतर उसका दम्भ ही नहीं था ?

टन् टन् टन्···सुबह होने वाली थी। सुबह-सुबह बीजी पलंग पर ही कीर्तन करने लगती थीं, जिससे नींद में भी चिढ़ होती थी । उसे लग रहा था कि उधर से वह आवाज़ आने से पहले ही उसके अंदर निर्णय हो जाना चाहिए । वह वहाँ आई है, तो रहने के विचार से ही आई है। कुमार वहाँ पर है । वह व्यक्ति इतने दिन बीत जाने पर भी मन को बाँधे रहा है । और लोगों की तुलना में उसके लिए वह अपनी एक विशेषता रखता है । उसे इस स्थिति को खुले मन से स्वीकार करना

चाहिए। कुमार से मिले और खुलकर बात किए बिना वहाँ से चली जाना उसकी साहसहीनता का एक और उदाहरण होगा। कुमार से मिलने के बाद लगे कि वहाँ रहने से सचमुच मन को सहारा मिल सकता है, तो नौकरी से त्यागपत्र दे देना चाहिए। उसके बाद जो भी और निर्णय लेने को हो, साहस के साथ ले लेना चाहिए। उसकी आज की वास्तविकता यही है कि उसे अपने लिए एक पुरुष के सहयोग की आवश्यकता है। कुमार वह पुरुष हो सकता है। आवश्यकता पूरी करने के लिए जो भी मूल्य चुकाना पड़े, वह चुकाने को उसे तैयार ही रहना चाहिए।

सुबह उठने पर श्यामा को जिस्म में टूटन महसूस हो रही थी। खिड़की से टकराती धूप बासी और बेरंग लग रही थी। कितना भी पानी बरस जाए, वहाँ की धूप में ताज़गी आ ही नहीं पाती थी।

सीमा काफ़ी खुश थी। उठने के बाद से ही लगातार कुछ-न-कुछ गुनगुना रही थी। बेबी न जाने क्यों रोनी हो रही थी। बात-बात पर घर को सिर पर उठाने लगती थी। बीजी खामोश थीं। रोज़ की तरह जेनी के कामों पर नुक्ताचीनी नहीं कर रही थीं। सीमा की छुट्टी का दिन था, इसलिए नाश्ता देर से बना था। श्यामा अपना हर काम मशीनी ढंग से पूरा करती रही। सीमा से वह आँख बचा रही थी। नाश्ते की मेज़ पर किसी की किसी से विशेष बात नहीं हुई। 'क्या', 'कहाँ', 'अच्छा', 'हाँ' में ही नाश्ता पूरा कर लिया गया।

वह मेज़ से उठने लगी, तो बीजी के मुँह से निकले सवाल ने उसे रोक लिया। 'बेबी का दाखिला कराने जाना है आज ?'

बीजी के चेहरे पर स्याह झिल्ली-सी उभर आई थी। स्वर की उदासीनता में असहायता की झलक थी। उनकी आँखों से लगता था वह जो उत्तर देगी, उस पर न जाने कितना कुछ निर्भर करता है।

'बेबी से ही पूछ लीजिए। यह मेरे बग़ैर भी रह सकती है यहाँ, तब तो दाखिला कराया ही जा सकता है।'

सीमा पल-भर स्थिर आँखों से उसे देखती रही। फिर चुपचाप उठकर वाश बेसिन पर हाथ धोने लगी। बेबी की आँखें माँ और दादी के बीच घूमती रहीं।

'वह इतनी बड़ी नहीं है कि उससे पूछकर तय किया जाए। फ़ैसला जो भी होगा, मेरे करने से ही होगा। तूने सोच लिया है कि तुझे चली जाना है यहाँ से, तब तो···।'

श्यामा को स्वर से लगा कि उस बीच बीजी ने उसके वहाँ से जाने को मन में स्वीकार कर लिया है। उसके मन में विद्रोह जाग आया। 'अपने बारे में अभी कुछ नहीं सोचा मैंने। सोच लूँगी, तो आपको बता दूँगी। तब तक शायद बेहतर यही है कि बेबी के दाख़िले का चांस मिस न किया जाए। ज़रूरत पड़ने पर बाद में इसे यहाँ से छुड़ाया भी जा सकता है।'

सीमा जिस तरह उठकर गई थीं, उसी तरह वापस आकर बैठ गई। इस बीच वह अपने को जैसे बात करने के लिए तैयार कर आई थी। 'पर ख़ामख़ाह पैसा बरबाद करने से फ़ायदा?' उसने पूछ लिया।

श्यामा के पैरों से एक सिहरन उठी जो उसके शरीर में सूइयों की तरह फैल गई। बोलते हुए उसे लगा कि जो होंठ हिल रहे हैं, वे उसके नहीं हैं। 'पैसा तो पता नहीं कितना-कितना, किस-किस चीज़ पर बरबाद होता रहता है। आदमी इसी का हिसाब करने लगे, तो···।'

'हिसाब हर चीज़ का किया जा सकता है। तुम्हारा मतलब अगर फ़्लैट पर लगे तुम्हारे पैसे से है, तो···।'

'मेरा मतलब अपने ख़र्च किए किसी पैसे से नहीं है।'

'और किस पैसे से मतलब है? तुम अगर समझती हो तुमने यह पैसा खर्च करके ग़लती की है···।'

श्यामा का चेहरा तमतमा गया। उसे एकाएक सीमा से तीखी घृणा हो आई। 'मैं इस बारे में बात नहीं करना चाहती।'

'मैं भी नहीं चाहती कि आज के बाद इस बारे में हम लोगों को बात करनी पड़े। अगर तुम सचमुच यहाँ नहीं रहना चाहतीं, जैसा कि कल तुमने ममी से कहा था और इन्होंने आज मुझे बताया है, तब तो बेबी

को यहाँ दाखिल कराने का कोई मतलब ही नहीं है। न तो वह हमेशा के लिए तुमसे अलग होकर रह सकती है और न ही मैं चाहूँगी कि इस तरह उसे यहाँ रखा जाए। तुम्हारा जो पैसा इस फ़्लैट पर लगा है, वह मैं थोड़ा-थोड़ा करके अपनी नौकरी से चुका सकती हूँ। और वह तुम्हें पसंद न हो, तो फ़्लैट बेचा भी जा सकता है। लेकिन तुम अब भी समझो कि यहाँ साथ रहा जा सकता है, तो कुछ चीज़ें हमें आपस में तय कर लेनी चाहिए। बेबी का यहाँ दाखिल होना-न होना छोटी बात है। बड़ी बात हम लोगों की आपस की है। हम लोग एक-दूसरी से डरती-दबती हुई यहाँ रहें, यह बात निभने वाली नहीं है। न ही किसी एक का दूसरी पर एहसान लादना और दूसरी का एहसान झेलना ही निभ सकता है। अगर साथ रहना है, तो अपनी-अपनी खातिर ही सबको रहना है। मैंने बीजी से भी यह बात कह दी है। इनकी अपनी ज़िंदगी है। ये जिस तरह चाहें, उसे जिएँ। हममें से किसी का उसमें दख़ल नहीं है। मेरी अपनी ज़िंदगी है। मैं जिस तरह भी उसे जिऊँ, तुममें से किसी का उसमें दख़ल मुझे बरदाश्त नहीं होगा। इसी तरह तुम्हारी अपनी ज़िंदगी है। तुम भी चाहे जिस तरह उसे जियो···।'

'तुम सब लोगों के एक घर में साथ रहने की बात कर रही हो या किसी होस्टल में ?'

'मैं एक घर में साथ रहने की ही बात कर रही हूँ। होस्टल में किसी को किसी से ये बातें तय नहीं करनी होतीं। दबना-दबाना, छिपना-छिपाना, यह सब एक घर में साथ रहने पर ही जरूरी लगता है। मेरे ख्याल में यह बहुत दक़ियानूसी ढंग है जीने का। कम-से-कम अपने लिए मैं यह ढंग नहीं अपना सकती। ममी कितनी बार तुम्हें लेकर कहती हैं, 'उसके सामने ऐसा मत कर। उसके सामने ऐसे मत बोल।' मैं इनसे फिर साफ़ कह देना चाहती हूँ। मुझसे किसी भी तरह की दिखावे की ज़िंदगी जीने को ये कहेंगी, तो मैं बिलकुल नहीं जिऊँगी। उसके लिए मुझे अलग रहना पड़ेगा, तो मैं अलग जा रहूँगी।'

बीजी पल्ले से आँखें पोंछ रही थीं। सीमा ने एक बार उकताहट के साथ उन्हें देख लिया। 'तुम्हें रोना किस बात का आ रहा है, ममी ?'

बीजी जवाब न देकर पल्ले को और ज़ोर से मलने लगीं। सीमा झुँझलाहट के साथ उठ खड़ी हुई। 'तुम्हारे साथ यही दिक्क़त है कि जहाँ

तुम्हें बात नहीं सूझती, वहाँ तुम रोना शुरू कर देती हो। मैं इस वक्त तुम्हें बताकर जा रही हूँ कि रात को मुझे लौटने में देर हो जाएगी। खाना मैं घर पर नहीं खाऊँगी। आकर मैं अपने कमरे में ही सोऊँगी। लौटने पर कल रात की तरह मुझे परेशान मत करना।' और वह वहाँ से चली गई।

श्यामा कुछ देर बीजी को देखती बैठी रही। उनके लिए उसके मन में सहानुभूति उमड़ आई थी। बीजी नाक-मुँह पोंछकर स्वस्थ हो गईं, तो वह बेबी की बाँह पकड़े उठ खड़ी हुई। 'मैं आज जाकर इसे दाख़िल करा आऊँगी,' उसने चलते हुए इतना ही कहा।

'देव आज होता, तो पूछता इससे।' बीजी के ये शब्द उसने पीछे से सुने। पर लगा कि यह बात किसी दुख से नहीं, सिर्फ़ उससे और सहानुभूति पाने के लिए ही कही गई है।

दिन का काफ़ी भाग श्यामा ने घर से बाहर बिताया। स्कूल के आफ़िस से निकलकर बहुत दिनों बाद कुछ देर वह ग्राउंड में बेबी के साथ खेलती रही। फ़ुटपाथ पर चलते हुए उससे पुराने स्कूल में सीखी पोइम्ज़ सुनती रही, गिनती के छोटे-छोटे सवाल पूछती रही। उसे अपराध का अनुभव हो रहा था कि वह ऐसा हर रोज़ क्यों नहीं करती रही। उस बच्ची की कुछ ज़रूरतें थीं जिन्हें वह और अकेली वही पूरी कर सकती थी। यह उसके दिलचस्पी न लेने के कारण ही था जो बेबी उसे छोड़कर दूसरों की तरफ़ इतना उमड़ती थी। उसे लड़की के साथ नए सिरे से अपना एक सम्बन्ध स्थापित करना चाहिए। इससे वह लड़की के ही नहीं, अपने अन्दर के अभाव को भी कुछ हद तक भर सकती थी।

बस स्टाप पर बेबी के घर लौटने की ज़िद करने पर भी वह किसी तरह उसे फुसलाकर पैदल आगे चलती रही। बेबी के अलावा भी बहुत कुछ था जिसके साथ उसे नए सिरे से अपना सम्बन्ध स्थापित करना था। उस शहर की सड़कें, इमारतें, रास्ता चलती भीड़। आज तक वह बेगानी

बनी उनके बीच से गुज़र जाती थी। जब भी बाहर आती थी, लौटने की जल्दी मन में समाई रहती थी। इससे उबरकर उसे अपने को उस शहर में, उस शहर के साथ, देखने की आदत डालनी थी।

बिना कुछ भी ख़रीदने की ज़रूरत के वह एक दुकान के अन्दर जाकर छोटी-छोटी चीज़ों के दाम पूछती रही। बेबी को, उसकी उतावली से बचने से ज़्यादा अपने अन्दर के मोह से, उसने एक टॉफ़ी का डब्बा ख़रीद दिया। वह बेबी के साथ उस समय जैसे अकेली नहीं थी। एक और भी व्यक्ति उनके साथ था। किसी-किसी क्षण वह व्यक्ति देव का चेहरा लिये रहता था। जब उसकी भौंहें तनी होती थीं और वह 'हाँ' 'हूँ' में हर बात का उत्तर देता पैदल चलने की पटरियाँ उनके साथ-साथ लाँघता आता था। श्यामा को अपने से कहीं ज़्यादा उस व्यक्ति का ध्यान बेबी पर केन्द्रित लगता था। कि कहीं बेबी अनजाने में सामने के खम्भे से न टकरा जाए, या उसका पाँव सड़क पर न फिसल जाए। फिर किसी-किसी क्षण उस व्यक्ति का चेहरा कुमार का हो जाता था। तब वह बेबी की तरफ़ से उदासीन लगातार उसी से बात किए जाता था···अपनी ही कोई बात···जिसमें वह उसकी प्रतिक्रिया जानने के लिए भी नहीं रुकता था। बीच में अगर वह अपनी ओर से कोई बात करने लगती थी, तो वह बार-बार अपनी कलाई की घड़ी में वक्त देखने लगता था। आसपास की भीड़ से, या भीड़ में उसके किसी से टकरा जाने से, उसे कोई मतलब नहीं था। वह सिर्फ़ अपनी किसी बात से उसे सहमत करना चाहता था और उस उलझन में ख़ुद ही किसी चीज़ से ठोकर भी खा जाता था।

और फ़ुटपाथ के किसी हिस्से में, किसी उपाहारगृह से आती कॉफ़ी की ख़ुशबू के पास से गुज़रते हुए, वह सहसा अपने में अकेली हो जाती थी। तब बेबी का हाथ थामे रहना उसी तरह हो जाता था जैसे टॉफ़ी के डब्बे को हाथ में सँभाले रहना। उसे सोचना पड़ता था कि वह कहाँ है, किस ओर जा रही है और उसके रुकने का बस-स्टाप कौन-सा है। समय से ध्यान न आ गया होता, तो शायद उसने घर की जगह कोलाबा जाने वाली बस पकड़ ली होती।

घर से चलते वक्त सोचा था आज फिर कुमार को फ़ोन करेगी। पर टॉफ़ी की दुकान में फ़ोन सामने रखा रहने पर भी उससे नंबर मिलाते नहीं बना। शायद इसलिए कि उस समय मन से वह देव के साथ थी···

देव टॉफ़ी का डब्बा खोलकर उसमें से टॉफ़ी बेबी को खिलाना चाह रहा था और वह सोच रही थी कि बेबी का दाखिला करा देने के बाद अब इस शहर में रहने के लिए उसे और कौन-सी चीज़ें ख़रीदनी होंगी। कुमार टेलिफ़ोन के दूसरे सिरे पर बैठा ऐक ऐसा व्यक्ति लगा था जिससे वह उस समय सिवाय मामूली हालचाल पूछने के और कोई बात नहीं कर सकती थी।

सीमा उसके लौटने तक घर से जा चुकी थी। बीजी अपने कमरे में दिन की नींद सो रही थीं। बेबी साथ के फ़्लैट में जाने की ज़िद कर रही थी, इसलिए उसे जेनी के साथ भेजकर वह हर तरह से खाली हो गई।

धूप ढल रही थी। खिड़की के बाहर भी और अपने अन्दर भी। वह दो कमरे का फ़्लैट उस समय जितना अकेला था, अगर हर समय उसके लिए उतना ही अकेला रह सकता···तब क्या वह ज़्यादा आसानी से यहाँ के वातावरण से अपने को जोड़ सकती थी? जिस तरह उसे यहाँ दूसरों से घिरकर रहना पड़ता था, उससे कोई चीज़ मन को अन्दर से कसे रखती थी। ज्यों-ज्यों दिन ढलता जाता था, अंदर की कसन और बढ़ती जाती थी। रात आने तक स्थिति यहाँ तक पहुँच जाती थी कि लगता था उस कसन के ही कारण उसके लिए वहाँ साँस लेना मुश्किल है। जब तक घर से बाहर थी, लग रहा था शायद आज ऐसा नहीं होगा। पर यह आज भी वैसा ही एक दिन था जैसा कि कल। उसके लिए, यहाँ रहते, क्या उस कसन से छुटकारा पाने का कोई उपाय नहीं था?

अन्दर से कोई चीज़ हल्के धुएँ की तरह आँखों में उमड़ रही थी। लग रहा था बस चीज़ को बह जाने दे, तो अपने में कुछ हल्की महसूस कर सकती है। लेकिन बत्तीस की उम्र का इतना बड़ा आकार···उसने कोशिश से आँसुओं को गले और आँखों में पी लिया। एक किताब पढ़ने के लिए हाथ में ले ली। उससे भी थोड़ी सहायता मिली। सीमा ने कहा था उन सबकी अपनी-अपनी ज़िंदगी है···हर-एक जिस तरह चाहे, उसे जिए···लेकिन व्यक्ति चाहने की स्थिति तक ही न पहुँच पाए, तो? बल्कि यह जानने की स्थिति तक भी कि वह क्या चाहता है? सीमा ऐसा कह सकती थी क्योंकि अपने लिए वह जानती थी। पर वह व्यक्ति

क्या करे जिसे जानने-जानने में ही कई वर्ष बीत गए हों और फिर भी वह उसी स्थल पर हो जहाँ उसने पहली बार जानने का प्रयत्न किया था ?

'देव आज होता, तो पूछता इससे'···कितने निरर्थक ढंग से बीजी ने यह बात कह दी थी। देव आज होता···सुबह से कितनी ही बार वह इन शब्दों के अर्थ को उसके अलग-अलग परिणामों के साथ सामने रखने की कोशिश कर चुकी थी। देव होता, तो यह शहर न होता, यह घर न होता, यह बात कही जाने की स्थिति न होती। तब क्या ये इतने वर्ष उन दोनों ने उसी सम्बन्धहीन सम्बन्ध में साथ-साथ जीते हुए काट दिए होते ? या दोनों में से किसी एक ने अपने प्रयत्न से उस सम्बन्ध को तोड़ दिया होता ? या वह सम्बन्ध समय के साथ धीरे-धीरे एक वास्तविक सम्बन्ध में बदल गया होता ? देव होता, तो क्या सीमा आज जैसी न होकर कुछ और जैसी होती ? या उस स्थिति में भी वह आज ही की तरह अपनी स्वतन्त्र ज़िदगी जीने की बात करती और बीजी की शिकायत का रूप आज जैसा न होकर बिलकुल और होता ? देव होता, तो वे लोग साथ-साथ रहतीं या अलग होकर ? उसका कुमार से परिचय हुआ होता या नहीं ? हुआ होता, तो क्या वह फिर भी आज की तरह उसे फ़ोन करने या न करने की अनिश्चित मनःस्थिति में होती ? 'देव आज होता, तो पूछता इससे'···क्या सचमुच पूछता ? या पत्नी की तरह अपनी बहन को लेकर भी वह अब तक उदासीन हो गया होता ? उन दिनों पूछने की कितनी बातें होती थीं···कम-से-कम उससे पूछने की···पर क्या कभी वह उससे पूछता था ? उसकी देव से सबसे बड़ी शिकायत यही नहीं थी कि वह कभी उससे कुछ नहीं पूछता था···और यह पूछने पर कि क्यों नहीं पूछता, वह केवल उसका कंधा थपथपा देता था ? वह अगर जीवित होता और सीमा को लेकर भी उतना ही उदासीन हो रहता, तो क्या सीमा ही इसे झेल लेती ? पर सीमा को लेकर शायद वह उदासीन हो ही न पाता। सीमा के साथ देव का सम्बन्ध वास्तविक था, जो कि उसके साथ नहीं था। सीमा देव से लड़ भी सकती थी जो वह नहीं कर सकती थी। लड़ना अधिकार बनाए रखने के लिए होता है। बिना अधिकार की सीमा तक पहुँचे, किसी से लड़ा कैसे जा सकता है ? वह लड़ने की कोशिश भी करती, तो क्या यही न सुनने को मिलता, 'तुम अपनी जगह ठीक हो। मैं कोशिश करूँगा कि···?'

आज भी अगर ऐसा होता, तो उसके लिए फ़ैसला करना कितना आसान होता! वह भी एक दिन उतने ही उदासीन भाव से देव से कह देती कि उससे अब इस तरह नहीं जिया जाता। वह या तो एक निश्चित सम्बन्ध में उसके साथ जी सकती है या बिलकुल नहीं। जिस तरह पहले एक बार कोर्ट में हस्ताक्षर किए थे, उसी तरह फिर दूसरी बार भी किए जा सकते हैं। वह किसी के लिए मजबूरी बनकर और उसकी मजबूरी अपने पर लेकर ही पूरी ज़िंदगी नहीं काट देना चाहती। वह अलग होकर अपने लिए ज़िंदगी में कोई भी और रास्ता अपना सकती है···वह रास्ता चाहे बिलकुल अकेलेपन का हो। पर उसके मुँह से अलग होने की बात सुनकर भी क्या देव उसे रोकता? अपनी दूरी की मुसकराहट के साथ क्या फिर यह न कह देता, 'ठीक है···तुम्हें इस तरह खुशी मिल सकती है, तो मुझे इसमें भी एतराज़ नहीं। कल-परसों ऑफ़िस से छुट्टी लेकर मैं कोर्ट में अर्ज़ी दे देता हूँ···।'

उसके साथ देव का व्यवहार ऐसा ही था। पहले दिन से अन्तिम दिन तक। पर क्यों ऐसा था? इतनी तटस्थता से क्या आदमी की अपनी भी ज़िंदगी निकल सकती है? देव जीवित होता···वे लोग साथ-साथ ज़िंदगी काट रहे होते···और ऐसे में कुमार से उसका परिचय हो जाता, सब-कुछ उसी तरह होता जैसे कि हुआ था और वह देव के सामने पूरी बात उगल देती, तो भी क्या उसकी तटस्थता उसी तरह बनी रहती? चुपचाप सिर हिलाकर उसने कुछ ऐसा कह दिया होता, 'अच्छा किया तुमने बता दिया···अब तुम्हें मन पर बोझ नहीं रखना चाहिए?'

क्या था देव के मन में? केवल उसे लेकर उदासीनता या विवाहित जीवन को लेकर ही? अगर उसे तकलीफ़ सिर्फ़ उससे थी, तो उससे छुटकारा पा लेने का रास्ता वह 'क्यों नहीं खोजता था? या उसे समझाने और अपने ढंग से ढाल लेने का प्रयत्न क्यों नहीं करता था? एक बार उसने सोचा था देव के नाम एक चिट्ठी सीमा को देकर घर से चली जाए। पर उस दिन भी इस विचार से मन सिहर गया था कि यह बात बताए जाने पर देव की प्रतिक्रिया शायद इतनी ही होगी, 'चिट्ठी मेज़ पर रख दो। अभी कपड़े बदलकर पढ़ लेता हूँ।'

वह चाहने लगी कि देव सचमुच जीवित हो जाए, चाहे एक दिन के लिए ही। जो बात उसे देव से करनी थी, उसका अवसर दिए बिना

उसका चल बसना···यही चीज़ थी जिसे सह पाना सबसे मुश्किल था। वह अवसर देव ने आखिरी दिन भी नहीं आने दिया। उसके हाथ में पकड़े अपने ठंडे हाथ को बिना हिलाए-डुलाए केवल इतना ही कहा था, 'थोड़ा-थोड़ा प्रबन्ध मैंने सबके लिए कर रखा है···मुझे आशा है तुम अपनी देखभाल ठीक से कर सकोगी।'

इन शब्दों का अर्थ क्या था ? देव को किस तरह की आशा थी उससे ? वह किस तरह सोचता था वह अपनी देखभाल ठीक से कर सकेगी ?

रात को सीमा के लौटने तक श्यामा के मन में योजना बन गई थी। उस घर में साथ-साथ रहने के लिए आवश्यक था कि रहने के आज के ढंग को बिलकुल बदल दिया जाए। दो कमरों में से एक कमरा उसका होगा जिसमें वह बेबी के साथ रहेगी। बेबी रात को बीजी के पास न सोकर उसी के पास सोया करेगी। दूसरे कमरे में सीमा को बीजी के साथ रहने की आदत डालनी होगी। न हो, तो बीजी रात को गैलरी में सो सकती थीं। सभी घरों में दो-एक लोगों को ऐसे ही सोना होता था। आज के लिहाज़ से पूरा फ़्लैट बीजी और सीमा के अधिकार में था। वह और बेबी दोनों कमरों में एक-एक मेहमान की तरह सोती थीं। यह भी एक कारण था जो वहाँ वह अपने को इस तरह उखड़ी-उखड़ी महसूस करती थी। सीमा को अपने ढंग से अपनी ज़िन्दगी जीने का मान था, तो वह भी अपने ढंग से जीने की कुछ शर्तें उन लोगों के सामने रख सकती थी। एक कमरा सीमा का 'अपना' था और दूसरा बीजी का, तो वह पूछ सकती थी कि उस घर में उसकी अपनी जगह कौन-सी है ? वे लोग यह मानकर ही नहीं चल रही थीं कि वह कुछ दिनों से ज़्यादा वहाँ नहीं रहेगी ? वह इस स्थिति को हरगिज़ स्वीकार नहीं करेगी कि बेबी वहाँ रह जाए और वह खुद अपनी उसी मनहूस नौकरी में लौटकर उनकी माँग का खर्चा जुटाकर उन्हें भेजती रहे। वह आज यह बात स्पष्ट कर देगी कि उससे ऐसी आशा उन्हें नहीं रखनी

चाहिए। वह रहने के इरादे से आई है, तो अब वहाँ रहेगी ही। इसमें उन लोगों को असुविधा होती है, तो वह कुछ नहीं कर सकती।

सीमा देर से आने को कह गई थी, फिर भी खाना खाने के बाद से ही वह उसकी प्रतीक्षा करने लगी थी। खाना खाते हुए बीजी से उसने इस बारे में कोई बात नहीं की।

बीजी रोना शुरू करके बात की पूरी शक्ल ही बदल दे सकती थीं। उनसे वह ऐसे ही इधर-उधर की बातें करती रही—बेबी की प्रिंसिपल के बारे में, बसों की भीड़ के बारे में, जेनी और दरबान के बारे में। बीजी जेनी से खुश नहीं थीं और चाहती थीं उसकी जगह कोई दूसरी नौकरानी ढूँढ़ ली जाए। 'लेकिन आजकल इतने पैसे माँगती हैं ये लोग ···।' बीजी हर बात में महँगाई का ज़िक्र लाकर उसे घर की बढ़ती आवश्यकताओं के बारे में सचेत करती रहती थीं। 'अगर आते ही यहाँ सीमा की नौकरी न लग जाती, तो पता नहीं किस तरह चल पाता।' बीजी उन छोटे-मोटे कर्ज़ों का भी ज़िक्र करती रही थीं जो जब तब उन्हें अपने सम्बन्धियों से लेने पड़े थे। 'बालू इतना प्यार करता है सीमा को। बिलकुल सगी बहन की तरह मानता है। पर इधर उसने अपनी बड़ी कोठी बनवाई है, इसलिए इन दिनों उसका भी हाथ खाली है···।'

बहुत दिनों के बाद वह बीजी के पास देर तक बैठ पाई थी। बेबी बीजी से कहानी सुनने की इंतजार करती कुरसी पर ही सो गई थी।

दस बजे से करवटें बदलते उसने ग्यारह बजते सुने, फिर बारह। सीमा के लौटकर आने तक उसके बाद भी पंद्रह-बीस मिनट गुज़र चुके थे।

सीमा को कोई छोड़ने के लिए साथ आया था। सीमा ने आकर घन्टी नहीं बजाई, जिसका मतलब था फ़्लैट की एक चाबी उसके पास भी थी। और बीजी ने आने के दिन ही उससे कहा था कि घर में एक ही चाबी है, दूसरी चाबी उन्हें बनवानी पड़ेगी। इसका भी अर्थ यही था कि शुरू से ही उसे वहाँ एक अस्थायी मेहमान से ज्यादा कुछ माना ही नहीं गया था।

साथ आया व्यक्ति कुछ देर गैलरी में रुका रहा। कुछ अस्पष्ट स्वर में कहे गए शब्द, एक हल्की खिलखिलाहट और दो-दो बार की गई 'गुड नाइट'। सीमा अन्दर आते ही हल्के से उसकी तरफ़ मुसकराकर सीधे

आईने के सामने चली गई। एक झटके में अपनी साड़ी उतारकर उसने पलंग पर डाल दी और एक-एक करके ब्लाउज़ की हुकें खोलने लगी।

श्यामा पलंग से उठ खड़ी हुई। उसे लगा उसकी खुली आँखों के सामने भी सब कपड़े उतारने में सीमा को संकोच नहीं होगा। उसे दरवाज़े की तरफ़ बढ़ते देख सीमा ने पूछ लिया, 'क्या बात है ? उठ क्यों गईं ?'

'तुम कपड़े बदल लो', श्यामा रुकी नहीं। 'मैं एक मिनट में आ जाऊँगी। मुझे तुमसे बात भी करनी है।'

गैलरी में बिछी अकेली बेंत की कुरसी तक जाकर भी उसका बैठने को मन नहीं हुआ। जैसे कि वहाँ बैठने का अर्थ था अपने लिए भी उस कुरसी की 'बाहरी' स्थिति को स्वीकार कर लेना। पास के कमरे से बीजी के खर्राटों की आवाज़ आ रही थी। खिड़की का परदा हटा रहने से गैलरी की रोशनी में उनका झुर्राया चेहरा नींद में भी किसी चीज़ से जूझता लग रहा था। बेबी उनके पेट पर सिर रखे, ऊपर को बाँहें फैलाए सो रही थी। कोने की दोनों कुरसियाँ एक-दूसरी से सटी हुई थीं। थोड़ी देर पहले वहीं बैठकर वह बीजी से बात कर रही थी। पास की साइड टेबल बेबी ने औंधी कर दी थी, वह उसी तरह औंधी पड़ी थी। लगता था उसके उस कमरे से आने के साथ ही बेबी को उठाकर पलंग पर डालते हुए बीजी खुद भी सो गई थीं।

बाहर के दरवाज़े के पास कोई चीज़ चमक रही थी। उसने उठाकर देखा। सीमा का इयर रिंग। उसे हाथ में लिये वह वापस आ गई।

सीमा ने कपड़े बदले नहीं थे। ब्रेसियर और पेटीकोट में आईने के सामने खड़ी वह ब्रश से अपने बाल ठीक कर रही थी।

'तुम्हारा इयर रिंग है', उसने हाथ सीमा की तरफ़ बढ़ा दिया।

'थैंक्स।' सीमा ने इयर रिंग लेकर ड्रेसिंग टेबल पर रख लिया।

'तुम्हें कितनी देर लगेगी अभी ?'

'तुम्हें क्या बात करनी थी ?' सीमा के स्वर में जानने की उत्सुकता बिलकुल नहीं थी। उसका पूछना उसी तरह था जैसे उसके हाथ से इयर रिंग उठाना या अपने बालों को झटक लेना।

'मैंने बेबी का एडमिशन करा दिया है आज।'

‘अच्छा किया। बस इतनी ही बात थी ?’

‘नहीं। बात इससे आगे की है। मैं समझती हूँ मुझे यहाँ रहना है, तो मुझे अपने लिए एक अलग कमरे की ज़रूरत होगी।’

सीमा के हाथ जल्दी-जल्दी चलने लगे। ब्रश रखकर उसने बालों में रबड़ बैंड लगा लिया और अलमारी से अपनी नाइटी निकाल लाई। यहाँ से बाहर अलग कमरे की ?’

‘नहीं, इसी घर में एक अलग कमरे की।’

‘मैं तुम्हारा मतलब नहीं समझी।’ सीमा ने ड्रेसिंग टेबल की दराज़ से छोटा तौलिया निकाल लिया और उससे होंठों से लिपस्टिक साफ़ करने लगी।

‘मेरा मतलब है मुझे इस घर में अपने लिए एक ऐसी जगह चाहिए, जहाँ से तुम्हारे कपड़े बदलने के वक्त मुझे उठकर बाहर न जाना पड़े।’

‘मैंने तुमसे जाने को नहीं कहा था,’ सीमा ने तौलिया दराज़ में पटककर दराज़ बंद कर दिया। ‘मुझे तुम्हारे सामने कपड़े बदलने में कोई एतराज़ नहीं है। यू आर नाट ए मैन।’

श्यामा को अपनी साँस खिचती महसूस हुई। ‘मैं तुम्हारे एतराज़ की बात नहीं कर रही। मुझे एतराज़ है।’

‘आई सी।’ सीमा आँखों में सुरमा डालने लगी।

‘तुम्हीं ने सुबह कहा था हम सबकी अपनी-अपनी ज़िंदगी है और हमें उसे अपने-अपने ढंग से जीना चाहिए। क्योंकि हम लोगों के ढंग एक-दूसरे से अलग हैं, इसलिए…।’

सीमा ने अब पहली बार सीधे उसकी तरफ़ देखा। ‘तुम यह बात कहने के लिए ही अब तक जाग रही थीं ?’

सीमा की आँखों के भाव से श्यामा का स्वर पहले से सख्त हो गया। ‘मुझे बात करनी थी, इसीलिए जाग रही थी। तुम्हें अपने ढंग से जीने का जितना अधिकार है, उतना ही दूसरों को भी है। तुम्हें पता है घर हम लोगों का साझा है।’

सीमा कुछ देर चुप रहकर उसे देखती रही। फिर नाइटी में बाँहें उलझाए

स्टूल खींचकर पलंग के पास ले आई। 'घर में सिर्फ़ दो ही कमरे हैं, यह तुम्हें पता है ?'

फिर वही कल वाली गन्ध। श्यामा और कस गई। 'पता है, इसीलिए तो बात करने की ज़रूरत है।'

'तुम्हारा मतलब है तुम इस कमरे में अकेली रहोगी और मैं ममी के साथ उस कमरे में ?'

'मैं भी अकेली इस कमरे में नहीं रहूँगी। बेबी मेरे साथ इसी कमरे में सोया करेगी।'

सीमा के चेहरे पर सुर्ख़ी दौड़ गई थी। मुँह खुला रहने से उसका चेहरा भी कुछ-कुछ बीजी के नींद के चेहरे जैसा लग रहा था। 'मैं बीजी के साथ उस कमरे में नहीं सो सकती', कहते हुए उसने अपना ब्रेसियर निकालकर परे डाल दिया और नाइटी के दोनों पल्ले आधे समेट लिये।

'तुम अपने फ़ीते कस लो पहले,' श्यामा से रहा नहीं गया।

'मेरे फ़ीतों की फ़िक्र तुम क्यों करती हो ?' सीमा तनकर बैठ गई। 'तुम अपनी बात करती रहो। मैंने तुमसे कह दिया है मैं ममी के कमरे में नहीं सो सकती।'

'क्यों ?'

'मुझसे उनके ख़र्राटे बरदाश्त नहीं होते और···और जो भी वजह हो, मैं रह ही नहीं सकती एक कमरे में उनके साथ।'

'अगर मैं भी कहूँ कि···?'

सीमा उठ खड़ी हुई। 'वह तुम ममी के साथ तय कर लो। मैंने अपनी बात तुमसे कह दी है।'

पर उसके चेहरे पर एक बुझापन ज़रूर घिर आया था। और कमज़ोर पड़ने से बचने के लिए ही शायद वह उठ गई थी। श्यामा को लगा एक छोटे से निर्णय से स्थिति का वज़न उसकी तरफ़ झुक आया है। उसे इस हासिल को अब खोना नहीं चाहिए। 'मैं बात उनसे भी कर सकती हूँ,' वह बोली। 'लेकिन अलग से नहीं। सवाल उतना उनसे नहीं जुड़ा है जितना हम दोनों से।'

सीमा ने जाकर हाथ बिजली के बटन पर रख लिया था। 'बत्ती बुझा दूँ ? मुझे नींद आ रही है ।'

श्यामा उबल गई। 'नींद मुझे भी आ रही थी कल, जब आकर तुमने बत्ती जला दी थी ।'

सीमा के हाथों ने अनायास नाइटी के फ़ीते कस दिए और वह श्यामा के पास लौट आई। उसकी आँखों में एक चुनौती थी। हल्की पड़कर भी वह अपने को हल्की स्थिति में नहीं देखना चाहती थी। 'देखो, अगर हमें बात करनी ही है, तो बहुत खुलकर और साफ़ बात कर लेनी चाहिए ।' वह श्यामा के पलंग पर ही उसके सामने बैठ गई। 'तुम मुझसे कुछ साल बड़ी हो, पर बेहतर होगा कि हम उम्र के फ़र्क और आपसी रिश्ते को भूलकर दो फ्रेंड्स की तरह बात कर लें ।'

उम्र की बात से सीमा ने अपना वज़न कुछ बढ़ा लिया था। श्यामा ने ईर्ष्या के साथ बार-बार तन जाते नाइटी के फ़ीतों को देख लिया।

सीमा ने भी उसकी आँखों में अपने शरीर के प्रभाव को देखा और होंठों पर एक सिकुड़ी-सी मुसकराहट ले आई। 'हम दोनों की कुछ कॉमन प्राबलेम्ज़ हो सकती हैं और आपसी अंडरस्टैंडिंग से हम उन्हें हल भी कर सकती हैं। मैं बहुत फ्रैंकली बात कर रही हूँ। मैं जान सकती हूँ, तुम्हारे इस हठ की वजह क्या है ?'

लड़की के चेहरे और आँखों में एक-सी चमक थी। श्यामा के अंदर ईर्ष्या के कई एक घूँट उतर गए। 'वजह सिवाय इसके क्या हो सकती है कि कल तक मैं अपने मन में अनिश्चित थी कि मुझे यहाँ रहना चाहिए या नहीं और आज मैंने फ़ैसला कर लिया है ।'

'फ़ैसले के पीछे भी तो कोई वजह होगी ।'

'मैंने कहा है, मैंने स्कूल में बेबी का एडमिशन करा दिया है आज ।'

'एडमिशन करना तो फ़ैसला ही है। मैं तुमसे वजह पूछ रही थी ।'

श्यामा को लगा, यह उसे कोने में खड़ा करने की कोशिश है। उसने अपनी सामना करने की शक्तियाँ इकट्ठी कर लीं। 'वजह लड़की का भविष्य है। मैंने अकेले रहने की आदत डाल ली है। पर मैं नहीं चाहती कि उसे भी वहाँ रहकर यही आदत डल जाए ।'

सीमा ने उसके घुटने पर हाथ रखकर जैसे एक नई आत्मीयता का विज़िटिंग कार्ड उसकी तरफ़ बढ़ा दिया। 'तुम फ्रैंक नहीं हो। मैं तुमसे फ्रैंकली बात कर रही हूँ। तुम यहाँ नहीं थीं, मैं कभी तुम्हारे बारे में ज़्यादा नहीं सोचती थी। तुम सचमुच यहाँ आकर रहना चाहोगी, इस पर भरोसा ही नहीं होता था। लगता था कि आओगी, तो महीना-बीस दिन काटकर चली जाओगी। बुरा मत मानना, पर जिस तरह इतने सालों से तुमने अपने को काट रखा था, उससे फ़्लैट के लिए तुम्हारे रुपया भेजने पर भी इस तरह की प्राबलेम दिमाग़ में आती ही नहीं थी। पर आज मैं सोच सकती हूँ कि तुमने जो इतना सब तरद्दुद किया, उसके पीछे तुम्हारी अपनी कुछ ज़रूरत हो सकती है। हम एक-दूसरी की ज़रूरत को समझकर रह सकें, तो यह मुश्किल बीच से निकल जा सकती है।'

श्यामा की साँस तेज़ होने लगी। उसने अपना घुटना सीमा के हाथ के नीचे से हटा लिया। 'मुझे लगता है पिछली बार जब मैं तुमसे मिली थी, तब से अब के बीच तुम कुछ ज़्यादा ही बड़ी हो गई हो।'

सीमा ने उसके झटकने को महसूस किया पर कोशिश से उसे झेल लिया। 'तुम मेरी तरह खुलकर बात नहीं करोगी, तो चीज़ें सुलझ नहीं सकेंगी। ज़रूरत पड़ने पर मैं यहाँ से छोड़कर गर्ल्ज़ होस्टल में जा सकती हूँ। लेकिन सवाल ममी का है। न तो तुम अकेली उन्हें सपोर्ट कर सकती हो, न मैं ही। इसलिए बेहतरी सब की साथ रहने में है। मैं पहले तुम्हें अपनी प्राबलेम बता देती हूँ। मैं यहाँ ममी के साथ रहते हुए भी एक तरह से उनके साथ नहीं रहती क्योंकि छोटी-छोटी बातों को लेकर उनका चिड़चिड़ाना मुझे बरदाश्त नहीं है। इन दो कमरों में साथ रहने के अलावा हमारा कुछ साझा नहीं है। मैं अपने वक्त से घर से जाती हूँ, अपने वक्त से लौटकर आती हूँ। पहले वे बड़बड़ाया करती थीं, अब समझ गई हैं कि मुझे ज़्यादा तंग करेंगी, तो मैं उनके साथ नहीं रहूँगी। यही चीज़ है जिससे वे डरती हैं। मैं रात-बरात देर-सबेर जब भी आऊँ, जिसके साथ भी आऊँ, अब उनकी नींद नहीं टूटती। मेरे दो-एक बॉय फ्रैंड हैं जिनके साथ मैं शाम को बाहर जाती हूँ। मैं जानती हूँ ममी उनमें से किसी को भी पसंद नहीं करतीं। खास तौर से अख़्तर को। वह बहुत कल्चर्ड लड़का है, ममी से बहुत मीठा बोलता है, पर उन्हें वह इसलिए

नहीं भाता कि उसका नाम सुरेश या रमेश नहीं, अख्तर है और वह नमस्ते की जगह आदाब अर्ज़ कहता है। मुझे इस दकियानूसीपन से बहुत चिढ़ होती है। आदमी को नाम और जात पूछकर पसंद नहीं किया जाता। अब वे जागती भी हों, तो मैं अख्तर को उनके सामने नहीं पड़ने देती क्योंकि वे अपनी चुप्पी से भी बेचारे को अपमानित कर देती हैं। नहीं रहा जाता, तो अब भी मुझसे पूछ लेती हैं, 'तुम मुसलमान से ब्याह करोगी ?' मैं कहती हूँ ब्याह करना हो, तो भी हर्ज़ क्या है ? हालाँकि किसी से दोस्ती रखने का यही एक मतलब नहीं है। मैं तुमसे जो कहना चाहती हूँ वह यह है कि मैं अगर घर में फ्रैंकली अपने ढंग से रह सकती हूँ, तो एक अंडरस्टैंडिंग के साथ तुम भी फ्रैंक होकर जैसे चाहो रह सकती हो। कम-से-कम मेरी तरफ़ से तुम्हें किसी तरह की दिक्कत नहीं होगी। ममी दो-चार दिन कुढ़ लेंगी, फिर अपने-आप चुप कर जाएँगी। यू नो, उनके लिए सवाल उनके लड़के का है। तुम दूर रहकर चाहे जैसे रहो, पर अपनी आँखों के सामने उन्हें लग सकता है कि उनके लड़के की इज़्ज़त ख़राब हो रही है। वे तो मेरे लिए भी समझती हैं कि मैं भाई के न रहने से ही इस तरह बिगड़ गई हूँ। कई बार उनका नाम लेकर रोने लगती हैं। पर मैं जानती हूँ देव भैया आज होते, तो भी मैं उसी तरह जीती जैसे आज जीती हूँ। मैं उन्हें बहुत प्यार करती थी और आज भी मेरे मन में उनके लिए बहुत इज़्ज़त है। मगर फ्रैंकली स्पीकिंग, मैं तुम्हारी सिचुएशन को भी अच्छी तरह समझ सकती हूँ। यू आर स्टिल यंग एंड···।'

श्यामा के दिमाग़ में एक भँवर-सा घूम गया। सीमा का चेहरा उस भँवर के केन्द्र में था और कई और चेहरे उसके इर्द-गिर्द मँडराते एक-साथ बात कर रहे थे···बीजी का चेहरा ज़ोर-ज़ोर से चिल्ला रहा था···कुमार का चेहरा हल्के-हल्के कुछ फुसफुसा रहा था···देव का चेहरा आँखें दूसरी तरफ़ किए कह रहा था, 'कोई बात नहीं, ऐसा भी हो जाता है कभी।' इनके अतिरिक्त और भी कितने ही चेहरे। प्रोफ़ेसर मलहोत्रा। राजीव। गोपालजी। 'पिलोड अपान माई स्वीट लव्'ज़ राइपनिंग ब्रेस्ट'। सिंदूरी। जेनी। दरबान। लेडी डाक्टर बत्रा। रमेश्वरी। सबकी आँखों का, शब्दों का, एक ही अर्थ। 'यू आर स्टिल यंग एंड···।' तीन तरफ़ से पुरुष शरीरों का एक-सा दबाव। पीठ पर, जाँघ पर, कमर के पास।

'यू आर स्टिल यंग एंड···।'

सीमा तड़पकर उसके पास से उठ खड़ी हुई। श्यामा के दिमाग़ का भँवर किसी अंदर की सतह में डूब गया। उसका हाथ एक बार उन सब चेहरों से जा टकराया था। हाँफते हुए उसने देखा—जिस चेहरे पर उँगलियों के निशान उभर आए हैं, वह चेहरा सीमा का है।

'यू···यू···यू···।' सीमा की आवाज़ नुकीली हो आई थी।

श्यामा पलभर देखती रही जैसे सीमा के गाल पर लगा तमाचा किसी और का हो। फिर सहसा उसके मन में खेद भर आया। यह क्या कर दिया उसने ?

'आई एम सॉरी !' यह उसने जैसे सीमा से नहीं, अपने से कहा। शरीर में उसे ऐसे शिथिलता महसूस होने लगी जैसे उसी को किसी ने पीटकर वहाँ डाल दिया हो।

'अपनी यह पारसाई तुम किसे दिखाना चाहती हो ? मुझे ?' सीमा के स्वर का नश्तर उसे अंदर तक काटता गया। 'वहाँ अकेली रहकर क्या करती हो, इसका तुम समझती हो किसी को पता नहीं है ?'

श्यामा के माथे पर पसीने की बूँदें झलक आईं। 'अच्छा हो अगर अब रातभर के लिए सो रहें। और जो बात करनी हो, सुबह कर लेना।' उसकी आवाज़ उत्तरोत्तर कमज़ोर पड़ती गई।

'यह किसकी चिट्ठी है ?' सीमा ने अलमारी से एक पुराना लिफ़ाफ़ा निकाल लिया। 'तुम्हारी या किसी और की ? कौन है जिसे वहाँ दशहरा देखने के लिए बुलाया था ?'

लिफ़ाफ़ा श्यामा के मुँह से आ टकराया। तमाचे के बदले में तमाचा। वह पथराई आँखों से सामने देखती रही। एकदम सन्नाटा। सारी आवाज़ें एक-साथ कहाँ गुम हो गईं ?

दीवार। अलमारी। ड्रेसिंग टेबल। स्कूल। सीमा। पलंग। वह। काँपता हाथ। लिफ़ाफ़ा।

कल कुमार से मिलने जाते समय लिफ़ाफ़ा सूटकेस से क्यों निकाला था ? फिर रात को उसे अलमारी में कपड़ों की तह के अंदर क्यों छोड़ दिया था ?

उसने कहना चाहा कि किसी की चिठ्ठी निकालकर पढ़ना कमीनी हरकत है। पर इससे पहले कि एक शब्द भी कह पाती, एक प्रेत-सी छाया दरवाज़े के पास से हट गई। उसकी आँखें दरवाज़े के बाहर बेंत की खाली कुरसी पर अटक रहीं। बीजी कब से वहाँ खड़ी थीं, वह अनुमान नहीं लगा सकी।

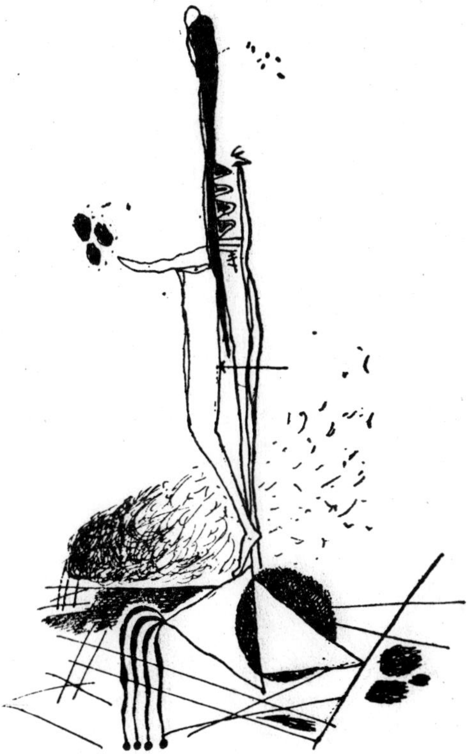

अन्तराल-३

डे-लाइट ट्यूब की रोशनी में कुमार अपने को एनेमल फ़्लास्क में बंद-सा महसूस कर रहा था ।

कोई विचार था जो पकड़ में नहीं आ रहा था। विचार नहीं, कुछ और था वह । पता नहीं किस चीज़ का आभास । एक जुगनू-सा क्षण-भर के लिए चमकता और दिमाग़ के अँधेरे में गुम हो जाता । वह उसका पीछा करता···उसे दबोच लेने की कोशिश करता । पर कौंध इतनी क्षणिक होती कि वह हर बार अँधेरे में भटकता रह जाता ।

रूबी डिक्टेशन ले रही थी । हमेशा की तरह सिर झुकाए, कापी को सूँघती-सी । वही मोम की पुतली का-सा निर्जीव भाव । एक-सी गति से चलता हाथ । कुमार को आश्चर्य हो रहा था कि कैसे उसके मुँह से निकले शब्द पूरे-पूरे वाक्य बन जाते हैं । बिलकुल सही । कैसे रूबी बिना आँख उठाए उन्हें आड़ी-तिरछी लकीरों में बदलती जाती है । बिना एक बार भी पूछने के लिए रुके । जैसे कि बोलने वाली ज़बान और लिखने वाला हाथ दोनों एक ही यन्त्र के हिस्से हों और वह यन्त्र अपने-आप चलता जा रहा हो । न उसमें उसका कुछ प्रयत्न हो, न रूबी का ।

फिर वही कौंध । चेतना के स्तर पर दिन के अख़बार की दो छोटी-छोटी सुर्खियाँ : एक तीसरे-चौथे पन्ने पर, दूसरी छठे-सातवें पर । बड़े समाचारों के समुद्र में एक-दूसरे से दूर और अलग दो अनचीन्हे द्वीप । वर्ली सी फ़ेस पर एक युवा स्त्री की आत्महत्या । सचिवालय में एक सरकारी अफ़सर की हृदय-गति रुक जाने से मृत्यु । एक सफ़ेद टेबल पर सफ़ेद कपड़े से ढकी दो लाशें । स्त्री का चेहरा श्यामा का । सरकारी अफ़सर का उसका अपना । डिक्टेशन के शब्द उन चेहरों के ऊपर मँडरा रहे थे···'वी रिग्रेट टु स्टेट दैट इन्स्पाइट आफ़ सो मैनी अर्लियर रिमइंडर्ज़ आन द पाइंट···।'

रूबी के स्कर्ट का रंग गहरा सुर्ख़ था। उस रंग ने चेहरे को अपने में डुबा लिया था। वह ऐसा भड़कीला रंग क्यों पहनती है ?

दिमाग़ में फिर वही आभास···इस बार नीलकान्त के चेहरे के साथ। नीलकान्त सरकारी अफ़सर की अरथी के साथ-साथ चल रहा है। दाह-कर्म से लौटकर चाय पिएगा। रूबी के साथ, कैंटीन में। रूबी के स्कर्ट को छूकर उसके रंग की प्रशंसा करेगा। रूबी खुद भी सुर्ख़ पड़कर उसका हाथ हटा देगी। नहीं, वह हाथ नहीं हटाएगी। सुर्ख़ भी नहीं पड़ेगी। उसी तरह पीला चेहरा लिये चाय के घूंट भरती रहेगी।··· वी हैव नाट रिसीव्ड एनी कम्यूनिकेशन फ्राम योर साइड।'

रूबी के चेहरे पर हल्की झाइयाँ क्यों हैं ? डिक्टेशन लेते वक्त वह वैसी क्यों नहीं लगती जैसी उस दिन कैंटीन के बाहर ? उसके सामने आकर वह भी फ़्लास्क में बंद क्यों हो जाती है ?

वर्ली सी फ़ेस पर ऊँची उठती लहरें। लहरों में डूबता-उतराता शरीर। सी फ़ेस के साथ-साथ कारों की लम्बी पंक्ति। शरीर एक एम्बुलेंस में डाला जा रहा है। ट्रैफ़िक की भीड़ में से एम्बुलेंस तेज़ी से गुज़रती जाती है। श्यामा अपने बेबस हिलते शरीर को देखकर डरी हुई है। वह एम्बु-लेंस के दरवाज़े पर दस्तक दे रही है···मुझे अपना पोस्ट-मार्टम नहीं चाहिए···।

ट्रैफ़िक सिग्नल। सिनेमा के बड़े-बड़े होर्डिंग। ट्रांज़िस्टरों की ऊँची आवाज़ें। रंग-बिरंगी रोशनियाँ। मेज़ों पर पटकी जा रही तश्तरियाँ। राइस प्लेट आलू चाहे।

पोस्ट-मार्टम के लिए ले जाया जाता शरीर सरकारी अफ़सर का है। अर्थात् उसका अपना। साथ तीन लड़के हैं। ये लड़के किसकी औलाद हैं। एक लड़का कह रहा है···बाबा दफ़्तर की केबिन में स्टेनो को डिक्टेशन दे रहे थे जब अचानक···। 'वी मे फ़र्दर ड्रा योर अटेंशन दैट···।'

पोस्ट-मार्टम की टेबल पर चीर-फाड़ होने वाली है। रोशनियाँ जला दी गई हैं। 'एकार्डिंग टु सेक्शन नाइन ए आफ़ अवर एग्रीमेंट···।'

अचानक दरवाज़े का खुलना और श्यामा का सामने आ खड़ी होना उसे

कुछ अटपटा-सा लगा। उसके और रूबी के बीच का स्विच झटके से ऑफ़ हो गया। 'अरे!'

श्यामा उसकी हड़बड़ी पर मुसकरा दी। 'मैंने डिस्टर्ब तो नहीं किया?'

'नहीं नहीं। आओ। बैठो।'

श्यामा के बैठने के साथ ही रूबी ने कापी-पेंसिल समेट ली। 'शैल आई···!'

'हाँ, तुम अब थोड़ी देर में···नहीं, रहने दो कल तक। इस वक्त शायद मुझे बाहर जाना पड़े।'

रूबी चली गई। श्यामा सामने की कुरसी पर बैठ गई। कहीं बाहर जा रहे हो?'

'नहीं···हाँ···सोच रहा था शायद···।'

'मेरे साथ जाना पड़े?'

पहली नज़र में लगा था श्यामा काफ़ी बदल गई है। चेहरा उसका पहले से दुबला लगा था, रंग ज़्यादा साँवला। पर मेज़ के उस तरफ़ बैठी अब वह फिर उन्हीं दिनों-सी लग रही थी। आँखों में वही चमक, चेहरे पर वही उतार-चढ़ाव। साधारणतया इसकी आशा नहीं की जा सकती थी—खास तौर से तीस पार के सालों में।

'दफ़्तर ढूँढ़ने में दिक्कत तो नहीं हुई?'

'नहीं। बल्कि बहुत आसानी से पहुँच गई।'

क्षण···दो क्षण···समय बढ़ रहा था, परन्तु वे लोग जैसे जहाँ-के-तहाँ स्थिर थे। श्यामा की आँखें उसके कंधे पर टिकी थीं, उसकी श्यामा के माथे पर।

कुमार उठ खड़ा हुआ। कुरसी की पीठ पर लटका कोट उसने कंधे पर डाल लिया। 'आओ, चलें।'

श्यामा और भी दो-एक क्षण उसी विराम पर रुकी रही। फिर वह भी उठ गई। 'कहाँ चलोगे?'

'कहीं भी।' कुमार ने दरवाज़ा खोल दिया। श्यामा ने बाहर निकलकर बन्द दरवाज़े पर नज़र डाल ली। 'तुम्हारा यहाँ दम नहीं घुटता?'

कुमार को लगा यह कोई पहले की सुनी बात है जो फिर से उसके सामने दोहरा दी गई है।

'दम कहाँ नहीं घुटता?' कहकर वह लिफ़्ट की तरफ़ चलने लगा।

टी सेंटर में खम्भे के पास की मेज़।

'कौन-सी चाय लोगी?'

'चाय और चाय में भी फ़र्क करना होगा यहाँ?'

'बिटिया कैसी है तुम्हारी?'

'पहले से बड़ी हो गई है। पर बेसमझ उतनी ही है।'

'मैंने तो उसे तब भी नहीं देखा था।'

'नहीं देखा था?'

'तुम कभी लाती ही नहीं थीं उसे साथ।'

'तुम्हें यहाँ आए कितने दिन हो गए?'

'डेढ़ साल। तुम्हें कैसे पता चला?'

'जीजाजी ने लिखा था।'

'हाँ, एक बार चिट्ठी लिखी थी मैंने उन्हें। कालेज की नौकरी का सर्टिफ़िकेट चाहिए था।'

'उनका अम्बाला ट्रांसफ़र हो गया है।'

'मुझे लिखा था उन्होंने।'

दोनों जैसे एक-दूसरे की तरफ़ चिड़िया उछाल रहे थे। तुम्हारी बारी। लो अब तुम्हारी। आखिर श्यामा ने ही बात उठाई। 'यहाँ जी लग गया है?'

कुमार ने होंठ सिकोड़कर खोल लिये। 'यह सब सोचता नहीं। सोचने की फ़ुरसत नहीं रहती।'

चाय इतनी गरम थी कि श्यामा को होंठ छुआते ही हटा लेना पड़ा। फिर भी वह आँखों को प्याली की टेक दिए उसे देखती रही। 'दूसरी तरफ़ हम जैसे लोग हैं जिन्हें सिवाय सोचने के कोई काम ही नहीं रहता।'

'कम-से-कम देखने से तो ऐसा नहीं लगता।' यह पुरुषोचित शिष्टाचार श्यामा के चेहरे को छू गया। चेहरे की रंगत बदल गई। 'देखने में बिलकुल जड़ नज़र आती हूँ।'

'इसका मतलब है जो लोग नहीं सोचते, वे···?'

श्यामा हँस दी। बँधी-बँधी-सी हँसी। 'तुम्हारे चेहरे से तो लगता है रात-दिन तुम्हें चिन्ताएँ-ही-चिन्ताएँ घेरे रहती हैं।'

कुमार कुछ देर चुप रहकर दीवार पर बनी आकृतियों को देखता रहा। उन आकृतियों से जोड़कर श्यामा को। जैसे वह भी उन्हीं की तरह दीवार पर अंकित आकृति हो। फिर बोला, 'काम से सिर इस तरह पथराया रहता है कि समझ में नहीं आता, दिमाग़ में कुछ सोचने की शक्ति रह भी गई है या नहीं।'

श्यामा का हाथ ज़रा-सा हिला; उसकी तरफ़ बढ़ आने को, पर अपनी जगह पर रुका रह गया। 'तुम्हारी उसका क्या हाल है?'

'किसका?'

'कलकत्ते में ही है?'

'वह? शायद मद्रास में है। किसी से पता चला था।'

'खुश है?'

'खुश ही होगी। दो-एक बच्चे भी हो गए हैं अब तक।'

'बच्चे तो···,' श्यामा अटक गई। चेहरे की रंगत फिर बदल गई। उसने चाय के दो-एक घूंट भर लिये।

'क्या कह रही थीं?'

'बच्चे अपनी जगह हैं। आदमी को उसके अलावा भी तो खुशी की ज़रूरत होती है।'

कुमार की उँगलियों ने प्याली के हत्थे का सहारा ले लिया। 'मुझे तो यह सब सोचना ही बेकार लगता है। जो खुश रह सकते हैं, वे खुशी की परिभाषा नहीं ढूँढ़ते। जिन्हें खुशी नहीं मिलती, वही इस बारे में चिन्ता किया करते हैं।'

श्यामा का चेहरा कुछ उतर गया। प्याली नीचे रखकर उसने अपने को किसी चीज़ से मुक्त कर लेना चाहा। 'अन्दर-ही-अन्दर इस तरह उलझे रहने से फ़ायदा ? एक बार अपने को सुलझा क्यों नहीं लेते ?'

'सुलझाना किस तरह से होता है ? किसी मानसिक चिकित्सालय में जाकर ?'

श्यामा का हाथ बढ़कर उसके हाथ के ऊपर आ गया। हाथ की नसों में एक पुराना सम्पर्क उभर आया। 'मेरा मतलब है यह अकेलापन कब तक ढोओगे ? कोई ठीक-सी लड़की ढूँढ़कर ब्याह क्यों नहीं कर लेते ?'

कुमार के चेहरे पर एक विकृत-सी रेखा आ गई। बीच से अन्तराल का परदा हटाकर क्या उसे श्यामा को इस तरफ़ देख लेने देना चाहिए ?

श्यामा को लगा वह रेखा व्यंग्य की है। वह अपनी कुहनी पर पहले से ज़्यादा झुक गई। 'मैंने एक बार तुम्हें पत्र लिखा था।'

'किसे लिखा था ? मुझे ?'

'तुम्हीं को लिखा था। पर वह तुम्हें मिला नहीं। मेरे पास लौट आया था। तुम तब तक वहाँ से चले गए थे।'

कुमार ने प्याली के हत्थे से उँगलियाँ छुड़ा लीं। 'कब की बात है यह ?'

'जब तुम्हारे पास से गई थी, उससे दो-अढ़ाई महीने बाद की। मैंने दशहरे की छुट्टी में तुम्हें आने को लिखा था। उस दिन स्टेशन पर तुम बहुत उदास थे। मेरे मन को यह बात सालती रही थी कि उस उदासी का कुछ कारण शायद मैं भी हूँ।'

दीवार की तसवीरों से श्यामा अब अलग हो आई थी। वह उसके सामने बैठी थी। उसकी तरफ़ देख रही थी। फिर उसे लगने लगा कि

श्यामा की आँखें उसकी अपनी आँखें हैं जिनसे वह अपने-आपको देख रहा है। एक उलझे बालों वाला मुरझाया चेहरा। कंधे ज़रा-ज़रा झुके हुए। क्या उन झुके कंधों से यह भी अनुमान हो सकता था कि उसकी रीढ़ की हड्डी हमेशा दर्द करती रहती है? 'यह ठीक है मैं तब तक चला आया था वहाँ से।'

'मैं नहीं सोचती थी तुम सचमुच इतनी जल्दी छोड़-छाड़कर चल दोगे।'

'मैंने तुमसे कहा था।'

कुछ था कि देर तक सीधे एक-दूसरे की तरफ़ देख पाना सम्भव नहीं होता था। जब वह देखता था, तो श्यामा की आँखें हट जाती थीं। श्यामा देखती थी, तो वह आँखें हटा लेता था। फिर भी बीच के शून्य में एक एकटक दृष्टि भी थी। शायद उसी दृष्टि का वे सामना नहीं कर पा रहे थे।

'उस दिन तुम्हें दिखाने के लिए मैं वह पत्र साथ लाई थी,' मेज़ पर गिरी चाय की बूँदों से उँगलियाँ छुआ-छुआकर श्यामा लकीरें खींचने लगी। 'पर तुम शायद आकर चले गए थे या···।

'तुम आई थीं उस दिन?'

श्यामा सिर हिलाकर चुप रही।

'मैं छह बीस तक इंतज़ार करके गया था यहाँ से।'

श्यामा के होंठ पल-भर खुले रहकर बंद हो गए।

'मुझे लगा था कि···।'

साथ आडिटोरियम में शो शुरू हो रहा था। चाय सम्बन्धी फ़िल्में और विज्ञापन। पास की मेज़ पर बैठा एक आदमी जम्हाई रोककर घड़ी देखता उधर चला गया। 'यहाँ से और कहीं चलें?' कुमार की आँखों में अस्थिरता भर आई थी।

'कहाँ?'

'किसी दूसरे रेस्तराँ में। या बाहर फ़ुटपाथ पर ही।'

'क्यों?'

'ऐसे ही । बैठे-बैठे एक जगह से मन उखड़ जाता है।'

'मन जगह से उखड़ रहा है या···?'

कुमार ने घड़ी के फ़ीते को कलाई पर घुमा लिया। 'तुम्हें ग़लत लगा है। मुझे आदत हो गई है कि दफ़्तर के सिवा और किसी जगह देर तक नहीं बैठ पाता। यह एक जगह थी जहाँ कभी बैठ लिया करता था। पर उस दिन यहाँ भी नहीं बैठा गया और आज भी लग रहा है कि···।'

'दोनों बार की वजह एक ही नहीं हैं?'

'वजह तुम नहीं हो। अगर सचमुच कोई वजह है, तो वह अपना-आप ही है।'

श्यामा की उँगली ने मेज़ पर पानी की कितनी ही जालियाँ बना दी थीं। अब वह दायरे खींच-खीचकर जालियों को मिटा रही थी। इतनी सावधानी से कि कहीं कोई रेखा बनी न रह जाए। सब मिट जाएँ, यहाँ तक कि गोलाइयों की रेखाएँ भी। 'उतावलापन उन दिनों भी तुम्हारे स्वभाव में कम नहीं था,' वह ध्यान उँगली पर केन्द्रित किए रही।

'तुम उतावलापन कह लो। लेकिन उतावलेपन से ज़्यादा···पता नहीं क्या चीज़ है। कह नहीं सकता।'

'उस दिन तुम्हें अच्छा लगा था मैं नहीं आई?'

कुमार अन्दर से चौंक गया। यह बात श्यामा ने किस तरह जान ली थी? 'यह क्यों पूछा तुमने?'

'ऐसे ही।'

'तुम यही सोचती हो?'

'मैं सिर्फ़ पूछ रही थी।'

'उस दिन यहाँ आया था, तो तुमसे मिलने की उत्सुकता नहीं थी मन में, ऐसा नहीं। पर बाद में ··कह नहीं सकता क्या था वह···। जब यहाँ से उठा, तब यह भी ख्याल था कि हो सकता है तुम्हें बारिश ने देर करा दी हो···सम्भव है और दस-बीस मिनट में आ जाओ तुम। पर मन ने और रुकने की हामी नहीं भरी, हालाँकि कहीं जाने की जल्दी नहीं थी।

यह शायद वही चीज़ थी जिसे उतावलापन कहती हो तुम···या उससे हटकर और कुछ जिससे मन बचना चाह रहा था। कुछ देर बाहर बरामदे में खड़ा था, तो सचमुच अन्दर से यही चाह रहा था कि तुम न आओ, तो अच्छा है। रुकना चाहता, तो रुक भी सकता था और। लेकिन जो भी था···चला तो गया ही था। इसे कुछ भी कह सकती हो तुम।'

जालियाँ मिट गई थीं और मेज़ के एक-तिहाई हिस्से पर पानी का नन्हा-सा द्वीप बन गया था। आसपास के कई रंग उसमें झलक रहे थे।

कुमार ने अपने स्वर से श्यामा की झुकी आँखों को ऊपर उठा देने की कोशिश की। 'यह क्या कि अब तक मेरे-ही-मेरे बारे में बात हो रही है। मुझे तुम्हारे बारे में भी तो जानना चाहिए कुछ।'

'क्या जानना चाहते हो मेरे बारे में ?' श्यामा रंगों को उँगली से सहलाती रही। 'जिस तरह पहले स्कूल में पढ़ाती थी, अब भी पढ़ाती हूँ। जिस तरह उन दिनों शाम को घूम लेती थी, उसी तरह अब भी घूम लेती हूँ।'

'कभी मन घबराता, ऊबता, छटपटाता नहीं ?'

श्यामा ने पानी के द्वीप से फिर कुछ रेखाएँ बाहर को निकाल दीं। 'बहुत बार। बल्कि हर रोज़। लेकिन किया क्या जा सकता है ? बहुत-सी समस्याएँ हैं, जिनका कोई हल नहीं होता। अपना-आप मुझे ऐसी ही समस्या की तरह लगता है।'

'कोई इतनी आसानी से स्वीकार कर सकता है इसे, ईर्ष्या होती है।'

'दूसरे शब्दों में तुम्हें विश्वास नहीं है ··।'

'विश्वास न हो, तो ईर्ष्या क्यों होगी ? मैं सोचता था समस्या का हल आदमी को ढूँढ़ना ही चाहिए और नतीजा है कि···।'

श्यामा अपनी गीली उँगली को सूखी उँगलियों से सुखाने लगी। 'कुछ साल बड़े हो जाने के सिवा क्या नतीजा है ?'

'कितना अच्छा होता अगर सिर्फ़ इतना ही नतीजा होता !'

उँगलियाँ सूख गई थीं, फिर भी श्यामा उन्हें और मलती रही। 'और क्या नतीजा है ? कुछ बाल सफ़ेद हो गए हैं, यह ?'

श्यामा के स्वर में एक प्रश्न था जिसे वह शब्दों में नहीं रख रही थी।

कुमार अपने से संघर्ष कर रहा था कि जिस क्षण उसे बात को उँडेल देना चाहिए, वह क्षण यह नहीं है ।

'तुम ठहरी कहाँ हो ?'

'सैंटा क्रूज़ ।'

'कोई परिचित है वहाँ ?'

'घर के लोग हैं । बीजी और सीमा पूना से यहाँ आ गई हैं ।'

'तो घर अब यहीं है ?'

'कह भी सकते हो ।'

कुमार को लगा कि जितना उसने अपने में रोक रखा है, श्यामा शायद उससे ज़्यादा रोके हुए है ।

'इन दिनों छुट्टी बिताने आई थीं ?'

श्यामा ने अनिश्चित भाव से उसे देखते हुए सिर हिला दिया ।

'छुट्टी काफ़ी बाकी होगी ?'

'हाँ···लेकिन···।'

कुमार देखता रहा ।

'तय नहीं है कितने दिन और रहूँगी ।'

'क्यों ?'

श्यामा की आँखें उस पर स्थिर हो गईं । 'क्योंकि साथ रहना निभेगा नहीं । फ़्लैट हालाँकि इसीलिए ख़रीदा था कि वहाँ से बिलकुल छोड़कर आ जाना चाहती थी ।'

'तुमने फ़्लैट ख़रीदा है ?'

'साझा फ़्लैट है । मेरे और बीजी के नाम से ।'

'फिर भी लौट जाने की सोच रही हो ?'

'सोच कितना कुछ रही हूँ । पर होगा क्या, यह अभी नहीं कह सकती ।'

कुमार ने उँगलियों से पकड़कर उसका हाथ थोड़ा ऊपर उठाया, तो वह

बेजान-सा उठ गया। रख दिया, तो उसी तरह नीचे रह गया। कुमार कई साल पीछे जाकर कुछ क्षण वहाँ रुका रहा।

'तुम्हें लौटने की जल्दी तो नहीं है ?'

'एक तरह से है ही।'

'माने ?'

'उधर के ख्याल से। देर हो जाने से···अच्छा है तुमसे मिल लिया। इसके बाद पता नहीं···।'

'आज कल में ही तो नहीं जा रही हो ?'

'कुछ भी पता नहीं। देखना होगा।'

'तो···?'

'बिल मँगवा लो। अब चलना चाहिए।'

श्यामा ने जिस तरह अपने को समेट लिया, उससे कुमार का और कुछ कहने को मन नहीं हुआ।

टी सेंटर से निकलकर चर्चगेट स्टेशन की तरफ़ बढ़ते हुए श्यामा ने पूछ लिया, 'तुम कहाँ रहते हो ?'

कुमार का ध्यान बात में नहीं था। वे लोग वहाँ से गुज़र रहे थे जहाँ उस दिन पी० एन० पन्त ने उसे रोका था। इस वक्त भी उस आदमी को वहीं कहीं होना चाहिए था। इतनी देर के बाद उसे अपने दिमाग़ में फिर वही कौंध महसूस हुई और वह उसका पीछा करने लगा। एक डूबता-उतराता शरीर, एक बहता परनाला···। 'क्या कहा ?'

पर पूछने के साथ ही सवाल उसके दिमाग़ में स्पष्ट हो गया। 'मैं ? हाँ···बांद्रा में रहता हूँ मैं।'

'अकेले ?'

'रहता अकेला ही हूँ। वैसे···।'

अब उन्हें सड़क पार करनी थी। उसने श्यामा की बाँह को हाथ का सहारा दे दिया। ट्रैफ़िक ज़्यादा होने से सड़क के बीचोबीच उन्हें रुक जाना पड़ा।

'एक बात तुम्हें बताई नहीं मैंने। दो साल हुए मैंने ब्याह कर लिया था।'

इतना वक्त था कि सड़क पार की जा सके। वह श्यामा को लगभग साथ खींचकर सामने के फ़ुटपाथ तक ले आया।

'यह बात इस तरह क्यों बताई तुमने ?'

श्यामा रुकना चाहती थी। पर वह स्टेशन की तरफ़ चलता गया।

वे लोग स्टेशन की सीढ़ियों पर थे। श्यामा उसकी चाल से नहीं चल पा रही थी।

'ब्याह कर लिया है, तो भी अकेले क्यों रहते हो ?'

कुमार दौड़कर बुकिंग आफ़िस की तरफ़ बढ़ गया। 'तुम्हारे लिए टिकट ले आऊँ फिर बात करते हैं।'

और घिसटती तेज़ चाल से चलते हुए श्यामा को पलभर के लिए लगा कि कुमार आसपास की दौड़ती भीड़ में खो गया है, जब तक कि फिर से वही हाथ उसकी बाँह पर नहीं आ गया।

वे लोग लगभग चलती गाड़ी में चढ़े। अलग-अलग डब्बों में। पहला डब्बा लेडीज़ का था, पर पता चलने तक श्यामा उसमें चढ़ चुकी थी। कुमार दौड़कर साथ के डब्बे में दाख़िल हो गया। भीड़ इतनी थी कि उसे ठीक से खड़े होने की जगह भी नहीं मिली। ग्रांड रोड आने तक धक्के खाते-खाते वह पीछे के एक कोने में जा लगा।

बांद्रा तक गाड़ी को कहीं रुकना नहीं था। घरड़ गड़ घरड़ गड़ घरड़ गड़···सड़कें, मकान, लोग···उतनी ही तेज़ी से दूसरी तरफ़ से आती गाड़ियाँ···भीड़ को लाँघती भीड़···रफ़्तार को काटती रफ़्तार··· आसपास की मद्धिम आवाज़ें···बाहर का तीखा शोर···और उस सबके बीच अपने अन्दर की धुकधुकी···श्यामा का टिकट उसकी जेब में है और श्यामा साथ के डब्बे में है। उसे बांद्रा पहुँचकर जैसे-कैसे जल्दी से नीचे उतरना है और टिकट श्यामा को दे देना है। उन दोनों के बीच शायद अब इतना ही सम्बन्ध, इतनी ही घटना, शेष है। एक पीछे को दौड़ता प्लेटफ़ार्म, बांबे सैंट्रल। दूसरा, महालक्ष्मी। खट् खटाक खट् खटाक् खट् खटाक्। बांद्रा तक कितने प्लेटफ़ार्म और निकलेंगे?

कुमार ने अपना ध्यान अपने डब्बे तक सीमित कर लेना चाहा। एक राजनीतिक बहस। अगले चुनाव के बाद महाराष्ट्र का मुख्य मन्त्री कौन होगा? शिव सेना को चुनाव में कितनी सीटें मिलेंगी? बांबे साउथ कान्स्टीचुएंसी से इस बार कौन जीतेगा? एक घुड़दौड़ सम्बन्धी मतभेद। कल की तीसरी घुड़दौड़ में कौन-सा घोड़ा आगे आएगा? इस बार का जैक पाट कितने का होगा?

साथ के डब्बे की समस्याएँ कौन-सी थीं? वहाँ की राजनीति क्या थी?

खटाक् खटाक् खटाक्।

गाड़ी की रफ़्तार धीमी होने के साथ ही वह दरवाज़े की तरफ़ बढ़ने लगा। फिर भी उतरने में उसे काफ़ी समय लगा। उतरकर साथ के डब्बे में देखा, तो श्यामा कहीं नज़र नहीं आई। गाड़ी व्हिसल देकर आगे चल दी। अब श्यामा के टिकट का क्या होगा?

'गाड़ी में कुछ खो गया है क्या?' उसने घूमकर देखा। श्यामा उसके पास ही खड़ी थी।

'तुम उतर गईं? मैं तो सोच रहा था कि···।'

'सोच रहे थे और देख नहीं रहे थे। मैं तुमसे पहले से उतरकर खड़ी हूँ।'

कुमार ने टिकट निकालकर उसकी तरफ़ बढ़ा दिया। 'उस वक्त जल्दी में तुम्हें दे नहीं सका। अभी दो-चार मिनट में दूसरी गाड़ी आ जाएगी।'

'यहाँ कोई बैठने की जगह नहीं है ?'

'यहाँ ?'

'नहीं है ?'

'स्टेशन के बाहर बहुत-सी जगहें हैं।'

'तुम्हारा घर दूर है ?'

'दूर ही है। बस से पन्द्रह मिनट का रास्ता है।'

'और टैक्सी से ?'

'छह-सात मिनट का।'

श्यामा की उँगलियाँ टिकट के किनारों पर घूम रही थीं। जैसेकि उसकी धार देख रही हों। उसकी आँखें इंडीकेटर की सूइयों पर रुकी थीं।

'घर चलोगी ?'

इंडीकेटर से हटकर श्यामा की आँखें इंडीकेटर की ही तरह उसकी आँखों में देखने लगीं। 'तुमने क्यों नहीं कहा चलने के लिए ?'

कुमार को लगा वह स्वर बेबसी का है। वैसा स्वर श्यामा के मुँह से पहले नहीं सुना था।

'तुमने कहा था तुम्हें लौटने की जल्दी है।'

'फिर भी एक बार तुम कह तो सकते ही थे।'

कुमार ने इस बार बच्चे का हाथ पकड़ने की तरह उसका हाथ अपने हाथ में ले लिया। 'आओ चलें।'

पर श्यामा के पाँव उतने से नहीं चले। शायद अपना स्वर स्वयं उसे भी खल गया था। 'आने-जाने में कुल कितना समय लग जाएगा ?'

कुमार के हाथ का दबाव बढ़ गया। 'आने-जाने में कुल बीस मिनट और वहाँ तुम जितनी भी देर रुको।'

श्यामा फिर इस तरह चली जैसे बहुत आहिस्ता से पैरों की ब्रेक खुल पाई हो। 'चाहती थी एक बार चलकर देख लूं कहाँ रहते हो, किस तरह

रहते हो। अगर आध-पौन घंटे में लौट सकूँ, तो ठीक है। सात से पहले घर पहुँच जाऊँगी।'

कुमार ने सिर हिला दिया।

एक पुराने बँगले में गैराज के ऊपर का कमरा। लकड़ी का ज़ीना इतना सड़ चुका था कि पहली पैड़ी पर कदम रखते ही श्यामा ठिठक गई। 'इस शहर में भी इस तरह के ज़ीने बचे हैं क्या ?'

कुमार जल्दी-जल्दी ऊपर चढ़ गया। जैसे यह बताने के लिए कि ज़ीना फिर भी काफ़ी मज़बूत है। श्यामा सँभाल-सँभालकर कदम रखती चढ़ी। 'इससे तो ऊपर जाकर ठिकाना नहीं कि वापस नीचे उतर भी सकेंगे या नहीं।'

कुमार ने ताला खोलकर साँकल हटा दी। 'आजकल के फ़्लैट्स से मुझे फिर भी ज़्यादा पसंद है। ऐसी जगह रहकर आदमी कम-से-कम अपने में अपनी तरह तो महसूस कर सकता है।'

दरवाज़ा खुल गया था। श्यामा ने अन्दर कदम रखकर देखा। एक बड़ा-सा पलंग। तीन-चार उतनी ही बड़ी-बड़ी गद्देदार कुरसियाँ। शेल्फ़ में और मेज़ पर बहुत-सी बेतरतीब किताबें। एक कोने में रखी मेज़ पर स्टोव और चाय का सामान। मोज़े, टाइयाँ और पता नहीं क्या कुछ बिस्तर पर। लगता था कई दिनों से कमरा बुहारा नहीं गया। उसे मंडी के अपने क्वार्टर और इस कमरे में काफ़ी समानता लगी। जब से सिंदूरी को निकाल दिया था, उसके घर की भी लगभग यही हालत रहती थी। 'कोई नौकर नहीं रखा ?' उसने पूछ लिया।

'एक बहुत अच्छा नौकर था। पर वह इस बात से नाखुश होकर छोड़ गया कि उसके लिए इस घर में काफ़ी काम नहीं है।'

एक कुरसी से कपड़े हटाकर उसने श्यामा के लिए बैठने की जगह कर

दी। पर श्यामा बैठने से पहले बाहर बालकनी पर चली गई। नीचे थोड़े फ़ासले पर सड़क के उस तरफ़ समुद्र था। ढलते दिन का पीलिया हर चीज़ पर फैल गया था। बड़ी-बड़ी मछलियों-से साए सड़क के आर-पार फैले थे। सड़क पर गाड़ियाँ थीं, लोग भी थे, फिर भी लग रहा था जैसे समुद्र और बालकनी के बीच सिवाय खालीपन के कुछ न हो।

वह लौटकर कमरे में आई, तो देखा कुमार ने स्टोव पर केतली रख दी है और स्लाइस काटने की कोशिश कर रहा है। स्लाइस बहुत भद्दे ढंग से कट रहे थे, रोटी दाना-दाना होकर बिखर रही थी। श्यामा सीधे उसके पास चली गई।

'लाओ, मैं काट देती हूँ,' उसने कुमार के हाथ से चाकू ले लिया।

'मुझे आज तक रोटी काटना नहीं आया', कुमार झेंप मिटाने के लिए हँसने लगा।

'तुम बैठ जाओ। मैं चाय बनाकर ले आती हूँ।'

'मैं थोड़ी मदद तो कर ही सकता हूँ।'

'कहा है तुम बैठ जाओ। तुम जिस तरह की मदद करोगे, उसके बग़ैर भी चल सकता है।'

कुमार कुरसी पर आ गया। श्यामा ने नए स्लाइस काटकर मक्खन लगाया और प्यालियाँ धोकर उनमें चाय डाल ली। फिर इधर-उधर देखकर पूछा, 'दूध कहाँ है?'

कुमार उठ खड़ा हुआ। 'दूध शायद नहीं है। मैं अभी जाकर ले आता हूँ।'

'अब रहने दो। इसी तरह पी लेंगे।' श्यामा प्लेट और प्यालियाँ ट्रे में रखकर ले आई। 'रखने की कोई जगह भी तो नहीं है,' उसने पूरे कमरे पर फिर एक नज़र डाल ली। 'अब कह दो कि अभी जाकर एक तिपाई ले आता हूँ।'

'तिपाई है, कुमार ने जाकर कोने में रखी तिपाई से जल्दी-जल्दी किताबें हटाईं और उसे उठाकर पलंग और कुरसियों के बीच ले आया। 'यह लो।'

ट्रे रखकर श्यामा पलंग पर बैठ गई। 'मैं सोचती थी, मैं ही इस तरह फूहड़ ढंग से रहती हूँ। पर तुम तो मुझसे भी···।'

उनकी आँखें देर तक मिली रहीं। जैसे कोई शुरुआत होने को थी जिसकी दोनों को प्रतीक्षा थी।

'इस घर में मच्छर-अच्छर बहुत होंगे।'

'हाँ, बहुत हैं।'

'फिर भी नींद आ जाती है ?'

'आ ही जाती है।'

एक अर्ध-विराम। कुरसी और पलंग के बीच के शून्य में वही प्रतीक्षा।

'शाम को दफ़्तर से लौटकर क्या करते हो ?'

'कुछ भी नहीं।'

'कुछ भी नहीं माने ?'

'माने कुछ भी नहीं। पहले पढ़ा करता था। अब पढ़ना भी छूट गया है !'

'किसी से दोस्ती नहीं है ?'

किस तरह की ?'

'किसी लड़की के साथ ?'

'वह दोस्ती यहाँ इतनी आसानी से हो जाती है और इतनी मामूली शर्तों पर कि मन उससे ऊब गया है। सिर्फ़ एक दोस्ती है जिसके सहारे चल जाता है।'

किसके साथ ?'

'किसी स्त्री या पुरुष के साथ नहीं।'

'तो किसके साथ ?'

'तुम हँसोगी।'

'फिर भी ?'

'आसपास की आवाज़ों के साथ। समुद्र की आवाज़, ट्रैफ़िक की आवाज़, बच्चों के खेलने की आवाज़। और भी तरह-तरह की आवाज़ें। उनसे लगता है ज़िंदगी चल रही है।'

एक और अर्ध-विराम। दोनों की आँखें एक-दूसरे से हटकर कमरे में कोई दूसरा सहारा खोजती रहीं।

'नौकरी में मन लग गया है ?'

'नहीं।'

'तो यहाँ से भी छोड़ दोगे ?'

'नहीं, छोड़ने की बात अब नहीं सोचता। कहीं-न-कहीं, कोई-न-कोई नौकरी तो करनी ही है।'

'उसे पास क्यों नहीं रखते ?'

'किसे ?'

'जिससे ब्याह किया है।'

'बुलाया था उसे।'

'फिर ?'

'निभा नहीं।'

'क्यों ?'

'नहीं निभा।'

'इस तरह अपनी तो ज़िंदगी ख्वार कर ही रहे हो, साथ में उसकी भी।'

'सिवाय अपने आदमी किसी की ज़िदगी ख्वार नहीं करता,' कुमार के स्वर में तीखापन आ गया। 'अगर किसी को लगता हो उसकी ज़िंदगी दूसरे की वजह से ख्वार हो रही है, तो उसे बदल लेने का हक उससे किसी ने नहीं छीना।'

'यह इतना ही आसान है क्या ?' श्यामा को लगा उसका स्वर अस्वाभाविक हो गया है।

'आसान नहीं है, यह भी एक झूठा विश्वास नहीं ? दो आदमी जिस आसानी से ज़िदगीभर के रिश्ते में अपने को बाँध सकते हैं, उसी आसानी से उससे मुक्त क्यों नहीं हो सकते ? इसलिए कि बाँधने में उन्हें समाज का समर्थन प्राप्त था और मुक्त होने में वे अपने को अकेले महसूस करते हैं ?'

श्यामा की आँखों में विद्रोह और तिरस्कार का भाव आया, जो तुरन्त ही आत्मीयता के भाव से ढक गया। 'देखो, मैंने उसे देखा नहीं और न ही उसके बारे में कुछ जानती हूँ। न जानने के कारण विश्वास ही नहीं होता कि कोई है जिसके साथ तुमने उस तरह की स्थिति को भोगा है या

उसके बीच से होकर निकले हो। पर यह तुम कैसे कहते हो कि दो व्यक्ति उस विशेष सम्बन्ध से एक-दूसरे के निकट आने, साथ रहने और कई-कई क्षण साथ बाँटने के बाद भी एक-दूसरे से कोरे हो सकते हैं?'

कुमार श्यामा के चेहरे के उतार-चढ़ाव को देखता कुछ देर चुप रहा। फिर बोला, 'एक बात पूछूं?'

श्यामा ने आँखें झपक लीं।

'तुम इस तरह अपनी ही ज़िन्दगी की वकालत नहीं कर रहीं?'

'मैं डर रही थी, तुम यही बात कह दोगे,' श्यामा का भाव पहले से स्थिर हो गया। 'मैं इन्कार नहीं करती कि मेरे यह कहने के पीछे मेरी अपनी ज़िंदगी है। पर तुम विश्वास के साथ कह सकते हो कि अकेले रहकर भी तुम उस ज़िंदगी से कोरे हो सके हो? आज यहाँ बैठकर बात करते हुए भी तुम उसके प्रभाव से मुक्त हो? ऐसा होता, तो तुम्हारे स्वर में इतनी कड़ुआहट न होती।'

कुमार के चेहरे पर फिर विकृत-सी मुसकराहट फैल गई। 'बात लंबी हो जाएगी,' वह बोला। 'और तुम्हारे पास समय नहीं है। तुम्हें याद दिला दूं स्टेशन से आए हमें पौन घंटे से ज़्यादा हो चुका है।'

'मुझे पता है,' श्यामा ने प्याली रखकर रूमाल से मुँह पोंछ लिया। 'उस तरफ़ मैं वक्त से बँधी हूँ, तो इस तरफ़ ·· किसी-न-किसी चीज़ से इस तरफ़ भी तो बँधी ही हूँ।'

कुमार की मुसकराहट हल्की खुश्क हँसी में बदल गई।

'हँसने की क्या बात है इसमें?'

कुमार जिस तरह उसे देखता रहा, उससे श्यामा की आँखें झुक गईं।

'जो बात मन में है, कह क्यों नहीं देते?'

'यह सच है आदमी किसी भी सम्बन्ध से कोरा नहीं होता। फिर भी कुछ सम्बन्धों को सम्बन्ध मानने से डरता ज़रूर रहता है।'

श्यामा आँखें मूंदकर कुछ देर सिर पीछे किए रही। कुमार उसकी गरदन की हिलती लकीरों में उमड़ते भाव को देखता रहा।

'डरने की बात सही नहीं है,' श्यामा ने आँखें खोल लीं। पल-भर कुमार

के चेहरे की बढ़ती बेसब्री को देखती रहकर बोली, 'असल बात कुछ दूसरी ही है।'

'असल बात हमेशा कुछ दूसरी ही नहीं होती ? हमेशा ?'

'मैं तुम्हें समझा नहीं सकूँगी क्योंकि हर बात शब्दों में नहीं कही जा सकती।'

'बचने के सौ-सौ बहानों में से एक यह भी नहीं है ?'

'नहीं, बहाना नहीं है यह। हो सकता है मुझी को शब्द नहीं मिल रहे। पर मैं तुमसे एक बात जान सकती हूँ ?'

'पूछ तो सकती ही हो।'

'तुमने ब्याह क्यों किया था ?'

कुमार इस तरह हो रहा जैसे इसके बाद अब उसे उठ जाना हो।

'सिर्फ़ इसलिए कि यह भी करके देख लिया जाय, या मन में अपने को उस ज़िंदगी के लिए तैयार कर लिया था ?'

कुमार उठा नहीं। उसका एक हाथ तिपाई पर श्यामा के हाथ के बहुत पास रखा था। वह हाथ थोड़ा पीछे हट गया। उसके अंदर एक लकीर-सी खिच रही थी। उसे हर चीज़ से वितृष्णा होने लगी···अपने-आप से, श्यामा से और उस क्षण से, जिसमें यह बात उससे पूछी जा रही थी।

'दूसरा सवाल तुम्हारा फिर वही होगा कि किया था, तो निभा क्यों नहीं सके ? मैंने ब्याह किया था, अपनी इच्छा से, पर एक समझौते के रूप में। करने का कारण शायद वह उतावलापन ही था जिसका दोष तुम मुझ पर लगाती हो। पर समझौता छह महीने से ज़्यादा नहीं चल पाया, इतनी-सी बात है।'

श्यामा जितना सुन रही थी, उससे ज़्यादा अपनी आँखों के हर क्षण बदलते भाव से कहना चाह रही थी। 'यह केवल एक पक्ष है, तुम्हारा पक्ष। पर दूसरे का भी तो अपना पक्ष हो सकता है।'

शब्दों की अदालती ध्वनि ने कुमार की बेसब्री और बढ़ा दी। 'उसका पक्ष इतना ही था कि किसी ने बहुत दिन लटका रखने के बाद उससे कन्नी काट ली थी और वह जल्दी-से-जल्दी ब्याह करके उस व्यक्ति को छोटा

करना चाहती थी। वह उद्देश्य पूरा होने के साथ ही उसके लिए ब्याह का उद्देश्य समाप्त हो गया था। शेष था एक नए व्यक्ति के साथ रात-दिन जूझना जिसके लिए सिवाय विरोध के उसके मन में कोई भावना नहीं थी।'

'वह पहले से तुम्हें जानती नहीं थी?'

'ब्याह से चार महीने पहले तक परिचय नहीं था। उसके पिता के एक मित्र मुझे जानते थे। उनके सुझाव पर ही दोनों ने पहली बार एक-दूसरे को देखा था। देखने के बाद मैंने उस व्यक्ति को लिख दिया था कि मेरी इस सम्बन्ध में रुचि नहीं है। उस पत्र का उत्तर उस व्यक्ति की ओर से नहीं आया। उत्तर आया इसकी ओर से। लिखा था केवल एक बार चेहरा देखकर व्यक्ति किसी के बारे में राय कैसे बना सकता है? वह शायद मेरी समझौते की ही भावना थी जिसने मुझसे उस पत्र का उत्तर दिला दिया। उसके बाद उसके कई पत्र आए। पत्रों की भाषा बहुत अच्छी थी। एक पत्र की इतनी अच्छी कि उसे पढ़कर ही मैंने ब्याह की स्वीकृति भेज दी। यह पता बाद में चला कि वह भाषा किन-किन पुस्तकों से नकल की गई थी। उनमें से अधिकतर पुस्तकें उसे भेंट में दी गई थीं—पहले परिचय के दिनों में, उसी व्यक्ति द्वारा।'

श्यामा जड़ होकर उसे देख रही थी। बहुत प्रयत्न से वह शब्द होंठों पर ला पाई। 'फिर भी जब चाहकर उसने तुमसे ब्याह किया था, तो...?'

'इसका उत्तर तुम्हें वही दे सकती है, मैं नहीं। मुझे उससे सिवाय शरीर के कुछ नहीं मिला। उसे भी मुझसे केवल इतना ही मिला होगा। केवल इतने के भरोसे साथ-साथ जीवन वह शायद ढो सकती थी। मुझसे नहीं ढोया गया।'

'लेकिन ...।'

श्यामा के स्वर में कुछ था, अपराध-सा, जिससे कुमार ने अपने से बाहर आकर एक बार उसे देख लिया।

'लेकिन?'

'यह कैसे कह सकते हो कि सिवाय शरीर के तुम दोनों के सम्बन्ध में और कुछ नहीं था?'

'और जो था, वह था केवल एक डर। बात अपने तक रहे, किसी को पता न चले। जितना सड़ना है, अंदर-ही-अंदर सड़ो। जो ज़हर चखना है, अंदर-ही-अंदर चखो। उसी सड़ाँध और ज़हर से बच्चे पैदा करो और उन्हें भी उसी ढंग से जीने की शिक्षा दो। अपनी स्वाभाविकता के साथ विश्वासघात करो और ऐसा करने की परम्परा को बनाए रखो। जिनसे निभता है, निभ जाता है। मुझसे नहीं निभ सका। उससे कहीं आसान हैं आठ घंटे मशीन की तरह दफ़्तर में काम करना और नींद आने तक किसी-न-किसी शोर में मन को डुबा रखना। आज को कल करने की समस्या इस तरह भी हल हो जाती है और कुछ बेहतर ढंग से ही हल हो जाती है।'

श्यामा की आँखें बेसहारा हो गई थीं। उन्हें सहारा देने के लिए ही जैसे उसने अपना हाथ बढ़ाकर कुमार के हाथ पर रख दिया। 'यह तुम सच-मुच विश्वास के साथ कह रहे हो या…?'

उसकी उँगलियों में भी हल्की धड़कन महसूस की जा सकती थी। कुमार ने कुछ क्षण अपना हाथ पड़ा रहने दिया, फिर आहिस्ता से परे हटा लिया। 'हो सकता है यह सिर्फ़ बौखलाए मन की बकवास ही है और कुछ नहीं। पर यह ज़िंदगी जानवरों से भी बदतर नहीं कि जिसे आदमी अंदर से नफ़रत करे, उसके साथ रात-दिन एक घर में रुँधा रहे? जिसके शरीर की गन्ध तक से जी मितलाए, उसके साथ एक बिस्तर में सोने का नाटक करता रहे?'

श्यामा के होंठ सूख गए थे और चेहरा फीका पड़ गया था। वह कुछ क्षण जैसे ठीक से साँस लेने की कोशिश करती बैठी रही। फिर एक दबाव को अपने से परे हटाने की तरह बाँहें झटककर उठ खड़ी हुई। उसे उठते देख कुमार के होंठ सिकुड़ गए। 'सॉरी। मैं भूल ही गया था तुम्हें जल्दी लौटना भी है।'

'मैं जा नहीं रही,' श्यामा कुछ क्षण उसे देखती रहकर स्टोव की तरफ़ चली गई। 'सोचती हूँ एक-एक प्याली चाय और बना ली जाय।'

'लेकिन तुम्हें सचमुच देर हो रही है, इसलिए…।'

'देर तो हो ही रही है। बल्कि हो चुकी है। कुछ और हो जाएगी।'

'पर मैं नहीं चाहूँगा कि मेरी वजह से…।'

श्यामा ने थकी-सी आत्मीयता के साथ उसे देख लिया। 'नहीं, तुम्हारी वजह से नहीं। रुकी हूँ, तो अपनी ही वजह से। तुमने जो कुछ अभी कहा है, उसे सुनकर सोच रही थी कि···।'

वह स्टोव में हवा भरने लगी। उसके स्वर में एक भीगापन था जिससे कुमार उठकर उसके पास आ गया। 'क्या सोच रही थीं ?'

ठक् ठक् ठक् ठक्···पंप को धकेलता हाथ और जलते स्टोव का तेज़ होता शोर। श्यामा ने उसकी तरफ़ आँखें नहीं उठाईं। 'तुम बैठे रहो वहीं। मैं अभी चाय बनाकर ला रही हूँ।'

कुमार फिर भी रुका रहा। 'लेकिन मुझे जानना चाहिए न···।'

श्यामा की आँखों में एक लपक उठकर मद्धिम पड़ गई। 'क्या जानना चाहिए ?'

'कि एकाएक तुम्हारा भाव इस तरह का क्यों हो गया ?'

श्यामा केतली चढ़ाकर चायदानी साफ़ करने लगी। इस तरह अभ्यस्त ढंग से जैसे वहाँ खड़े होकर वह सब करना रोज का काम हो। कुमार ने केतली छुड़ाकर उसका हाथ अपने हाथ में ले लिया। 'बताओगी नहीं ?'

'क्या ?'

'कि एकाएक तुम्हें···?'

'मुझे कुछ भी नहीं हुआ एकाएक,' श्यामा ने हाथ छुड़ा लिया। 'तुमसे कहा है तुम वहाँ जाकर बैठो।' और वह जाकर तिपाई से प्यालियाँ उठा लाई।

'अगर तुम्हें मेरी बात से यह लगा है कि···।'

'मुझे तुम्हारी बात से क्या लग सकता था ?' श्यामा लगातार आँखें झपक रही थी और अंदर से उमड़ आती किसी चीज़ को पी जाने की कोशिश में थी।

'मैं अपने जीवन की दुर्घटना को लेकर तुम्हें दोषी नहीं ठहरा रहा था।'

बेसिन में नल के खुलने और बंद होने की आवाज़। प्यालियों के धुलने की आवाज़।

'मैं तुम्हारी दुर्घटना के विषय में नहीं सोच रही थी।'

'अगर यह सोच रही थीं कि एक पुरुष के रूप में मैंने···।'

'संसार में तुम्हीं एक पुरष नहीं हो।' धुली चायदानी में चाय की पत्ती और ऊपर से उबलता पानी। 'मैं जो बात सोच रही थी, वह किसी और ही को लेकर थी। सोच रही थी कि उस आदमी ने भी मन में जाने क्या सोचकर एक लड़की से ब्याह करने की हामी भरी थी। पर बाद में चलकर उस लड़की से उसे···।'

'तुम्हारा मतलब है···?'

चायदानी ढकने से ढक गई। श्यामा की आँखों ने फिर इधर-उधर दूध की खोज की और नए सिरे से निराश हो गई। 'मतलब तुम समझ ही रहे हो। हम दोनों भी बहुत दिन साथ-साथ रहे थे, परन्तु लगभग ऐसी ही स्थिति में। देव पहले दिन से ही मेरी ओर से जिस तरह उदासीन रहा, सोच रही थी कि उसका कारण···उसका भी कारण क्या यही नहीं था? उसने कभी इस तरह बौखलाकर बात नहीं की, मुझे छोड़कर अलग भी नहीं हुआ, पर बहुत कुछ है जिससे अनुमान हो सकता है कि उसकी खामोश मृत्यु का कारण—वास्तविक कारण···।' वह प्यालियों में चीनी डालने लगी। पर चीनीदानी और चम्मच, दोनों उसके हाथों में काँप रहे थे। कुमार ने चाय प्यालियों में उँडेलनी चाही, तो उसने रोक दिया। 'तुमसे कहा है तुम वहाँ जाकर बैठ जाओ।'

खिड़की के बाहर आकाश का रंग राख-जैसा था जो काँपता हुआ अब गाढ़ा होता जा रहा था। खुट् खुट् खुट् जाने कहाँ पर एक खुटकबढ़ैया किसी काठ को चोंच से काट रही थी। कुमार आकर कुरसी पर बैठ गया। सामने एक दरार थी जो आकाश के काँपते रंग के साथ-साथ काँप रही थी। उसे आश्चर्य हुआ कि वह दरार आज तक उसे क्यों नज़र नहीं आई, हालाँकि वह कुरसी के बिलकुल सामने थी और वह रोज़ कितनी-कितनी देर उस कुरसी पर बैठा रहता था। दरार से हटकर उसकी आँखें श्यामा की पीठ पर स्थिर हो रहीं। श्यामा जिस मानसिक स्थिति में थी, उसका बहुत कुछ अनुमान उसकी पीठ से हो रहा था। उसे उस दिन की याद आई जिस दिन खेतों में से गुज़रते हुए उस पीठ पर बनी बूंदों की जालियाँ देखी थीं। उस दिन उन जालियों के नीचे खाल के रूखेपन

में एक बेचैनी-सी महसूस हुई थी। पर इस समय न तो वे जालियाँ थीं, न ही उस तरह की बेचैनी। फिर भी कोई चीज़ वहाँ छटपटा रही थी और छटपटाते हुए धीरे-धीरे निढाल पड़ती जा रही थी।

श्यामा प्यालियाँ लिये हुए आई, तो उसकी आँखों में एक बीमार-सा सूना-पन था। प्याली देने के लिए बढ़ा हुआ हाथ भी जैसे उसका नहीं, किसी और का था।

एक लंबी ख़ामोशी में चाय पी ली गई। चाय पीते हुए दोनों एक-दूसरे के सामने बैठे दो अभियुक्त थे···अपने-अपने लिए भी और एक-दूसरे के लिए भी।

पहली बात श्यामा ने की। प्याली रखते हुए उसी तरह रुमाल से मुँह पोंछकर। 'सचमुच देर हो गई है, इसलिए सोचती हूँ अब मुझे चलना ही चाहिए। ऐसा न हो कि उस दिन की तरह आज भी···।'

कुमार की ख़ामोशी फिर भी बनी रही। शब्द उसके दिमाग़ में धीरे-धीरे आकर जुड़े। फिर उसने पूछ लिया, 'उस दिन कोई ख़ास बात हुई थी ?'

श्यामा ने एक बार पलकें झपक लीं। 'नहीं, ख़ास बात कुछ नहीं हुई। ऐसे ही···।' और वह चलने के लिए उठ खड़ी हुई।

'तुम सचमुच जाना चाह रही हो ?'

'सचमुच नहीं तो क्या ?'

कुमार ने अनजाने उसका हाथ अपने हाथ में ले लिया, जैसे उसे रोकने के लिए। पर साथ ख़ुद भी उठ खड़ा हुआ।

'ठीक है। अगर लौट जाने का ही तय किया तुमने, तो जाने से पहले फ़ोन करोगी एक बार ?'

'कह नहीं सकती। कब जाऊँगी, इस पर है। अगर कल-परसों ही जाने का तय कर लिया, तो···।'

कुमार के हाथ का दबाव बढ़ गया। 'इसका मतलब है तुमसे अब भेंट होने की सम्भावना नहीं।'

श्यामा का सिर हिलने के साथ उसका हाथ हटने लगा, तो श्यामा ने अपने हाथ के दबाव से उसे रोक लिया। 'एकाध दिन तो सामान बाँधने में ही

चला जाएगा। आते हुए इतना सारा सामान साथ उठा लाई थी। फिर बेबी के लिए कुछ शापिंग भी करूँगी शायद।'

कुमार की उँगलियाँ उसकी उँगलियों में उलझ गईं। 'एक बात तुमने नहीं बताई।'

श्यामा सुनने के लिए देखती रही।

'वहाँ से छोड़कर यहाँ आ जाने की बात तुमने क्यों सोची थी ?'

'वहाँ अपने-आप को सहना मुश्किल पड़ रहा था, इसलिए।'

'तो फिर लौटकर जाने से स्थिति वही नहीं रहेगी ?'

श्यामा की आँखें भर आने को हुईं, पर अपने को रोकने के लिए उसने सिर हिला लिया। 'स्थिति तो जो थी, वही रहेगी।'

'तो ?'

'फिर भी लौट जाना है।'

'क्यों ?'

'क्योंकि मन हो रहा है ऐसा।'

कुमार ने अब उसके दोनों हाथों में उँगलियाँ उलझा लीं। 'पर क्यों हो रहा है ?'

'क्योंकि···पता नहीं। सोचा था मन लग जाएगा यहाँ। नहीं लगा।'

'पर थोड़ी देर पहले तुमने कहा था कि और भी कुछ सोच रही हो···अभी तय नहीं है।'

'नहीं···तय ही है अब।'

'वजह उस घर के लोग हैं या···?'

जो भी सोच लो।'

'पर तुम खुद क्या सोचती हो ?'

'मैं ?···मैं तो जब भी सोचने लगती हूँ, मुझसे कुछ भी सोचा नहीं जाता।'

'उस दिन की कुछ बात कह रही थीं तुम। उस दिन उन लोगों से किसी बात पर झगड़ा हुआ था ?'

श्यामा के होंठ काँपकर रह गए। कहा उसने कुछ नहीं।

'इसका मतलब है मेरा अंदाज़ा ग़लत नहीं है।' कुमार के हाथों की कसन बढ़ गई।

'क्या अंदाज़ा ग़लत नहीं है ?'

'कि तुम मन में इस निष्कर्ष तक पहुँच गई हो कि तुम्हारा अब उन लोगों के साथ कुछ भी साझा नहीं है···कि किसी तरह की साझेदारी बना रखने की चेष्टा अपने में एक धोखा है। पर इतने दिन उस धोखे में काट लेने के बाद तुम्हारा स्वाभिमान ही इसे स्वीकार करने से तुम्हें रोकता है।'

श्यामा ने अपने हाथ छुड़ा लेने की कोशिश की, पर कुमार ने छुड़ाने नहीं दिए। 'तुम्हारी कोशिश यहाँ से दूर जाकर फिर किसी तरह उस धोखे को बनाए रखने की ही नहीं है ?'

हथेलियों से हथेलियों में जाता एक प्रश्न और कसमसाती खाल। 'हाथ छोड़ दो,' श्यामा अनुरोध के साथ फुसफुसायी। कुमार की उँगलियों के जाल में उसकी उँगलियाँ दर्द कर रही थीं।

'तुम समझती हो इस तरह के धोखे में ज़िंदगी काट देना सचमुच बड़ी बात है ?'

'ज़िंदगी अब बची ही कितनी है जो···।' श्यामा ने अब काफ़ी ज़ोर लगाकर अपने हाथ अलग कर लिये। पर कुमार के काँपते हाथ उसकी बाँहों पर कस गए। 'यह भी धोखे का तार और फैलाने की ही कोशिश नहीं है ?'

कुमार की साँस तेज़ हो रही थी और चेहरा एक स्त्री को पा लेने के पुरुष-भाव से जड़ होता जा रहा था। श्यामा के शरीर में एक-साथ सहानुभूति और वितृष्णा की झुरझुरी दौड़ गई। उसकी बाँहें थोड़ा उसके वक्ष की ओर सिमट गईं। 'देखो, अब मुझे चलना चाहिए।'

'क्यों चलना चाहिए ?' कुमार का स्वर काँपने लगा। 'तुम्हें विश्वास नहीं है कि तुम सचमुच यहाँ से जाना चाहती हो। तुम जानती हो, ज़िंदगी अन्तिम दिन तक जी जाती हैं। तुम भी उतना ही जीना चाहती हो जितना मैं या कोई और व्यक्ति। इसलिए तुम्हारे इस हठ के कोई माने नहीं हैं।'

कुमार के बहुत पास आ गए चेहरे को श्यामा ने फिर भी शब्दों से ही परे हटाने की चेष्टा की। 'आदमी जो कुछ भी करता है, जीने के लिए ही करता है। पर एक और दूसरे के लिए जीने का अर्थ अलग-अलग हो सकता है।'

'तुम्हारे लिए जीने का अर्थ क्या है ? जैसे-कैसे जीवित रह लेना ?'

'और तुम जीने का अर्थ केवल यह समझते हो कि…?' पर श्यामा की बात उसके संघर्ष में खो गई। पहले उसने अपने पैरों का सन्तुलन बनाए रखने का प्रयत्न किया क्योंकि कुमार की बाँहों ने एकाएक उसे अपने में कस लिया था और उसके होंठों को बार-बार चूमते दो होंठ लगातार धौंकनी के-से स्वर में कहे जा रहे थे, 'जीने का अर्थ है…जीने का अर्थ है…।' फिर उसका संघर्ष एक पुरुष के आवेश से बचने के संघर्ष में बदल गया। वह अब अपने पैरों पर नहीं थी, एक शरीर के बोझ के नीचे बिस्तर पर थी जब कि आँख, कान, नाक, होंठ, इन सबके आसपास वही शब्द दाँतों की चुभन के साथ बुदबुदाए जा रहे थे…'जीने का अर्थ है… जीने का अर्थ है…।'

एक अँधेरा-सा था। उस अँधेरे में उसका सिर चकई की तरह घूम रहा था। लगता था अभी वह किसी चीज़ से टकरा जाएगी। परन्तु टकराने का क्षण आ-आकर निकल जाता था। दो हाथ थे जो उसकी पीठ और कंधों की खाल में कुछ टटोल रहे थे। जैसे कि खाल के अन्दर उन्हें हड्डियों के जोड़ों को छू लेना था। दो घुटने थे जो उसके घुटनों के ऊपर जाँघों के मांस को गूंध रहे थे। 'जीने का अर्थ है…।' उन घुटनों की कोशिश थी अपनी टकराहट से उसे उधेड़ देने की। उसे निर्णय लेना था। अभी। इसी क्षण। एक क्षण की अतिरिक्त देर होने से पहले।

अँधेरा। अँधेरा घूम रहा है। वह घूम रही है। गाड़ी में शरीर से सटी भीड़ और साथ सटती जा रही है। 'कोई बात नहीं। ऐसा भी हो जाता है कभी।' देव के चेहरे पर कोई शिकन नहीं है। सीमा गाल पर हाथ रखे चिल्ला रही है, 'यू…यू…यू…।' मिसेज़ सोहन सिंह बात किए जा रही हैं, 'आई से शामो…!' बेबी बीजी की गोदी में सो गई है। सीमा का इयर रिंग दरवाज़े के पास पड़ा है। टेलीफ़ोन पर कुमार का नम्बर नहीं मिल रहा। देव की मरने के समय की टकटकी जिसके सामने कुछ

भी नहीं है। कुमार की बस के आने का समय हो चुका है। सीमा आईने के सामने खड़ी ब्लाउज़ की हुकें खोल रही है। खाल में धँसी-सी उसकी रीढ़ के नीचे छोटे-छोटे रोएँ हैं। टब के गुनगुने पानी में बुलबुले उठ आए हैं। अँधेरे में आईने के अंदर से एक नंगा शरीर उसे ताक रहा है। 'ममी दो-चार दिन कुढ़ लेंगी, फिर अपने-आप ठीक हो जाएँगी।' एक लंबी शाम और अकेला बरामदा। केतली में पानी खौल गया है, पर दूधदानी में दूध नहीं है। 'कौन है जिसे वहाँ दशहरा देखने के लिए बुलाया था?' देव ने कपड़े उतार दिये हैं और चुपचाप उसके शरीर को बाँहों में जकड़ लिया है। वह तौलिए में मुँह लपेटे खिड़की के पास खड़ी है। रमेश्वरी की हँसी रुकने में नहीं आती। 'कहती थी आजकल एक नया तजरुबा कर रही हूँ।' सीमा उसके ऊपर झुक आई है। उसकी साँसों में वैसी ही गन्ध है जैसी···देव दोस्तों के साथ कहीं चला गया है और उसके लौटने का पता नहीं है। 'तुम अभी नई आई हो, इसलिए···।' पुराने वाल-क्लाक में वक्त बीतता जाता है। रात के दो, तीन, चार। बीजी दरवाज़े के पास खड़ी हैं। रजिस्टर का पन्ना सामने खुला है। उस पर अभी हस्ताक्षर होने वाले हैं। 'फ्रैंकली स्पीकिंग, मैं तुम्हारी सिचूएशन को भी अच्छी तरह समझ सकती हूँ। यू आर स्टिल यंग एंड···।'

कुमार का एक हाथ पीठ से सरकता हुआ बहुत नीचे आ गया था। उसके मुंह पर पता नहीं कितनी जगह दाँतों के निशान बन गए थे। बस यही वह क्षण था, यही। उसने अपनी घुटती साँस को किसी तरह अन्दर खींचा और उस घिर आए शरीर को पूरी शक्ति के साथ परे धकेल दिया।

खिड़की के परदे पर सुबह का हल्का रंग। दूर किसी दरवाज़े पर हल्की-सी दस्तक।

कुमार ने बिस्तर से निकलकर खिड़की खोल ली। ताज़ी हवा के साथ हल्का उजाला कमरे में भर आया। सुबह का वह रंग उसके लिए नया-सा था। रोज़ तो सुबह खिड़की के आर-पार चमकती धूप की शकल में ही होती थी। चौखटे पर कुहनियाँ रखकर वह बाहर को झुक गया। चौखटा ठंडा और गीला था। शायद रात-भर बूंदाबांदी होती रही थी।

वातावरण में नमी थी—नमी, जो बाहर की ख़ामोशी जैसी ही थी। समुद्र का फैलाव मैला और सपाट लग रहा था। रात-भर के उनींदेपन के बाद सुबह-सुबह जैसे वह बाँहों में सिर छिपाकर सो गया था। दाईं तरफ़ गिरजाघर का क्रॉस, अपनी रात-दिन की पहरेदारी से ऊबा, जैसे एक लंबी अँगड़ाई ले रहा था।

कुमार कितनी ही देर खिड़की के पास खड़ा आकाश में घुलते धूप के रंग को देखता रहा। वह रंग एक-एक ज़र्रे के अन्दर से उमड़ रहा था। हवा में काँपते ज़र्रे जैसे बिना पंखों के पक्षी थे जो किसी अज्ञात दिशा में उड़े जा रहे थे—एक-दूसरे में घुल-मिलकर भी एक-दूसरे से अलग और एक-एक पूरी दुनिया के दावेदार।

थोड़ी देर में समुद्र का पानी भी सुबह का रंग पकड़कर चमकने लगा। हल्की-हल्की लहरें उसे फिर किनारे की तरफ़ लाने लगीं। गिरजे का क्रॉस कुछ क्षण लहू के रंग में रँगा रहकर अब पीला पड़ रहा था। रोज़ जैसी एक सुबह की शुरुआत उसके लिए भी हो गई थी।

कल सुबह भी इसी तरह एक शुरुआत हुई थी। परसों भी। हर सुबह एक नई शुरुआत की छटपटाहट लिये आती थी। नए सिरे से मन अपने को अपने मनचाहे रूप में ढालने की कल्पना करने लगता था। उस

कल्पना को सार्थक करने के लिए नए सिरे से संघर्ष आरम्भ होता था··· हालाँकि शाम होने तक फिर वही थकान शेष रह जाती थी···अगली सुबह आने तक की ऊब और उदासी। फिर उस उदासी को छा लेने वाली नींद ··लेकिन नींद की दरारों में से झाँकती एक आशा कि शायद आने वाली सुबह आज से कुछ दूसरी तरह की होगी। और अगर आज-जैसी ही होगी, तो अब उससे लड़ने की और कोशिश नहीं की जाएगी। टूटते सपनों की नींद की पहरेदारी में रात काटकर फिर सुबह, फिर उसी तरह किनारे की तरफ लौटने का प्रयत्न, फिर वही गिरजे की पहरेदारी, फिर वही बिना पंखों धूप-रँगे आकाश में उड़ने की मजबूरी···।

खिड़की से हटकर वह स्टोव के पास आ गया। चाय का सामान उसी तरह बिखरा था जैसे श्यामा कल छोड़ गई थी। कमरे के अन्दर जैसे कल की शाम उसी तरह रुकी थी···धूप में चमकते और काँपते जर्रों के बावजूद। इस बीच एक रात आकर चली गई थी, लेकिन उस शाम को अपने में समेटकर नहीं ले जा सकी थी। आँखें नींद के खुमार से भारी थीं। रात-भर नींद आई ही नहीं थी। रात जैसे आकर भी कमरे की दहलीज नहीं लाँघ सकी थी और अब सुबह खिड़की के बाहर समुद्रतट के उस तरफ़ रुकी थी।

स्टोव के पास से हटकर वह कुरसी पर आ गया। सामने फिर वही दरार थी···कल की रुकी शाम की एक लकीर। तिपाई पर एक प्याली औंधी पड़ी थी जिससे बह आई चाय की तलछट सूखकर वहीं जम गई थी। श्यामा ने जब उसे झटककर अपने को उससे अलग किया था, तभी उसका पाँव टकरा जाने से वह प्याली औंधी हुई थी। वह एक क्षण था, अन्दर के सुलगते भाव के एकाएक राख में बदल जाने का, जब उसे एक-साथ दोनों से घृणा हुई थी···अपने से भी और श्यामा से भी। उसके बाद उसने पाया था कि वह कुरसी पर बैठा है और अपना चेहरा उसने दोनों हाथों से ढाँप रखा है। हथेलियों से उमड़ता एक बियाबान उसे अपने में ग़र्क किये ले रहा है। एक कुआँ है, बहुत गहरा, जिसके दलदली तल पर पहुँचकर वह दीवार का सहारा लेने की कोशिश कर रहा है। पर जिधर भी हाथ बढ़ते हैं, उधर दीवार नहीं मिलती। पैरों के नीचे का दलदल उसे अपने में लीलता जाता है। बहुत देर उसी तरह बैठे रहने के बाद, जो कि उसके लिए अन्तहीन समय था, उसने आहिस्ता से हथेलियाँ आँखों

से हटा लीं। ख़्याल था वह घटना तब तक बीत चुकी होगी। श्यामा जा चुकी होगी और उसे कमरे की ख़ाली दीवारें ही सामने नज़र आएँगी। मगर श्यामा गई नहीं थी। लगभग उसके सामने नीचे फ़र्श पर बैठी थी।

उसके देखने पर भी श्यामा ने उसकी तरफ़ नहीं देखा। वह भी जैसे प्याली की तलछट की ही तरह फ़र्श से जम गई थी।

उसने अपने होंठों को हिलाकर देख लिया कि चाहे, तो उनसे शब्द बोले जा सकते हैं। पर बोल कुछ नहीं सका। दोनों तरफ़ की साँस की आवाज़ कानों में जाती रही।

आख़िर वह गले में स्वर ले आया। 'मुझे अफ़सोस है।'

श्यामा ने आँखें उसकी तरफ़ उठा लीं और चुपचाप उसे देखती रही।

वह फिर बोला, 'तुम्हें बहुत देर हो गई है। चलो, मैं चलकर तुम्हें स्टेशन तक छोड़ आता हूँ।'

श्यामा फिर भी उसी तरह देखती रही। जैसे अपने को और आसपास के वातावरण को समझने में उसे कठिनाई हो रही हो। काफ़ी देर बाद उसके होंठ हिले। 'छोड़ने चलने की ज़रूरत नहीं। मैं चली जाऊँगी।'

फिर एक लंबी ख़ामोशी जिसमें श्यामा की आँखें उसे छीलती रहीं।

'मैं नहीं जानता क्यों मैंने···।'

'तुम जानते हो।'

'नहीं···।'

'तुमने सोचा था मैं इसीलिए आई थी यहाँ।'

'मैंने पहले से सोचकर कुछ नहीं किया। फिर भी जो हुआ है, उसके लिए मैं···।'

श्यागा की आँखें हवा के आर-पार कुछ टटोल रही थीं। निचले होंठ पर छलछलाई लहू की बूँद को उसने आँचल से पोंछ लिया। 'इसके लिए क्षमा माँग रहे हो मुझसे?'

'मुझे तुम्हारे साथ इस तरह नहीं करना चाहिए था।'

'मेरे साथ कुछ भी नहीं किया तुमने। क्योंकि जो जितना हुआ, उसमें मैं तुम्हारे साथ नहीं थी। काटने को बच्चे भी काट लेते हैं कभी। जानवर भी काट लेते हैं।'

श्यामा की आँखों को झेलना मुश्किल हो रहा था उसके लिए। खिड़की का परदा खींचने के बहाने वह उठने को हुआ, तो श्यामा ने उसे रोक दिया। 'बैठे रहो। मुझे जाने से पहले एक बात कहनी है तुमसे।'

उसकी कनपटियाँ धड़क रही थीं। वह घुटने जोड़े उन पर हाथ रखे बैठा रहा।

श्यामा की कुहनियाँ घुटनों पर थीं और चेहरा उलटी हथेलियों पर। वह उसी तरह हवा में देखती बात करती रही। 'मैंने तुम्हें बताया था मैंने उन दिनों तुम्हें पत्र लिखा था अपने यहाँ आने के लिए। तब मेरे मन में कोई रुकावट नहीं थी। उस दिन तुम आए होते, तो सम्भव था कुछ भी हो जाता। मैंने अपने को बचाने का कुछ भी प्रयत्न न किया होता। वैसे यह बात भी ग़लत है शायद। कहना चाहिए कि मैंने तुम्हें बुलाया ही इसीलिए था कि मैं तुम्हारे साथ इस स्थिति को मन में स्वीकार कर चुकी थी। जो संस्कार मन को रोकता था, वह तब तक टूट चुका था। इस बार भी वहाँ से चली थी, तो शायद यही सबसे बड़ा प्रलोभन मन में था कि तुम यहाँ हो। सब छोड़-छाड़कर यहाँ आ रहने की सोचना ··लगता है इसके मूल में यही प्रलोभन था। तुमने एक बार कहा था कि सम्बन्धों को दिए गए सब नाम केवल सुविधा के लिए हैं ·· वास्तविक सम्बन्ध इतने सूक्ष्म होते हैं, और व्यक्ति-व्यक्ति के साथ इतने अलग, कि उन्हें नाम दिए ही नहीं जा सकते। मैं तुम्हारे और अपने सम्बन्ध को बिना नाम दिए उसमें से सब-कुछ पा लेना चाहती थी··। उस दिन फ़ोन पर तुमसे मिलने की बात तय की थी, तब भी काफ़ी हद तक यही सोचती थी। आज भी मिलने आई थी, तो निश्चय नहीं कर सकी थी कि तुम मुझे रोक लेना चाहोगे, तो मैं लौट जाने का आग्रह बनाए रख सकूँगी या नहीं। मन में एक दुविधा थी, पर वह और ही कारण से थी। विश्वास कर सको, तो सचमुच यहाँ से लौट जाने का निश्चय मैंने आज तुमसे मिलने के बाद किया है··परन्तु इसी समय नहीं। यह मत सोचना कि तुम्हारा इस समय का पागलपन इसका कारण है क्योंकि ऐसा नहीं है। इससे अलग परिस्थिति में यह पागलपन मेरा भी हो सकता था।'

उसने कुछ कहना चाहा, पर श्यामा ने उसे अवसर नहीं दिया। 'तुम्हारे जीवन की परिस्थिति आज बदल गई है, यह भी इसका कारण नहीं। उस परिस्थिति को अस्वीकार करने का अधिकार किसी को भी है··· मुझे भी था। परन्तु मैंने देव के रहते उस अधिकार का उपयोग नहीं किया। इसका अर्थ है नहीं करना चाहा। देव ने जीवन-भर कड़वी बात मुझसे नहीं की, फिर भी जानती हूँ मेरे साथ जीवन को लेकर कहीं उसके मन में गहरी वितृष्णा थी। मुझमें उसे वह नहीं मिला जो एक स्त्री से उसे चाहिए था। क्या चाहिए था, यह मैं आज भी ठीक से नहीं सोच सकती। ब्याह से पहले उसने ज़िंदगी देख रखी थी, इसलिए तुम्हारी तरह स्त्री-शरीर की भूख उसमें नहीं थी। फिर भी कोई भूख थी जो मुझसे नहीं मिट पाई··· इसीलिए मरने के दिन तक वह आदमी उदास रहा। मुझे तब लगता था उसने मेरे साथ अपने सम्बन्ध को सम्बन्ध के रूप में लिया ही नहीं···केवल मुझे सहते हुए कुछ वर्ष मेरे साथ काट दिए और चला गया। पर आज तुम अपने विवाहित जीवन की बात कर रहे थे, तो पहली बार मुझे देव की उदासीनता का कुछ-कुछ अर्थ समझ में आया। लगा कि उसने मेरे साथ अपना एक निश्चित सम्बन्ध न माना होता, तो शायद मुझसे उसे उतनी निराशा न होती। यह वह नहीं था जिसने अपना सब-कुछ मुझे नहीं दिया··· जिसने अपना बहुत कुछ अपने तक समेटकर रखे रखा, वह मैं थी। मैंने ही पहले दिन से खुलकर अपने-आप को उसे नहीं दिया···उसके साथ सम्बन्ध को 'सहने' का सम्बन्ध मानने की शुरुआत मेरी ओर से ही हुई थी। उसने एक खुला पन्ना मेरे सामने रखा था जिस पर मैं कभी ठीक से हस्ताक्षर नहीं कर पाई। मैंने जो कुछ उसे दिया या देना चाहा, उसमें बहुत कुछ कृत्रिम था। पर उसकी उत्तरोत्तर बढ़ती उदासी कृत्रिम न होकर वास्तविक थी। उसने ब्याह की पहली रात को मुझे एक तौलिए में सिर-मुँह लपेटे देखा था··· शायद उसी क्षण से लगातार उसकी मृत्यु होने लगी थी। एक बार उसे किसी से कहते सुना था, 'हम जिन्हें सम्बन्ध कहते हैं, वे केवल एक मंच पर अभिनेताओं के आपसी सम्बन्ध हैं, और कुछ नहीं।' तब यह बात मुझे अपने तिरस्कार की तरह लगी थी। पर आज उसकी दृष्टि से इसकी सचाई समझ में आ रही है। तुममें इतनी निर्ममता है कि तुमने एक अवास्तविक सम्बन्ध से अपने को बिलकुल काट लिया है। उसकी दुर्बलता थी कि वह मेरे साथ निर्मम नहीं हो

सका। आज तक सोचती थी सुख मुझे नहीं मिला···देव के कारण। पर इस समय लग रहा है मुझसे कहीं अधिक वंचित व्यक्ति वह स्वयं था और कारण मैं थी। वह टाइफ़ायड से पड़ा था, तो कभी उसने ठीक से दवाई भी नहीं खाई। वह शायद यह चाहता ही नहीं था कि···।'

श्यामा का चेहरा काफ़ी सुर्ख़ हो गया था और माथे पर पसीना झलक आया था। उसने एक बार अच्छी तरह रुमाल से माथे और गरदन को पोंछ लिया। वह श्यामा के चेहरे को देखता मुश्किल से अपने सूखे होंठों को हिला पाया। 'मुझे सचमुच अफ़सोस है। पता नहीं क्यों और कैसे एक क्षण आ जाता है जब···।'

श्यामा ने अपने बालों को सहेजकर एक बार आँखों को भी रुमाल से छू लिया। 'मुझे दुख नहीं है। दुख होता यदि मेरा भी इसमें सहयोग होता···जैसा कि उस बार था। उस बार मैंने ऊपर से बुरा माना था, पर अन्दर से मेरी भूख तुमसे कम नहीं थी। पर आज यह मेरे लिए केवल एक दुर्घटना थी जिसमें मैं थोड़ी चोट खा गई हूँ, बस। इस समय मुझे दुख है, तो और ही बात का है। वह तुम्हारे या अपने लिए नहीं, एक और ही व्यक्ति के लिए है। आज तक सोचती थी धोखा मेरे साथ हुआ है। पर आज सोच रही हूँ वास्तविक धोखा जिसके साथ हुआ, वह अपनी खामोश आँखों से मुझे देखने के लिए इस समय जीवित ही नहीं है।'

एक लम्बा विराम जिसमें दोनों की आँखें काफ़ी देर झुकी रहीं। जब उसने आँखें उठाईं, श्यामा उठकर चलने से पहले उसके अपनी ओर देखने की प्रतीक्षा में थी। 'मैं चल रही हूँ अब। यह मत सोचना कि इस घटना के कारण तुम्हारा तिरस्कार करके या तुम्हारे साथ जितना सम्बन्ध था, उसे तोड़कर जा रही हूँ। पर इस समय तुम मुझे छोड़ने चलो, यह मुझे अच्छा नहीं लगेगा। एहसान मानूँगी अगर तुम मुझे यहाँ से अकेली चले जाने दो।'

वह बिना कुछ कहे उसके साथ दरवाज़े तक आ गया। दरवाज़े के पास श्यामा ने फिर एक बार उसका हाथ अपने हाथ में ले लिया। 'हो सकता है फिर भी कभी तुम्हें आने के लिए लिखूँ। पर आओ, तो कोई ऐसी-वैसी बात सोचकर मत आना।'

औंधी प्याली और चाय की सूखी तलछट। कुमार ने प्याली को सीधा करके तिपाई को अच्छी तरह कपड़े से पोंछ दिया। फिर जाकर प्यालियों को धोया और स्टोव जलाकर चाय का पानी रख दिया। खिड़की के पास आया, तो देखा किनारे का बहुत-सा भाग पानी के अन्दर चला गया है। गिरजाघर के क्रॉस ने भी तब तक रोज़ की तरह गम्भीरता का लबादा ओढ़ लिया था। 'हुँह !' सूखा अस्पष्ट-सा स्वर उसके मुँह से निकला और वह स्टोव के पास लौटकर चाय बनाने लगा। पर चाय-दानी में पत्ती डालते हुए उसे अपना हाथ काँपता लगा···उसी तरह जैसे कल श्यामा का हाथ काँप रहा था।

• • •